DE (

ANDER WERK VAN LAURIE GILMORE

Het Pumpkin Spice Café

LAURIE GILMORE

De CINNAMON BUN BOEKHANDEL

Vertaling Rosalyn van Moorselaar

HarperCollins

MIX
Papier | Ondersteunt verantwoord bosbeheer
FSC® C083411
www.fsc.org

Voor het papieren boek is papier gebruikt dat onafhankelijk is gecertificeerd door FSC® om verantwoord bosbeheer te waarborgen.
Kijk voor meer informatie op www.harpercollins.co.uk/green.

HarperCollins is een imprint van Uitgeverij HarperCollins Holland, Amsterdam.

Oorspronkelijke titel: *The Cinammon Bun Book Store*

Vertaling: Rosalyn van Moorselaar
Omslagontwerp: Lucy Bennett / HarperCollins*Publishers* Ltd
Omslagbewerking: Pinta Grafische Producties
Omslagbeeld: © Kelley McMorris / Shannon Associate
Zetwerk: Crius Group, Hulshout
Druk: CPI GmbH, Germany, met gebruik van 100% groene stroom

ISBN 978 94 027 1674 0
ISBN 978 94 027 7393 4 (e-book)
NUR 302

Originele uitgave verschenen bij HarperCollins*Publishers* Ltd, London, Great Britain.

Dit boek is speciaal voor mijn lezers. Bedankt dat jullie weer met me meegaan naar Dream Harbor.

Hoofdstuk een

Hazel Kelly hield van een goed verhaal. Haar eigen verhaal was dat niet, wat overduidelijk was toen ze achter de toonbank van de Cinnamon Bun Boekhandel stond, op precies dezelfde plek als waar ze de afgelopen vijftien jaar had gestaan.

Nou ja, niet de hele tijd. Ze kon aan het eind van de dag wel naar huis en zo, maar het ging om het idee. Vijftien jaar op dezelfde plek.

Hazel zuchtte terwijl ze de stapels gratis bladwijzers voor haar herschikte. Het was een rustige dag, helder en zonnig, het soort dag waarop mensen graag buiten waren in plaats van gezellig in een boekhandel te gaan snuffelen. Niet dat Hazel daar iets van begreep. Zíj wilde bij ieder weertype wel in een boekhandel snuffelen.

Het was niet zo dat ze het niet leuk vond om nog steeds achter dezelfde toonbank te staan als waar ze aan het eind van het tweede jaar van de middelbare school voor het eerst had gestaan, maar ook daarnaast was er niets in haar leven veranderd. Hetzelfde werk. Hetzelfde stadje. Dezelfde vrienden. Het enige wat was veranderd, afgezien van een lichte rugpijn bij het wakker worden, was de naam van de boekhandel, iets wat haar baas ongeveer om de twee jaar deed.

Hazel werd omringd door verbazingwekkende verhalen, boeken vol liefde, avontuur en bijzondere ervaringen, maar haar eigen leven stond stil.

‘En over twee maanden word ik dertig,’ mompelde ze tegen niemand in het bijzonder, aangezien de winkel leeg was.

De leeftijd van dertig jaar doemde in de verte dreigend op. De datum, 28 september, stond in haar geheugen gegrift. Voor sommige mensen betekende hun dertigste verjaardag het einde van hun wilde en legendarische jaren, dacht Hazel. Daarna werd het tijd om tot rust te komen, om serieus te worden, om zich volwassen te gedragen.

Voor Hazel bracht haar dertigste verjaardag nog een ander probleem met zich mee.

Ze was vergeten uit haar dak te gaan en legendarische herinneringen te maken. Toen ze nog in de twintig was... was ze rustig geweest? Vol verantwoordelijkheidsgevoel. Of beter gezegd: saai. Hazel had zich vanaf haar vijftiende al in de dertig gevoeld. Of eerder in de zeventig, als je het aan Annie zou vragen, zonder wie Hazel haar neus waarschijnlijk helemaal niet uit de boeken zou hebben gehaald.

Hazel had daar nooit over ingezeten. Ze hield van haar boekhandel. Ze hield van kopjes kamillethee, regenachtige dagen en een kruiswoordpuzzel op zondagochtend. Ze vond haar kalme leventje leuk. Behalve nu, van het ene op het andere moment, terwijl het getal dertig onheilspellend voor haar opdoemde. Nu vroeg Hazel zich plotseling af of ze iets gemist had. Misschien was ze vergeten dingen uit te proberen. Misschien was er, schokkend genoeg, meer te beleven buiten haar boekhandel, wat ze op dit punt in haar leven eigenlijk al had moeten ervaren.

De zon plaagde haar door de grote ramen aan de voorkant. Ze had zojuist de leukste boeken voor op het strand in de etalage gezet, maar Hazel kon zich niet herinneren wanneer ze zelf voor het laatst een boek had meegenomen naar het strand. Ze verbrandde meestal al als ze langer dan tien minuten in de zon lag. Misschien was dat wel een indicatie van haar huidige probleem en misschien had ze wel een vitamine D-tekort.

Hazel zou op avontuur moeten gaan. En snel ook.

Ze zou op zijn minst iets moeten beleven om een goed verhaal te kunnen vertellen wanneer ze weer in Macs pub was en Annies nieuwste theorieën aanhoorde over hem en hoe hij haar dwars wilde zitten. Of luisterde naar de plannen van Jeanie en Logan om de boerderij op te knappen zodra ze eindelijk hadden besloten erin te trekken. Voor één keer zou Hazel haar vrienden en zichzelf perplex doen staan. Voor één keer zou Hazel iets heel on-Hazel-achtigs willen doen.

Maar niet nu. Hazels blik bleef hangen op een boek in de rubriek romantiek dat scheef stond en dat ze gewoon móést rechtzetten. Dat was ook haar taak. Ze liep naar de plank en keek onderweg naar buiten, voor het geval er iemand langsliep en misschien even binnen zou komen, maar de straat was verlaten. Het was een perfecte zomermiddag en het leek erop dat heel Dream Harbor op het strand lag, ergens aan het wandelen was of ontspande bij een zwembad, in een poging de warmte op te nemen voordat het weer zou omslaan.

Zelfs Annie had verklaard dat de dag te mooi was om binnen te zijn en ze had de Sugar Plum Bakkerij vroeg gesloten om er met een paar van haar zussen op uit te trekken en door een wijngaard te slenteren. Hazel zuchtte. Dat zou ze morgen ongetwijfeld in geuren en kleuren horen, terwijl ze niet meer aan het gesprek zou kunnen bijdragen dan het spannende verhaal van een boek dat scheef in de kast had gestaan.

Ze schudde haar hoofd. Ze moest uit deze dip komen. En wat was een betere manier daarvoor dan opruimen? De afdeling romantiek was de afgelopen jaren exponentieel gegroeid dankzij de aanvragen van de leesclub van Dream Harbor en hun liefde voor dit genre. Hazel bloosde alleen al als ze naar enkele omslagen keek, maar het was goed voor de zaken, dus kon ze niet weigeren.

Het boek stond niet alleen scheef, maar bevond zich ook nog

eens op de verkeerde plek in de kast, dus haalde ze het eruit, terwijl ze de halfnaakte man op de voorkant probeerde te negeren. Ze stond op het punt het boek op de juiste plaats terug te zetten, toen ze merkte dat er een ezelsoor in een van de pagina's was gevouwen.

'Wat krijgen we nou?' mompelde ze. Hadden mensen dan geen enkel greintje respect? Ze hadden het boek nog niet eens gekocht, maar wel een pagina gemarkeerd? Ze voegde er bijna aan toe: 'Waar moet het heen met deze wereld?', maar ze probeerde haar oudedamesneigingen de laatste tijd zoveel mogelijk te onderdrukken, dus dacht ze het alleen maar.

Ze sloeg de pagina met het omgevouwen hoekje open en zag toen dat er een zin gemarkeerd was. Markeerstift in een van haar boeken! Dat was onaanvaardbaar. Ongelooflijk! Iemand was hier binnengekomen, had een van haar boeken onverkoopbaar gemaakt en vervolgens niet eens de moeite genomen om het te kopen.

Hazel zou de rest van de dag woedend zijn geweest als de gemarkeerde zin zelf haar aandacht niet had getrokken.

Die was niet echt goed. Geen bijzondere of diepere boodschap. Maar het was alsof het boek, of wie de zin ook had gemarkeerd, rechtstreeks tot Hazel sprak.

Ga met me mee, meisje, als je op avontuur wilt.

Ze liet het boek bijna vallen.

Ze keek de winkel rond en verwachtte half dat ze iemand lachend naar haar zou zien kijken. Het moest wel een grap zijn. Maar wie zou dit hier hebben neergezet? En wie had kunnen weten waar ze de hele dag aan had gedacht?

De winkel was nog steeds leeg. Natuurlijk. Het was gewoon een vreemd toeval.

Hazel keek weer naar de plank. Alle andere boeken stonden goed. Alleen deze had scheef gestaan. Het boek dat ze nog steeds vasthield, stevig in haar hand. Er stond een piraat op het omslag wiens shirt was opengescheurd door de ogenschijnlijk zeer sterke zeewind, die ook zijn haar naar achteren deed waaien. *Gevangen door de liefde*, was de titel.

Ze voelde de vreemde en plotselinge drang om op de bank te kruipen en het boek in één ruk uit te lezen, maar ze was aan het werk en dit boek zag er gevaarlijk uit. Als iets wat ze beslist niet op haar werkplek wilde lezen.

Het leek gewoon of deze niet-bestaande man, de hoofdpersoon uit het boek, haar écht mee zou kunnen nemen op avontuur.

Ze bladerde terug naar de gemarkeerde zin en las die nog eens, alsof ze zo het mysterie kon oplossen van wie die had gemarkeerd en het boek scheef op de plank had gezet zodat het haar blik wel moest trekken. Ze was zo in gedachten verzonken dat ze de deur van de winkel niet hoorde opengaan.

Ze hoorde helemaal niets totdat een lage stem vlak bij haar oor bromde: 'Wat lees je?'

Hazel wierp van schrik het boek de lucht in. Het landde met een plof in het leeshoekje bij het raam. Ze draaide zich om en zag Noah Barnett staan, die naar haar grijnsde.

Noah, de eigenaar en exploitant van het enige bedrijf dat vistochten organiseerde in Dream Harbor. Noah, die een paar jaar geleden in het stadje was opgedoken, was al snel bevriend geraakt met Logan en zweefde nu als een sexy satelliet rond het wereldje van Hazel. Ze schudde haar hoofd. Dat elke vrouw en minstens de helft van de mannen in de stad Noah aantrekkelijk vond, betekende niet dat zíj voor zijn charmes zou vallen.

'Is het echt zó goed?' vroeg hij met een trage glimlach.

Jakkes, hij wás charmant. Zo charmant zelfs dat zijn escapades met vrouwelijke toeristen bijna legendarisch waren. Het was Hazel dan ook nog steeds een raadsel waarom hij steeds in haar boekhandel rondhing.

'Je liet me schrikken.'

'Dat was duidelijk.'

Haar hart bonsde, en dat kwam maar voor een klein deel omdat ze onder werktijd betrapt was op het lezen van een hitsig liefdesromannetje. Verder kwam het doordat... Nou ja, doordat Noah weer zo naar haar glimlachte.

Ze begreep er niets van. Noah was objectief gezien erg knap, dat wilde ze best toegeven. Objectief gezien was hij echter ook helemaal niet haar type. Ze wist bovendien zeker dat ze niet zíjn type was, vooral omdat ze een vaste bewoonster van Dream Harbor was. Ze vond het merkwaardig dat hij altijd naar haar glimlachte alsof hij iets wist wat zij niet wist.

Annie zei dat hij verliefd op haar was, maar Hazel wist dat dat absurd was. Niemand, zelfs haar handjevol ex-vriendjes niet, was verliefd op haar geworden. Hazel was schattig. Dat was hoe mensen haar zagen. Schattig, zoals een koala die in een boom slaapt. Niet schattig op een ik-wil-haar-de-mijne-maken-achtige manier. En dat was prima. Ze had er vrede mee.

Noah staarde haar echter nog steeds op dezelfde manier aan.

Ze draaide zich om en liep weg om het boek op te pakken, terwijl ze het omslag zorgvuldig verborgen hield tegen haar borst. 'Heb je iets nodig?' vroeg ze, zonder te letten op de manier waarop Noah nonchalant tegen de toonbank leunde en keek hoe ze naar hem toe liep.

'Eh... misschien?'

'"Misschien"?'

'Ja, ik...' Zijn blik schoot van haar gezicht naar de planken achter haar en weer terug. Dit was weer typisch iets voor Noah. Hij kwam om de week langs voor een boek, maar leek nooit te weten waar hij precies naar op zoek was.

Annie zei dat dat een bewijs was dat hij verliefd op haar was, maar Hazel was niet overtuigd. Annie zei ook dat hij zich blijkbaar midden in de winkel uit zou moeten kleden om haar te overtuigen, maar Hazel hoopte vurig dat dat niet zou gebeuren.

'Ik zoek gewoon een nieuw boek.' Hij sloeg zijn armen over elkaar en spande daarbij zijn onderarmen. Door het warmere weer droeg iedereen korte mouwen, en al Noahs tatoeages waren zichtbaar. Hazels wangen werden rood bij het zien van de halfnaakte zeemeermin die op zijn linkerbiceps leek te dansen.

Dit was een man met verhalen. Zoveel dat hij ze op zijn lichaam had laten tekenen.

Hazel schraapte haar keel. 'Heb je genoten van het laatste boek dat ik je heb aanbevolen? *Een vloek van bloed en wolven*?'

Noah knikte. Zijn kastanjebruine haar glansde in het late middaglicht. 'Ja, ik vond het geweldig.'

'Mooi. We hebben onlangs deel twee binnengekregen. Ik zal het even pakken.'

Ze was van plan alleen te gaan, maar Noah liep met haar mee door het pad richting de fantasyboeken, en zijn bedwelmende geur van zonneschijn en zout volgde hem. Hazel had nog nooit de geur van een man opgemerkt. Annie zou dat als bewijs zien dat Hazel een oogje op Noah had.

Dat zou natuurlijk… dom zijn. Of zinloos? Of avontuurlijk.

'Hier is het.'

Noah had haar op haar hielen gevolgd en toen ze zich omdraaide, botste ze bijna tegen zijn brede borstkas op.

'Oeps.'

'Sorry!'

Beide boeken vielen op de grond. Hazel probeerde ze op te rapen, maar Noah was sneller en hij had de halfnaakte piraat al in handen voordat ze hem zelf te pakken had.

'*Gevangen door de liefde*?' vroeg hij met een opgetrokken wenkbrauw.

Ze zaten nu allebei gehurkt in het gangpad, zo dicht bij elkaar dat Hazel zijn blik niet kon ontwijken. 'Het is niet van mij. Ik bedoel, ik heb het niet gelezen. Ik was het gewoon aan het opbergen.'

Noahs glimlach werd breder. 'Het klinkt goed.' Hij bladerde naar de pagina met het ezelsoor. 'Ik dacht dat je het niet aan het lezen was?'

'Ik, eh... Nou...'

Zijn blik viel op de gemarkeerde zin. '"Kom met me mee, meisje, als je op avontuur wilt."'

O nee, nu Noah die zin voorlas met zijn diepe stem, voelde ze... opwinding. Wat was er met haar aan de hand vandaag?! Hazel schudde haar hoofd.

'Ik was het aan het opbergen,' herhaalde ze terwijl ze het teruggriste en opstond voordat Noah nog meer kon lezen en alles nog erger kon maken.

'Maar iemand heeft het gemarkeerd,' zei hij terwijl hij opstond, waardoor ze zich plotseling klein voelde. Waarom moest hij zo groot zijn en zo lekker ruiken? Hij bracht haar in verwarring en dat vond ze niet leuk.

'Inderdaad.'

'Dus iemand heeft die zin gemarkeerd en het boek vervolgens weer op de plank gezet?'

'Ja.'

'Vreemd.'

'Dat vind ik ook, en het is niet eens op de juiste plek teruggezet.' Ze schuifelde langs hem heen, waarbij ze zorgvuldig zijn grote, lekker ruikende lichaam vermeed, en liep terug naar de relatieve veiligheid voor in de winkel.

Noah volgde haar. 'Bijna alsof diegene wilde dat je het zou vinden.'

Hazel bleef staan en draaide zich naar hem toe. Ze botsten opnieuw bijna tegen elkaar op, maar Noah kwam bijna slippend tot stilstand. 'Waarom zou je dat zeggen?'

Hij haalde zijn schouders op. 'Ik weet het niet. Het lijkt gewoon een aanwijzing of zoiets.'

'Een aanwijzing?' Hazel kneep haar ogen tot spleetjes. 'Noah, zit je me voor de gek te houden?'

'Jou voor de gek houden?' Hij zag er oprecht verward uit, maar Hazel was niet overtuigd.

'Heb jij met mijn boeken geknoeid als een soort grap? Als dat zo is, zul je hiervoor moeten betalen.' Ze wapperde met het boek voor zijn neus terwijl zijn wenkbrauwen omhooggingen.

'Natuurlijk niet. Ik zou jou niet voor de gek houden. En ik zou zeker niet met je boeken knoeien.' Hij tekende een kruisje op zijn borst. 'Erewoord. Van een oprechte visser.'

Het was Hazels beurt om een wenkbrauw op te trekken. '"Erewoord van een visser"? Dat bestaat niet eens.'

'Nou, nu wel.'

'Hm.'

'Ik denk nog steeds dat het een aanwijzing zou kunnen zijn.'

'Waarom zou iemand een aanwijzing voor mij achterlaten?'

Hij haalde opnieuw zijn schouders op, maar in zijn lichtbruine ogen schitterde opwinding. 'Om een avontuur te beleven, denk ik.'

Een avontuur.

Noah grijnsde en Hazels hart sloeg een slag over. Het boek in haar handen wilde haar iets vertellen. Misschien was het wel een aanwijzing.

Misschien zou het op zijn minst een goed verhaal opleveren.

Hoofdstuk twee

Noah had een oogje op Hazel Kelly. Het verbaasde hem bijna net zoveel als het haar leek te verbazen, maar het was echt zo. Ze was anders dan alle andere vrouwen met wie hij was geweest.

Neem bijvoorbeeld vandaag. Met haar wijde blouse en haar broek met hoge taille, een fijne gouden ketting om haar nek en een paar schattige platte schoentjes aan haar voeten zag ze er… nou ja, ze zag er veel te aardig uit voor hem. Ze zag er slim en elegant uit. Om nog maar te zwijgen van die wolk van zachte krullen rond haar gezicht, of de schattige manier waarop ze haar bril wat hoger op haar neus duwde, zoals ze nu deed terwijl ze hem aanstaarde alsof hij een buitenaards wezen was.

Hij had het zwaar. Echt zwaar.

Dat was iets wat hem nog nooit was overkomen. Noah hield van vrouwen. Hij was dol op hen. En tot nu toe had hij er weinig moeite mee gehad om ze om zijn vinger te winden. Maar dit gevoel had hij nooit eerder gehad.

Dat was jammer, want hij was er vrij zeker van dat Hazel niet hetzelfde voelde.

Meestal keek ze naar hem zoals nu. Alsof ze hem niet kon doorgronden. Dat gevoel was in ieder geval wederzijds. Hij wist niet hoeveel duidelijker hij kon zijn. Om de week deed hij zijn uiterste best om haar te charmeren en met haar te flirten, maar het leek niet te werken.

Hoewel hij de afgelopen maanden wel meer boeken had gelezen dan in zijn verdere leven, dus dat was toch een voordeel.

Hij moest het waarschijnlijk gewoon ronduit zeggen en haar mee uit vragen of zoiets. Uiteindelijk had dat voor Logan ook gewerkt, nu had hij Jeanie en waren ze samen misselijkmakend gelukkig.

Maar voor hen was het anders. Hazel was anders. Noah had geen idee wat hij moest doen.

'Een avontuur?' vroeg ze, waardoor er een eind kwam aan zijn verwarde gedachten over hoe schattig zij was en hoe onhandig hij.

'Ja. Ik weet het niet. Misschien laat iemand aanwijzingen achter, een soort speurtocht of zoiets.'

'Hm.' Hazel fronste en er vormde zich een kleine plooi tussen haar wenkbrauwen. 'Dat lijkt me vrij onwaarschijnlijk.'

'Misschien. Maar er gebeuren voortdurend onwaarschijnlijke dingen.'

Zoals dat jij ermee zou instemmen om een keer met mij uit te gaan…

Hij zei het bijna, vroeg het haar bijna, maar toen ging ze snel weer achter de toonbank staan en scande zijn nieuwe boek.

'Anders nog iets?'

'Eh… nee. Dit is het.'

'Eenentwintig dollar vijfennegentig, alsjeblieft.'

Er was anders zéker nog iets, maar Noah betaalde zwijgend het bedrag. Deze intelligente, schattige vrouw zou vast niet met hem uit willen gaan. Er was een reden waarom Noah voor vrouwen koos die hier alleen in de zomer waren, toeristen en onenightstands. Hij was prima om een pleziertje mee te beleven. Serieuze vrouwen als Hazel Kelly zouden nooit voor hem kiezen.

Ze overhandigde hem het boek en zijn vingers raakten de hare. Ze hield zijn blik even vast en op dat moment geloofde Noah echt even dat zij het ook voelde, een vonk. Maar toen keek ze weg en zei gedag en liep hij op de automatische piloot naar de deur.

Vrouwen als Hazel Kelly waren niets voor hem. Hij was in ieder geval slim genoeg om dat te beseffen.

Hij verliet de boekhandel en voelde meteen de hitte van buiten. Het was de eerste zonnige dag na een natte julimaand en het stadje was meteen in de zomermodus. De zomer duurde maar kort in New England. Als je het er niet meteen van nam, zou je de kans lopen hem helemaal te missen. Ook al was het augustus, Main Street was nog steeds versierd en stond helemaal in het teken van Independence Day op 4 juli. Bij de meeste winkels hingen nog Amerikaanse vlaggen en spandoeken. De zomer was altijd Noahs favoriete seizoen geweest: lekker naar het strand, eindeloos veel ijs eten en geen school. Vrijheid. Op school had hij nooit goed zijn draai kunnen vinden. Daar moest hij veel te lang stilzitten en in stilzitten was hij nooit echt goed geweest. Dat gold ook voor te lang op één plek blijven. Nadat hij het huis had verlaten, was hij nooit ergens meer dan twee maanden gebleven. Zodra hij zich begon te vervelen, pakte hij zijn spullen en vertrok. Maar iets aan Dream Harbor zorgde ervoor dat hij bleef hangen. In ieder geval voorlopig.

Noah dacht er even over om een ijsthee te halen bij het Pumpkin Spice Café, maar hij was uitgeput en ging liever gewoon naar huis om een dutje te doen. Voor zijn eerste tocht van de dag was hij die ochtend om vier uur opgestaan. Hij was de hele ochtend bezig geweest om een groep kerels uit de stad te leren vissen. Helaas wist het overgrote deel van Noahs klanten niets van water, boten of vissen, en het was zijn taak om ze dat te laten vergeten en ze het gevoel te geven dat ze er wel veel van wisten.

In werkelijkheid deed Noah het meeste werk: hij zorgde ervoor dat de vis werd gevangen, schoongemaakt en verpakt om mee naar huis te nemen, terwijl zijn klanten dronken werden in de zon. Maar het bracht geld in het laatje en hij mocht het water op, dus het was geen slechte deal.

Het was sowieso beter dan het visimperium van zijn familie aan de North Shore overnemen. Zijn zussen waren daar beter in; hij had niet daar hoeven blijven om dat te beseffen, ook al voelde hij zich nog steeds schuldig door zijn vertrek. Maar dat was vooral vanwege de mensen, niet echt vanwege het bedrijf. Dat wist hij ook, hij wist alleen nog niet goed hoe hij ermee om moest gaan.

Noah was niet geschikt voor het runnen van een zaak. In ieder geval niet zo'n groot bedrijf. Zijn ouders hadden van een klein vissersbedrijf in de loop der jaren een miljoenenbedrijf gemaakt dat zeevruchten leverde aan honderden restaurants door het hele land. Nadat zijn ouders met pensioen waren gegaan, hadden zijn oudere zussen het roer overgenomen als CEO en CFO. Noah was gevlucht.

Tijdens het lopen veegde hij het zweet van zijn voorhoofd, terwijl de bekende mengeling van schuldgevoel en schaamte hem overviel. Iedereen kon zijn familie weleens teleurstellen, maar er waren grenzen en hij had die al vrij vroeg in zijn leven bereikt.

Zijn kleine onderneming voor de vistochten kon hij wel aan. Hij kon alles zelf plannen en uitvoeren. Dat betekende dat er niemand teleurgesteld zou zijn als de hele onderneming ten onder ging. Dat was een stuk minder gecompliceerd.

Hij liep door het stadje en dacht na over zijn zussen, die hij eigenlijk moest bellen, over Hazel en over de tochten die hij deze week nog gepland had staan. Tijdens het wandelen liet hij zijn gedachten op hun beloop, terwijl hij langzaam de herinneringen aan de fouten die hij in het verleden had gemaakt van zich afschudde.

Tegen de tijd dat het huis in zicht kwam, waren zijn gedachten weer terug bij Hazel en het boek dat ze aan het lezen was, en hij vroeg zich af of ze van mannen met boten hield. Omdat hij toevallig een man met een boot was. Misschien moest hij haar toch eens mee uit vragen.

Noah begon aan zijn klim langs de rotsachtige kustlijn. Vroeger liep hier een pad richting het strand, maar dat was in de loop der jaren door erosie verdwenen, dus om het zand te bereiken moest je nu over een paar grote rotsblokken en brokken beton klauteren. Noah vond dat echter niet erg. Een paar kilometer verderop was een openbaar strand waar je veel gemakkelijker kon komen, maar dat zou druk zijn op een dag als deze, terwijl het hier stil was.

Hij trok zijn schoenen uit toen hij het strand bereikte en voelde zich onmiddellijk rustiger toen zijn voeten het zand raakten.

Toen hij een paar jaar geleden in Dream Harbor was aangekomen, had Noah een tijdje op zijn boot gewoond, totdat hij op een vergeten stuk strand een rij oude vissershutten had gevonden. Hij was er meteen van overtuigd geweest dat die het erg goed zouden doen als vakantiehuisjes als iemand ze zou opknappen. Ongeveer een jaar geleden was hij met een van de hutjes begonnen, als een klein projectje voor erbij, half in de verwachting dat er iemand zou komen opdagen om hem te vertellen dat dat niet kon. Maar tot nu toe was er niemand gekomen.

Dus nu verbleef hij hier soms stiekem. Hij woonde nog steeds het grootste deel van de tijd in het appartement boven Macs pub, en voor zover de nieuwsgierige stadsmensen wisten was dat appartement zijn thuis. Op een dag zou hij burgemeester Kelly over zijn ideeën vertellen en overwegen om deze oude hutten te kopen. Misschien.

Misschien was het een stom idee. Daar had hij er genoeg van gehad in zijn leven.

Of misschien zou hij worden gearresteerd wegens het kraken van die vissershutjes. Dat kon hij ook niet uitsluiten. Maar voorlopig had hij het hier naar zijn zin. Hij opende de deur van het huisje en stapte naar binnen. De zeebries die door de ramen aan de voorkant naar binnen kwam, hield het vissershutje zelfs op warme dagen als vandaag koel. Als iemand de hele winter wilde blijven, zou het beter geïsoleerd moeten worden, maar Noah had het dak in ieder geval al gerepareerd en een nieuwe vloer gelegd. Gelukkig had hij als kind veel tijd doorgebracht met zijn opa en had hij hem oneindig veel vragen gesteld. Alle tips van zijn opa kwamen eindelijk van pas.

Het hele huisje besloeg net zo'n veertig vierkante meter als hij het met een optimistische blik inschatte, maar er paste een kitchenette in, een queensize bed en een badkamer, waarin het sanitair ouder was dan hijzelf en op zijn best niet erg betrouwbaar.

Noah wierp zijn nieuwe boek op de matras die hij als bed gebruikte en haalde een koud biertje uit de koelbox die in de kitchenette stond. Elektriciteit was ook zoiets, naast het sanitair, wat hij niet zelf had kunnen repareren, dus het was een beetje primitief, maar het was hier zo vredig dat hij dat niet erg vond. Noah hoorde het donderende geraas van de golven en besefte dat hij al in slaap zou vallen voordat hij zijn boek zelfs maar kon openslaan.

Hij strekte zich uit op zijn matras en nam een slok van zijn drankje, terwijl hij zijn gedachten weer naar Hazel liet afdwalen. Wat zou ze van dit huis en zijn ideeën vinden? Zou ze hem belachelijk vinden? Hij had geen tijd om er lang over na te denken, want zijn ogen vielen meteen dicht en hij droomde al snel over hoe hij een bepaalde boekhandelaar zou kapen en hoe hij haar mee zou voeren op zijn boot.

Hoofdstuk drie

Er stond alweer een boek scheef. En een stukje naar achteren. Hazel weigerde ernaar te kijken. Het kon haar niets schelen. Het was gewoon een boek dat door een klant weer slordig terug was gezet. Dat gebeurde zo vaak. Alex zou het later wel oplossen als haar dienst begon. Hazel had belangrijkere dingen te doen, zoals de boekbestelling van volgende maand en het plannen van de auteursevenementen in september. Zij was tenslotte de manager. Ze kon het rechtzetten van het boek wel aan Alex of Lyndsay overlaten, of aan de nieuwe medewerker die zondag zou komen, of aan wie dan ook.

Verdorie. Ze keek er nog eens naar.

Er waren twee dagen verstreken sinds het vorige incident met het scheve boek en Hazel had inmiddels vastgesteld dat het gewoon een vreemd toeval was geweest dat niet op haar van toepassing was, en als iets wat zeker niet nog een keer zou gebeuren. En kijk nu. Nog een boek dat scheef stond.

Iemand hield haar voor de gek.

Een beeld van het opgewonden gezicht van Noah, die dacht dat het een aanwijzing zou zijn, flitste door haar hoofd. Daar had ze snel korte metten mee gemaakt. Te snel. Teleurstelling stond op zijn knappe gezicht te lezen toen ze het idee van de hand had gewezen.

Ze had zich er rot over gevoeld, maar serieus: aanwijzingen?

Dat was een absurde gedachte. En het feit dat ze niet uit haar hoofd had kunnen zetten dat ze op een doodlopende weg in haar leven was beland en dat Noah vervolgens was opgedoken, verwarrend knap als altijd, betekende niet dat er plotseling geheime boodschappen in haar boeken stonden. Dat zou vreemd zijn.

Hazel tikte met haar vingers op de toonbank. Alweer een rustige dag. Lazen mensen niet in de zomer? Ze legde de toch al rechte boekenleggers recht en dronk van haar thee.

Bekijk het.

Hazel marcheerde naar de afdeling romantiek om het boek recht te zetten en er misschien even over na te denken, want vandaag was ze in een gekke bui. Ze pakte het boek uit de kast en zag meteen een ezelsoor, net als in het andere boek. Ze kon het niet zomaar terug op de plank zetten als er ook weer tekst in gemarkeerd was. Een boek dat beschadigd was, kon ze niet verkopen.

Ze moest het controleren.

De bosbessen knapten in haar mond en zorgden voor een scherpe, frisse smaak. Het deed haar denken aan de zomer en een nieuw begin.

Hazel werd onmiddellijk teruggevoerd naar het plukken van bosbessen in haar kindertijd, de zoete explosie van fruit op haar tong, het afspeuren van de struiken naar de rijpe, en het ijs dat haar vader voor haar kocht op weg naar huis. Ze sloot haar ogen en leunde tegen de plank. Wanneer had ze voor het laatst bosbessen geplukt?

'Een dutje aan het doen onder werktijd?'

Hazels ogen schoten open bij het horen van Annies plagerige stem. Ze moest echt niet nog eens betrapt worden wanneer ze raar gedrag vertoonde bij de afdeling romantiek. Ze zette het gewraakte boek terug op de plank en draaide zich om om haar vriendinnen te begroeten.

'Nee, natuurlijk niet.'

'We hebben een lunch voor je meegenomen,' zei Annie, terwijl ze zich in haar favoriete fauteuil bij het raam liet zakken.

'En ijsthee.' Jeanie hield haar het drankje voor en Hazel nam het aan, blij met de afleiding.

'Bedankt.'

'Alles goed?' vroeg Annie. Haar blonde paardenstaart gleed over haar schouder terwijl ze haar hoofd schuin hield en Hazel bestudeerde. Ze waren al vriendinnen sinds Hazel hier op haar vijftiende met haar gezin was komen wonen en Annie kende haar iets te goed.

'Ja. Prima.' Hazel pakte de andere helft van Annies sandwich en ging tegenover haar zitten. Ze schopte haar schoenen uit en trok haar voeten onder zich op. Normaal gesproken zou ze erop hebben aangedrongen in de achterkamer te eten, maar het was steeds zo rustig in de winkel dat dit nu wel kon.

'Weet je het zeker? Je ziet er een beetje vreemd uit.'

'Jíj ziet er een beetje vreemd uit.'

Annie stak haar tong uit en Jeanie giechelde.

'Ze wordt altijd chagrijnig van de warmte,' fluisterde Annie tegen Jeanie, alsof Hazel haar niet kon horen.

'Ik word er niet chagrijnig van. De zomer is gewoon niet mijn favoriete seizoen.'

'Hazel heeft een hekel aan zonneschijn. Eigenlijk is ze een soort vampier.'

'Niet waar! Ik ben gewoon liever binnen. Zie mij maar als een binnenkat.'

Jeanie lachte opnieuw en haar blik schoot heen en weer van de ene vriendin naar de andere. 'Nou, aangezien je een binnenkat bent heb je er misschien geen zin in, maar ik heb Logan overgehaald om vanavond met z'n allen een vreugdevuur aan te steken.'

'Een vreugdevuur?'

'Gewoon een soort kampvuur. Geen idee. Maar we hebben *s'mores*!'

'En drankjes?' vroeg Annie.

'En drankjes.'

'Mooi, ik ben erbij. En jij, kleine binnenkat? Lukt het jou om een paar uurtjes buiten te zijn en een leuke tijd te hebben met vrienden?' Annie plaagde alleen maar, maar haar woorden waren toch raak. Dachten Hazels vriendinnen dat ze het niet eens aandurfde plezier met hen te maken bij een kampvuur?

Ze fronste. 'Natuurlijk.'

'Perfect!' Jeanie klapte opgewonden in haar handen en Hazel besefte waarvoor ze zich zojuist had aangemeld. Insecten, rook en vuil. En misschien was Noah er ook wel, aangezien hij bevriend was met Logan. Haar maag deed gek bij de gedachte aan de visser.

Verdorie.

Het was echter te laat om nog terug te krabbelen. Jeanie pakte de rest van haar broodje al in en haastte zich de deur uit. 'Ik moet gaan. Ik heb Crystal alleen gelaten tijdens de drukte van de lunch, maar ik zie jullie later. Tot acht uur ongeveer!'

Hazel zwaaide flauwtjes naar haar voordat ze Annie weer aankeek. Haar beste vriendin trok een blonde wenkbrauw op. 'Weet je zeker dat het goed met je gaat?'

Hazel zuchtte. Het ging niet goed met haar. Ze had een soort midlifecrisis. Of een quarterlifecrisis? Bestond dat ook? Ze overwoog zelfs om op avontuur te gaan, geïnspireerd door een of andere boekenvandaal, gewoon om op haar dertigste iets te presteren. Dat leek helemaal niet goed, maar ze voelde nog niet de behoefte om alles met Annie te delen.

'Ja. Het gaat goed met mij. Ik ben alleen een beetje bezorgd omdat er zo weinig klanten komen.'

Annie keek de lege winkel rond. 'Ik zou me niet al te veel zorgen maken, Haze. Iedereen is blij met de zomer na die lange, natte julimaand. Ze komen wel weer.'

Hazel knikte. 'Je hebt gelijk.'

Annie glimlachte en gaf haar een versgebakken koekje. Een vredesaanbod.

Ze aten de rest van hun maaltijd in een aangename stilte, maar Hazels gedachten zwierven steeds weer terug naar het boek dat scheef had gestaan, de bosbessen en de rest van de zomer, die zich lang, wazig, warm en eindeloos voor haar uitstrekte.

Hazel was al door minstens vijftien insecten gebeten en waar ze ook zat, ze leek overal recht in de rook van het vreugdevuur te zitten. In haar ene hand hield ze een lauw biertje en in de andere hand een s'more met een verbrande marshmallow. Ze deed alsof ze geweldig genoot.

Ze genoot helemaal niet.

Bovendien was Noah zojuist aan komen slenteren, zongebruind en met sproeten, en haar maag deed alweer zo vreemd.

'Hoi, allemaal.' Hij stak een hand op ter begroeting en iedereen groette hem terug.

Hazel werd aan weerszijden geflankeerd door Annie en Jacob van de leesclub, die op kampeerstoeltjes zaten terwijl zij opgescheept zat met een oude keukenstoel waar ze ieder moment doorheen zou kunnen zakken. George van de bakkerij was er ook, hij stond met een biertje in zijn hand een marshmallow te roosteren. Isabel, Jeanies andere vriendin van de leesclub, was even weggelopen om naar huis te bellen en zich ervan te vergewissen dat de kinderen ondanks haar afwezigheid in slaap waren gevallen. Iedereen leek blij en ontspannen. Niemand anders leek levend opgegeten te worden.

Logan stookte het vuur op met meer concentratie en kunde dan volgens Hazel nodig was, maar zelfs hij leek het deze avond naar zijn zin te hebben. Annie had gelijk. Hazel werd chagrijnig door de zomer.

'Hé, Noah!' Jeanie begroette hem met een knuffel. Daarna pakte hij een biertje uit de koelbox en voegde zich bij de rest van de groep. 'Leuk dat je ook kon komen.'

'Eh, ja, natuurlijk ben ik er. Ik heb bijna alles over voor s'mores.'

Hazel dacht dat ze voldoende werd opgenomen door de schaduwen, maar op de een of andere manier vond Noahs blik de hare en zijn glimlach bracht haar in verwarring. Ze keek weg en concentreerde zich op haar s'more. Ze moest toegeven dat die lekker was, ondanks de bittere smaak. Toen ze haar ogen weer opsloeg, keek Noah toe hoe ze de kleverige resten van de marshmallow van haar vingers likte.

'Hé, Noah, ik wilde je iets vragen.' Annies stem trok zijn aandacht en hij keek weg van Hazels vingers. Gelukkig maar, want Hazel stond op het punt net zo klef te worden als de marshmallow die daaraan vastplakte.

'O?' Hij trok een wenkbrauw op en grijnsde geamuseerd. Hazel keek geboeid naar haar plakkerige vingers in plaats van naar zijn gezicht.

'Hoe is het mogelijk dat je nooit stinkt?'

Jacob begon te lachen. 'Wat is dat nu voor een vraag, Annie?'

'Hij zit de hele dag op een stinkende vissersboot, maar toch ruikt hij nooit naar vis!'

'Dus je beschuldigt hem ervan dat hij met andere zaken bezig is?' vroeg Jacob, terwijl hij een slok van zijn bier nam.

Annie haalde haar schouders op. 'Ik weet het niet, het is wel een beetje verdacht.'

Noah lachte. 'Douches zijn best een goede uitvinding.'

Annie kneep haar ogen tot spleetjes en bestudeerde hem. 'Jij moet echt sterke zeep hebben.'

'Ik boen gewoon heel hard.' Hij knipoogde naar haar en Annie lachte.

Iedereen lachte nu. Behalve Hazel, die haar uiterste best deed om zich niet voor te stellen hoe een ingezeepte, naakte Noah zichzelf schoonschrobde onder de douche.

'Wat heb ik gemist?' vroeg Isabel, terwijl ze weer in het licht van het vuur stapte.

'Ik heb het gewoon over Noahs douchegewoonten.' Annie gebaarde met haar biertje naar Noah en hij strekte zijn armen uit alsof hij Isabel zijn schone huid wilde laten bewonderen.

Ze leek niet onder de indruk, wat vreemd was, want Hazel zou zweren dat het vuur nog heter aanvoelde toen Noah zijn bicepsen spande onder de mouwen van zijn T-shirt.

'Wauw, mijn eerste avondje uit zonder de kinderen in maanden en we moeten het hebben over hoe Noah doucht?'

'Ik stem ook voor een ander onderwerp,' mompelde Logan, die op zijn hurken bij het vuur had gezeten en nu opstond. Jeanie drukte een kus op zijn wang.

'Hoe zit het met onze boekenkeuze voor augustus?' zei Jacob.

Logan kreunde. 'Gaan we van Noahs doucherituelen over op dubieuze boeken?'

Jeanie giechelde. 'Ja.'

'We hebben iets zomers nodig. Misschien iets over piraten!' Isabels ogen lichtten op bij haar idee.

'Hazel was laatst een boeiend boek over piraten aan het lezen.' Noah keek Hazel met een speelse grijns aan.

'Ik heb het niet gelezen. Ik ruimde het op.'

Hij haalde zijn schouders op. 'Het zag er goed uit.'

'Welk boek was het?' Jacob leunde naar voren, duidelijk geïnteresseerd in dat gore piratenboek. Noah keek haar nog steeds aan. Een mug landde op haar dij. Waar was ze in vredesnaam beland?

'*Ontvoerde minnaar*... Of nee, dat was het niet... Gevangen? Gepakt? *Vastgebonden door een piraat*?'

O. Mijn. Hemel. Als Noah nog een woord zou zeggen over dit

boek of over piraten die iemand vastbonden, zou ze hem aan haar marshmallowstokje spiezen.

'Het was *Gevangen door de liefde*,' gromde ze, blij dat het halfdonker haar gloeiende wangen verborg.

'Dat klinkt perfect!' Jeanie klapte in haar handen.

'Piraten stinken vast.'

Jacob boog zich over Hazel heen en sloeg Annie op de arm. 'Verpest de sexy piraten nu niet!'

Noah keek haar nog steeds aan terwijl de rest van de groep begon te praten over de hygiëne van piraten. Hij keek haar aan alsof hij wist dat ze dat boek mee naar huis had genomen en het van het begin tot het einde had gelezen en dat de piraat die ze zich voorstelde in niets leek op die op de cover...

'Ik moet...' Hazel stond te snel op en haar stoel viel om. 'Eh... even naar de wc.' Dat had niet iedereen hoeven weten, foeterde ze zichzelf uit.

'Wees voorzichtig als je naar de boerderij loopt. Het wordt al donker en de Bobs lopen los,' zei Jeanie met een verontschuldigende glimlach.

'Oké. Geen probleem.' Hazel haastte zich weg van de kring van licht rond het vuur en het gelach van haar vrienden. De zon stond inmiddels zo laag aan de hemel dat de kuilen in het veld aan het oog werden onttrokken door lange schaduwen. Geweldig, ik ga óf een enkel breken óf ik word aangevallen door geiten, dacht Hazel.

Ze kende de weg vanaf het achterveld naar de woning van Logans grootouders goed genoeg om die in het donker te vinden. Ze kwam hier al jaren. In haar huidige toestand zou het haar echter niet verbazen als ze in een greppel belandde. Of erger nog, als ze doodgepikt zou worden door Logans dierbare kippen.

Hazel huiverde en haastte zich naar de boerderij. Ze hoefde niet eens echt, maar ze moest wel weg van lekker ruikende vissers en bloeddorstige insecten, en ze had zo snel geen beter plan kunnen bedenken.

Ze ging naar binnen en stuitte op Nana en opa Henry, die dommelend voor de tv in de woonkamer zaten. Ze schrokken wakker toen ze binnenkwam.

'Ben jij dat, Hazel Kelly?'

'Ja, ik ben het, Nana. Hoe gaat het?'

'O, goed, goed. Er zitten nog wat restjes in de slowcooker, mocht je honger hebben.'

'Daar zit niemand op te wachten, lieverd.' Henry klopte liefdevol op haar been en Estelle keek hem boos aan. Hazel glimlachte. Het was alsof ze weer thuiskwam met Logan, toen ze nog op de middelbare school hadden gezeten. Ze hadden elkaar lang geleden als broer en zus geadopteerd, omdat ze die zelf niet hadden.

'Ik zit eigenlijk vol door de s'mores. Ik kwam even binnen om gebruik te maken van het toilet.'

'Oké, lieverd. Laat het me weten als je iets nodig hebt.'

Hazel knikte en liep door de gang naar de kleine badkamer naast de keuken. Die had nog steeds hetzelfde vervaagde behang, dezelfde blauwe tegelvloer. Ze keek in de spiegel en zag het meisje dat ze nog van haar middelbareschooltijd kende.

Nou ja, misschien was ze een beetje veranderd. Iets ouder geworden.

Maar ze voelde zich hetzelfde. Dezelfde Hazel als altijd.

Kun je herinneringen hebben aan dingen die je niet hebt gedaan? Hazel stond in Logans badkamer en dacht aan alles wat ze niet had gedaan. Zoals spijbelen, omdat ze bang was dat ze iets belangrijks zou missen. Ze was ook maar één keer gedurende haar tienertijd dronken geworden, en wel hier op de boerderij. Daarna had ze zich zo schuldig gevoeld dat ze het aan Nana had opgebiecht.

Tijdens haar studie was ze thuis blijven wonen. Ze was niet

naar clubs geweest, had nog nooit een onenightstand gehad en was niet gearresteerd.

Oké, misschien was het maar goed dat ze nooit was gearresteerd, maar het punt was dat ze nooit echt roekeloos was geweest, zelfs niet een klein beetje.

Hazel was over het algemeen wel tevreden over zichzelf. Ze hield van het leventje dat ze leidde. Toch had ze het gevoel dat er iets ontbrak. Dat al die gemiste kansen veranderden in iets als spijt. Spijt die ze als dertiger niet wilde voelen.

Ze dacht aan Noahs glimlach, de scheefstaande boeken en het plukken van bosbessen. Misschien hoefde ze niet vast te zitten aan dit leventje. Misschien kon ze de komende twee maanden... plezier maken. Plezier maken kon ze wel, toch? Daar was de zomer immers voor bedoeld.

De vloerplanken kraakten onder haar voeten toen ze door de keuken liep en de fles wijn van tafel pakte die Jeanie vergeten was mee naar buiten te nemen.

Plezier maken. Op avontuur gaan. Een klein beetje roekeloos zijn... Dat kon ze wel.

Vanavond zou ze beginnen.

Ze ging naar buiten door de zijdeur, die uitkwam op de privétuin van opa Henry, en trof daar een onverwachte verrassing aan. Bosbessenstruiken! Ze was helemaal vergeten dat die bij Logans boerderij stonden. Ze stond daar aan de rand van de tuin, die langzaam in schaduwen gehuld werd, en voelde zich oud. Ze zat niet meer op de middelbare school of op de universiteit. Ze kon het verleden niet meer veranderen en dat wilde ze ook niet, niet echt. Maar in de maanden voor haar verjaardag wilde ze haar eigen grenzen opzoeken. Zichzelf laten gaan. Ze wilde nog even jong en leuk zijn en zich een twintiger voelen, voordat het te laat was.

Misschien had ze te veel houtrook ingeademd, maar het feit dat ze precies op de plek was beland waar ze volgens de scheefstaande boeken terecht had moeten komen, voelde gewoon als een te groot teken om te negeren. De boeken waren de sleutel tot haar avontuur. Het werd tijd dat ze op ging letten.

Hoofdstuk vier

Noah trof Hazel aangeschoten in de kleine tuin aan. Het rook er naar aarde en houtrook. Het was nu volkomen donker en Hazel zat aan de rand van de tuin met een halflege fles wijn in haar hand.

'Hé, we maakten ons zorgen om je. Ik begon al te denken dat je door de geiten was opgegeten.'

Hazel keek naar hem op. 'Het stond in het boek.'

Misschien was ze toch dronkener dan hij dacht. 'Wat stond er in het boek? Weet je zeker dat het goed met je gaat? Wil je dat ik Annie haal?'

Hazel snoof en trok hem naast zich neer. 'Er was nog een boek.' Ze keek hem aan alsof hij moest weten waar ze het over had, maar dat was beslist niet zo, en eerlijk gezegd kon hij op dat moment alleen maar denken aan hoe dichtbij ze was en hoe lekker ze rook en hoe lief ze was. Ze had een korte broek aan die hij haar nog nooit had zien dragen en waardoor de mooie huid van haar benen zichtbaar werd, en...

'Een nieuwe aanwijzing!' zei ze zachtjes, alsof het een geheim was. Hij wilde best geheimen delen met Hazel Kelly. 'Ik heb nóg een boek gevonden met een aanwijzing.'

'O! Ik snap het. De aanwijzing uit het boek.'

'Ja.' Ze knikte met haar hoofd en haar krullen stuiterden om haar schouders. 'Het ging over het eten van bosbessen en zie dit!'

Ze deed de bladeren van een nabijgelegen plant opzij, waardoor het verse fruit eronder zichtbaar werd. 'Bosbessen.' Haar toon was gedempt, alsof deze bessen een soort antwoord voor haar waren.

'Dat is... cool.' Dat was een ontoereikende reactie, maar Hazel knikte weer en plukte een bes.

'Ze zijn ook heel lekker.' Ze bracht het fruit naar haar mond en stopte de bes tussen haar lippen, waarna Noahs wereld tot stilstand kwam. Het enige wat op dat moment bestond, waren Hazels mond, het kleine zuchtje van geluk dat over haar lippen kwam en de vuurvliegjes die rond haar hoofd zweefden.

Ze sloot haar ogen terwijl ze de bessen at en Noah staarde alleen maar naar haar. Als iemand niet doorhad dat Hazel sexy was, dan was diegene stekeblind.

'Wil je ook?' vroeg ze, terwijl haar ogen weer opengingen. Ze plukte nog een paar bessen en legde ze eerbiedig in zijn handpalm.

'Bedankt.' Het kwam er verstikt uit en Noah schraapte zijn keel.

'Hier.' Hazel gaf hem de fles wijn aan en hij nam een flinke slok voordat hij de bessen opat. De combinatie was scherp, zoet en zomers.

Hazel glimlachte naar hem. De wereld leek om hem heen te draaien.

'Ik denk dat ik je hulp nodig heb.'

Wat je maar wilt, dacht hij. 'Oké.'

Ze duwde haar bril steviger op haar neus. 'Ik heb hulp nodig met de zomer... Ik bedoel... ik heb hulp nodig om plezier te maken.'

'Heb je hulp nodig bij het maken van plezier?'

'Ik wil een avontuur beleven.' Ze maakte een weids gebaar met haar hand. 'Ik wil de aanwijzingen volgen, ervan uitgaande dat er meer zullen komen, en ik wil gewoon... Ik weet het niet... een beetje roekeloos zijn. Ik heb mijn hele leven op safe gespeeld en nu wil ik... avontuur, opwinding. Ik wil een goed verhaal kunnen vertellen op een avondje uit.'

'En je wilt dat ik je help?'

Hazel haalde haar schouders op en keek van hem weg. 'Ik denk dat je er wel goed in zou zijn. In leuke, zomerse avonturen beleven, bedoel ik. Dat is je werk, toch?'

'Wil je me inhuren?'

'Nee!' Hazels ogen werden groot. 'Nee, dat bedoelde ik niet. Sorry, ik verpest het helemaal. Ik dacht dat je de aanwijzingen ook wel spannend vond en jij bent gewoon meer... Ik weet het niet... Jij bent de interessantste persoon die ik ken. En ik dacht dat je me misschien zou willen helpen. Sorry, ik had niets moeten zeggen.'

'Hazel.'

'Ja?'

'Natuurlijk help ik je.' Wenste een deel van hem dat de hulp meer inhield dan alleen het maken van roekeloos plezier? Zeker. Maar Noah wist waar hij goed in was.

'Echt waar?'

'Ja, ik wil je graag helpen met de aanwijzingen in die boeken van je.' Haar ogen lichtten op. Hij had Hazel Kelly gelukkig gemaakt.

Hij kon niet optimaal van die gedachte genieten, omdat haar mond tegen de zijne botste voordat hij begreep wat er gebeurde en mijn hemel, ze smaakte naar bessen en wijn. Voordat hij het kon tegenhouden, ontsnapte er een zachte kreun uit zijn mond en Hazel leunde zwaarder tegen hem aan. Haar handen lagen op zijn borst, ze greep zijn shirt vast met haar vingers en trok hem nog dichter naar zich toe.

Noah wilde haar kussen. Hij wilde zoveel dingen met Hazel Kelly doen, zijn hoofd liep ervan over. Ze slaakte een zucht tegen zijn lippen, maar Hazel was dronken. Ook al had ze hem net gevraagd haar te helpen roekeloos te zijn, hij was er vrij zeker van dat dit daar niet onder viel.

Noah was niet van plan op het lijstje te komen met dingen waar Hazel spijt van had.

'Haze,' fluisterde hij. Het koosnaampje voelde intiem op zijn tong. Zo had hij haar nog nooit genoemd, hoewel hij dat wel al vaak had willen doen.

Ze trok zich terug, en haar ogen werden groot achter haar bril. 'O, lieve hemel. Het spijt me. Het spijt me echt. Ik weet niet wat er met me aan de hand is.' Ze probeerde op te staan, maar haar schoenen bungelden losjes aan haar voeten en het leek alsof ze ze niet meer aan kon krijgen.

'Hé.' Hij pakte haar hand en zorgde ervoor dat ze naast hem bleef zitten. 'Het komt gewoon door de blauwe bessen.'

Hazels uitdrukking werd zachter en haar lippen plooiden zich tot een glimlach. 'Het zijn heel sterke blauwe bessen.'

Noah lachte verbaasd. 'Ja, dat is zeker waar.'

'Dat had ik niet moeten doen.' Haar kin rustte nu op haar opgetrokken knieën en ze richtte haar woorden tot haar blote tenen. Haar schoenen was ze inmiddels vergeten. 'Dat bedoelde ik niet met jouw hulp nodig hebben.'

'Je hoeft je niet te verontschuldigen.'

'Jawel!' Haar uitdrukking was ernstig toen ze zich tot hem wendde. 'Hier vroeg ik niet om en ik wil niet dat je denkt dat ik probeerde… Ik weet het niet, dat ik probeerde misbruik van je te maken.'

Noah zou hebben gelachen als ze er niet zo oprecht en bezorgd uit had gezien. 'Haze, als je niet een beetje dronken was geweest, zou ik je veel langer gekust hebben.'

Op de een of andere manier werden haar ogen nog groter. 'Echt waar?'

'Ja.'

'O, maar ik ben niet… Ik bedoel, jij bent… gewoon jij.'

'Juist.'

'En ik ben…'

'Sexy.'

Hazels lach verbrak de stilte om hen heen. 'En ik ben niet jouw type.'

'Sexy is absoluut mijn type.'

Ze schudde haar hoofd, alsof ze onmogelijk kon geloven dat hij het meende. Nu had hij een nieuwe missie. Hij zou Hazel Kelly ervan overtuigen dat ze sexy was en dat hij haar wilde.

'Dus jij wilt samen met mij de aanwijzingen volgen?'

'Natuurlijk. Wie zou ze achterlaten, denk je?'

Ze haalde haar schouders op. 'Misschien iemand van de leesclub? Hoewel ik niet weet waarom ze dat zouden doen, maar ze zijn altijd wel iets van plan. Bovendien vallen alle boeken onder het genre romantiek, en dat is hun favoriet, dus… Ik weet niet eens echt of de aanwijzingen voor mij bedoeld zijn, maar ik heb gewoon het gevoel, eh… dat ze me misschien zullen helpen.'

Noah wist nog steeds niet echt wat ze bedoelde, maar hij knikte toch maar en trok zijn knieën op tot aan zijn borst. Hij liet zijn armen erop rusten en keek naar de diverse planten om hen heen. Naast bosbessenstruiken stonden er ook aardbeienplanten, maar die vruchten waren al eerder in de zomer geplukt. Dit moest de plek zijn waar Henry's beroemde aardbeienjam vandaan kwam. Een ogenblik lang was Noah bang dat de oude man naar buiten zou komen en tegen hen zou beginnen te schreeuwen. Nu hij in het donker buiten zat met een leuke vrouw en een fles wijn die waarschijnlijk gestolen was, voelde hij zich weer even zestien.

'Ik sta op het punt dertig te worden.' Hazels stem klonk zacht in de duisternis, ze werd bijna overstemd door het koor van krekels die om hen heen tjilpten. 'Over twee maanden is het zover.'

'Ik zal een cadeautje voor je kopen.'

Ze moest even lachen voordat ze verder praatte. 'Het voelt alsof ik als twintiger vergeten ben te leven. Alsof ik er niet alles uit heb gehaald wat erin zat, of zoiets. Het lijkt net of ik… vastzit.'

'En de aanwijzingen geven je een oplossing?'

Hazels schokkerige lach veroorzaakte een lichte rilling over Noahs ruggengraat.

'Het klinkt stom.'

'Het is niet stom.'

'Ik wil gewoon een leuke zomer hebben. Wat er nog van over is, tenminste.'

'Nou, daar heb je nu de juiste man voor ingehuurd.'

'Ik ga je echt niet betalen.'

Noah lachte. 'Mooi, want anders zou ik me nog een viezerik voelen.'

Hazel gaf hem een tik op zijn arm en viel lichtjes tegen hem aan voordat ze overeind kwam. 'Wacht, hoe oud ben je eigenlijk?' vroeg ze, alsof dat ineens heel belangrijk was. Hij vond Hazel leuk als ze aangeschoten was. Dan was ze eerlijker. En ze keek hem tenminste niet aan alsof hij van een andere planeet kwam, maar eerder alsof ze hem nog een keer wilde kussen.

Dat vond hij leuk. 'Vijfentwintig.'

Ze kreunde en bedekte haar gezicht met haar handen. 'Neeeee...'

'Nee?'

'Nee, je kunt geen vijfentwintig zijn! Dat maakt mij tot een wellustige oude dame!'

'Als wellustig betekent dat je me in je bed probeert te krijgen, dan vind ik dat helemaal geen probleem.' Nog een speelse tik, nog een heerlijk giechelend geluid van Hazel. 'En bijna dertig is niet oud.'

'Maar wel veel ouder dan vijfentwintig. En de meeste van mijn vrienden vinden bovendien dat ik me eerder gedraag alsof ik zeventig ben.'

'Je vrienden? Logan praat met dieren, Jeanie kan niet beslissen of ze hier of in haar eigen appartement wil wonen, Annie is verwikkeld in een eenzijdige ruzie met de eigenaar van de enige goede bar in de stad. En die moeten jou vertellen hoe je je moet gedragen, Haze?'

Ze lachte weer, ademloos giechelend, terwijl haar haar in haar gezicht viel. 'Waar ik nieuwsgierig naar ben,' zei ze, terwijl ze naar adem hapte, 'is of de dieren ook antwoord geven.'

Noah nam nog een slok wijn. 'Mijn hemel, dat hoop ik niet.'

'Maar ik hou wel van ze,' zei ze, na te zijn gestopt met giechelen.

'Natuurlijk. Ik bedoelde alleen dat je anderen niet moet laten bepalen hoe je jezelf ziet.'

'Klinkt heel verstandig uit de mond van zo'n jonkie.'

Noah snoof en wilde protesteren, maar Hazel leunde inmiddels tegen hem aan, met haar zij tegen zijn zij gedrukt, en hij kon geen zinnen vormen of überhaupt helder denken, dus nam hij gewoon nog een slokje wijn en gaf haar toen de fles.

Zij nam ook een slokje en zuchtte. Haar hoofd lag bijna op zijn schouder en haar zachte krullen streken langs zijn kin.

'Waar komt deze vandaan?' Ze streek lichtjes met haar vinger over de tatoeage van een schorpioen aan de binnenkant van zijn onderarm. Noah huiverde.

'Die heb ik tijdens het laatste jaar van de middelbare school laten zetten. Ik dacht dat het er cool uit zou zien en dat het indruk zou maken op een meisje.'

'En lukte het?' Haar stem klonk zacht en slaperig. Haar vinger volgde zijn arm nog steeds en Noah moest zijn hersenen dwingen na te denken.

'Er cool uitzien? Niet echt. Indruk maken op het meisje? Ja.'

Hazel lachte tegen zijn arm. 'Ik wed dat je altijd indruk op het meisje maakt.'

Noah schraapte zijn keel. 'Op sommige.'

'Waar heb je deze allemaal vandaan? Dat heb ik me altijd afgevraagd.' Haar vingers gleden over de kleurrijke, gevlochten armbanden die hij om zijn pols droeg. Vriendschapsarmbandjes, van het soort dat meisjes maken op zomerkamp.

'Mijn nichtjes maken ze voor me en sturen ze op via de post.'

'En jij draagt ze.'

'Ze willen foto's als bewijs dat ik ze altijd draag.'

Ze lachte weer zachtjes. 'Je bent een goede oom.'

Hij wilde eigenlijk zijn schouders ophalen, maar tegelijkertijd wilde hij niet dat Hazel haar hoofd van zijn schouder zou halen. Hij was eigenlijk een nogal waardeloze oom die zo min mogelijk naar huis ging, maar dat wilde hij Hazel niet vertellen. Hij wilde dat ze dacht dat hij een goede oom was. En wijzer dan je zou verwachten bij iemand van zijn leeftijd. En eigenlijk alles behalve een roekeloos pleziertje.

Maar als ze een roekeloos pleziertje nodig had, dan zou hij haar dat geven. Hij had er alles voor over om meer tijd met haar door te brengen.

'Daar zijn jullie! We dachten al dat jullie weg waren gegaan.' Annies stem verbrak de stilte, waardoor Hazel haastig bij hem vandaan schoof. Ze zou zijn omgevallen als hij haar niet bij haar elleboog had gepakt en ondersteund had.

'Of dat jullie vermoord waren,' voegde Jeanie eraan toe, terwijl ze met een zaklamp achter Annie aan kwam.

'Hier wordt niemand vermoord.' Logan sloot de stoet af, met een kleine zwarte kat in zijn armen. Waar kwam dat beestje nu weer vandaan? Die man trok zwerfdieren gewoon aan.

'Het is hier zo donker. Wij zouden het niet aan hebben zien komen.' Jeanie scheen met de zaklamp over de aardbeienplantjes en verlichtte het belastende tafereel van Hazel, de fles wijn en Noah aan haar zijde. Jeanies wenkbrauwen gingen omhoog.

'Wat doen jullie daar nou?'

'Bessen eten,' zei Hazel, terwijl ze haar ogen afschermde tegen het licht.

'Dus Noah en jij zaten hier gewoon in het donker bessen te eten?' Annie sprak dat 'bessen eten' uit alsof het het meest absurde was wat ze zich kon voorstellen.

'Ja. Daar waren we inderdaad mee bezig.' Noah stond op en stak een hand uit naar Hazel, die hem aannam en zich liet optrekken. Ze klopte haar korte broek schoon en keek haar vrienden aan.

'Sorry dat ik al je wijn heb opgedronken.' Ze overhandigde Logan de lege fles terwijl ze langs hem liep, gevaarlijk slingerend in het donker.

'Ik breng haar wel naar huis.' Noah volgde haar naar de oprit en negeerde de verraste en nieuwsgierige gezichten van hun vrienden.

'Naar háár huis! Niet naar dat van jou!' riep Annie hem na. Hij schudde zijn hoofd. Hij had immers ook geen misbruik gemaakt van de kus. Hij zou nooit misbruik maken van Hazel, of van welke vrouw dan ook, maar hij keek er wel naar uit om een avontuur met haar te beleven.

Aan het einde daarvan zou ze hem kussen zonder dat er wijn voor nodig was.

Hoofdstuk vijf

Hazel had een kater. Maar het was donderdag en op die dag ontbeet ze altijd samen met haar vader, dus zaten ze op hun gebruikelijke plekje bij het eetcafé op de hoek van Main Street en Central Street, het adresje met de lekkerste pannenkoeken en middelmatige koffie. Op weg naar haar werk zou ze langs het Pumpkin Spice Café gaan voor iets wat wel drinkbaar was.

De gelegenheid zat vol met het gebruikelijke publiek voor een doordeweekse dag, voornamelijk luidruchtige senioren. Hazels hoofd bonkte elke keer als Amir Sharma zijn stem verhief om met Rico Stephens in discussie te gaan over hun eindeloze footballpool, en de menigte gepensioneerden in de achterhoek werd met de seconde rumoeriger.

'Je ziet er verschrikkelijk uit, Hazelnoot.'

'Bedankt, pap. Lief van je.'

Haar vader nam een slok van zijn koffie. 'Je weet dat ik eerlijkheid hoog in het vaandel heb staan.'

'Ik heb een kater.'

'Op donderdag?' De burgemeester keek werkelijk verontwaardigd.

Misschien was haar missie 'gedraag je als een tiener' dan toch geslaagd.

'Ja. Logan en Jeanie hadden gisteravond mensen uitgenodigd voor een avondje rond een kampvuur.'

'En het liep uit de hand?'

Hazel snoof boven haar glas sinaasappelsap. Het was niet uit de hand gelopen, ze was gewoon doorgedraaid; ze was dronken geworden tussen de bessenstruiken en had een visser aangerand. Ze was er niet helemaal zeker van of dit een goed begin was van haar laatste maanden als twintiger, maar het was in ieder geval roekeloos.

'Dat zou je kunnen zeggen.'

'Ik hoop dat je niet in die toestand naar huis bent gereden.'

Hazel weigerde na te denken over de rit naar huis, of de bewegingen van Noahs onderarmen terwijl hij aan het stuur draaide, of de manier waarop hij haar naar de deur had gebracht en naar binnen had geholpen. Ze dacht niet aan de kus die hij op haar wang had gedrukt, of aan de manier waarop hij 'Welterusten, Haze' had gefluisterd met zijn diepe stem, wat haar over haar hele lichaam had doen trillen. Nee. Nee, daar dacht ze niet aan.

'Natuurlijk ben ik niet zo naar huis gereden.'

'Ik wilde het gewoon even zeker weten.'

'Ik ben negenentwintig, pap.'

'Toch ben je nog steeds mijn kindje.'

Haar vader deed belachelijk, maar het was ook wel schattig, dus liet ze hem maar praten. Vandaag droeg hij een stropdas met badeendjes en een hemelsblauw overhemd, en zijn lievelingsbril, die steeds weer naar beneden gleed. Het was moeilijk om boos op hem te blijven. 'Hoe gaat het met Frank?'

'Goed, ik moest je een knuffel van hem geven.' Frank was de echtgenoot van haar vader en de reden dat ze überhaupt naar Dream Harbor waren verhuisd. Hij was als een tweede vader voor Hazel, maar ze zou hem waarschijnlijk altijd Frank blijven noemen.

'En mam?'

'Het gaat goed met mama, ze maakt zich op voor het nieuwe

schooljaar.' Hazels moeder was met hen meeverhuisd naar Dream Harbor en woonde boven in het tweegezinshuis dat ze met elkaar deelden. Sommige mensen vonden het vreemd, maar voor Hazel was het heel gewoon. Haar ouders waren eigenlijk nooit een romantisch stel geweest. Ze waren gewoon bevriend met elkaar geweest en hadden beiden een kinderwens gehad, die dus was uitgekomen.

Hazel had geen broer of zus, tenzij ze de twee Franse buldoggen meetelde, Diego en Frida, zoals haar moeder deed. Die gaf beeldende vorming op de middelbare school en stond bekend om de vaak schandalige, altijd naakte sculpturen die ze in haar vrije tijd maakte.

'Middelbare scholieren zijn heftig. Ik weet niet hoe ze het volhoudt.'

'Je moeder houdt wel van een uitdaging.'

'Hm. Dat geloof ik wel.' Hazel glimlachte naar de nieuwe serveerster terwijl die een bord met pannenkoeken voor haar neerzette. 'Bedankt.'

'Burgemeester Kelly.' Haar vader stak zijn hand uit zodra de vrouw de borden had neergezet. 'Ik geloof niet dat we elkaar al hebben ontmoet.'

Hij glimlachte breed en Hazel beet op haar lip toen ze weer zag hoe heerlijk nerdy haar vader was.

De vrouw glimlachte terug en pakte zijn hand. 'Maribel. Aangenaam.'

'Nieuw in Dream Harbor?'

'Ja. We zijn hier een paar weken geleden komen wonen.'

'En hoe bevalt het tot nu toe?'

'Heel goed, bedankt.'

Hazel hoorde de welkomsttoespraak van haar vader aan terwijl ze zich op haar ontbijt concentreerde. Ze kende de ins en outs van Dream Harbor inmiddels uit haar hoofd. Maar Maribel leek verheugd over het gesprek terwijl ze verder liep om de bestelling van Dot en Norman op te nemen, die dicht bij elkaar aan het volgende tafeltje zaten.

'Je beseft wel dat je niet iedere inwoner van deze stad kunt kennen, toch?'

Haar vader glimlachte toegeeflijk en sneed zijn omelet. 'Ik kan in ieder geval een poging doen.'

'Papa, heb jij weleens het gevoel, eh… dat je vastzit?'

De vork met omelet bleef halverwege de weg naar zijn mond hangen. Hij liet zijn bestek zakken.

'Zeker. Dat overkomt iedereen weleens, denk ik. Hoezo? Is alles goed met je?'

Hazel wuifde zijn bezorgdheid weg met een handgebaar. 'Het is niets ernstigs. Ik voelde me gewoon… ik weet het niet… rusteloos.'

Haar vader glimlachte en ging weer verder met eten. 'Het klinkt alsof je gewoon een leuke zomer nodig hebt,' zei hij tussen de happen door.

Een leuke zomer.

Ik zou je veel langer gekust hebben.

Noahs woorden bleven maar door haar hoofd tollen, zoals al de hele nacht het geval was geweest. Ze voelde haar wangen warm worden. Ze hield van haar vader, maar ze was zeker niet van plan om haar idee van een leuke zomer met hem te bespreken.

'Ja, je hebt waarschijnlijk gelijk.'

'Natuurlijk heb ik gelijk. Ik ben je vader.'

Hazel grijnsde terwijl ze haar laatste hap pannenkoek verorberde. 'Jaja. Nu moet ik echt aan de slag.' Ze stond op en kuste haar vader op de wang. 'Hou van je.'

'Ik ook van jou.' Haar vader zwaaide haar uit toen ze wegging en tegen de tijd dat ze buiten was, zat hij al naast de locoburgemeester, Mindy, en haar beste vriendin, Tammy, die aan het tafeltje naast hen hadden gezeten. Hazel glimlachte naar hen door het raam. Haar vader had altijd zin om met mensen te praten.

Het was een warme ochtend, maar nog niet heet, en Hazel genoot van de vroege stralen van de zon op haar gezicht. Het was maar een klein stukje lopen naar de boekhandel, en zelfs na een tussenstop in het café om haar nieuwe favoriete appelcider-ijsthee te halen, was Hazel vroeg. De winkel zou pas over een halfuur opengaan, waardoor het haar nog meer verraste een zekere visser tegen de smaragdgroene deur te zien leunen.

'Noah.'

Er verscheen een trage grijns op zijn gezicht en Hazel klemde haar ijsthee steviger vast om zich schrap te zetten voor die glimlach.

'Hoi,' zei hij met een lage, diepe stem. Het geluid vibreerde door haar heen, waardoor ze niet meer helder kon denken.

'Wat doe jij hier?'

'Ik wilde er alleen even zeker van zijn dat het goed met je gaat.'

'Natuurlijk gaat het goed.' Ze klonk chagrijniger dan ze wilde, maar ze wilde Noah eigenlijk nog niet onder ogen komen, niet na gisteravond. Ze had gehoopt hem minstens een week of twee te kunnen ontwijken. Of voor altijd, als dat een optie was.

'Nou, gisteravond leek je...'

'Het gaat prima met me. Ik moet snel aan de slag.' Ze gebaarde naar de deur waar hij nog steeds tegenaan leunde, waardoor zij geen kant op kon.

'Oké, sorry, ik dacht alleen maar...'

Hij deed een stap opzij en Hazel deed de deur van het slot, maar ze kon die niet pal in zijn gezicht dichtslaan, dus had ze geen andere keuze dan hem binnen te laten.

'Heette deze zaak altijd al de Cinnamon Bun Boekhandel?' vroeg hij, terwijl hij achter haar aan liep.

'Nee.'

'Waarom heb je de naam aangepast?'

'De eigenaar houdt van verandering.'

'Dus… er zijn ook *cinnamon buns*?' vroeg hij, duidelijk hoopvol.

Hazel onderdrukte een glimlach. 'Elke zondagochtend.' Het was Hazels favoriete onderdeel van de nieuwe uitstraling van de winkel; door de geur van suiker en kaneel op zondag was het echt een feest om te werken in het weekend.

'Waarom wist ik daar niets van?'

Hazel haalde haar schouders op. 'We organiseren het pas sinds kort.'

'Hoe dan ook, ik wilde er zeker van zijn dat het goed met je ging,' begon hij opnieuw en Hazel draaide zich naar hem toe. De ochtendzon deed zijn koperkleurige haar glanzen. Op zijn neus en wangen was hij een beetje verbrand, maar op de een of andere manier stond hem dat goed en sexy, terwijl zij er altijd uitzag als een gigantische kreeft als dat haar overkwam. Hij had een bezorgde rimpel tussen zijn wenkbrauwen, wat ongewoon voor hem was.

Ze zuchtte. Hij leek oprecht bezorgd om haar. 'Het gaat goed met me. Echt waar.'

Zijn blik gleed over haar heen, alsof hij de schade inventariseerde, alsof ze, nadat hij gisteravond haar huis had verlaten, er toch nog in geslaagd was om in een put te vallen of zoiets. Haar eerste roekeloze avontuur en alle alarmbellen gingen af bij twee mannen in Hazels leven. En dat terwijl ze niet eens de tuin uit was geweest. Een duidelijk teken dat ze de afgelopen negenentwintig jaar veel te veel op safe had gespeeld.

Noah keek haar aan en knikte, blijkbaar overtuigd van het feit dat het goed met haar ging. 'Mooi.' Zijn uitdrukking veranderde van bezorgd in ondeugend. 'Goed, wanneer beginnen we met het volgen van de aanwijzingen?'

Haar wangen gloeiden bij de herinnering aan alles wat ze gisteravond had gezegd, alles waarom ze had gevraagd en alles wat ze had opgebiecht. En bij de herinnering aan die waanzinnige kus. Ze was niet echt dronken geweest, gewoon aangeschoten genoeg om eerlijk te zijn. Om de dingen te doen die ze graag wilde doen.

'Dat hoef je niet te doen. Het was gewoon een gek voorstel.'

Zijn glimlach verdween. 'O.'

Ik zou je veel langer gekust hebben.

Wat was ze aan het doen? Deze man, deze sexy man, bood aan om de rest van de zomer met haar door te brengen en zij... wilde dat aanbod afwijzen? Was dit niet precies wat ze had gewild? Een kans om de laatste dagen als jonge vrouw roekeloze avonturen te beleven?

En nu ze Noah zag, die er zongebruind en verwaaid uitzag en haar met zijn bruine ogen aankeek, leek het hele plan roekeloos. Tijd doorbrengen met Noah kon haar echt in de problemen brengen, of ze nu van zijn boot zou vallen of gevoelens zou ontwikkelen voor deze man, die geen echte band met dit stadje had en op elk moment kon vertrekken.

Hazel gooide alle voorzichtigheid, verstandigheid en rationaliteit vanaf nu officieel overboord. Voor de komende twee maanden. Deze ochtend nam Hazel, helemaal nuchter en in het volle daglicht, een beslissing. Ze zou dit voor zichzelf doen. Ze zou op Noahs aanbod ingaan. En op alles wat er verder deze zomer nog op haar pad zou komen.

'Er zijn nog geen nieuwe aanwijzingen.' Ze wees naar de keurig opgeruimde planken achter hem. Zijn gezicht lichtte weer op. Ze besefte dat Noahs emoties meestal van zijn knappe gezicht af te lezen waren en dat al dat staren en glimlachen misschien echt betekende... dat hij eigenlijk verliefd op haar was?

Ze liep op de zaken vooruit. Noah wilde haar helpen een leuke zomer te beleven, hij bood zich niet aan als een soort zomerliefde, toch? Dat zou raar zijn. Je vroeg niet aan de eerste de beste persoon om dat soort zomers plezier met je te beleven.

Verdorie. Waarschijnlijk bloosde ze nu tot achter haar oren.

'Laat je het me weten als het zover is?'

'Eh, ja. Ik bedoel, áls er nog meer komen. Wie weet.'

'Nou, als die niet komen, moeten we zelf maar wat leuks verzinnen.' Zijn glimlach werd breder. Het was maar goed dat Hazels ijsthee in een metalen mok zat, anders zou ze het bekertje inmiddels plat hebben geknepen. 'Ik heb vanmiddag een boottocht gepland staan, maar app me als er ontwikkelingen zijn.' Hij bracht het heel nonchalant. Alsof Hazel niet het gevoel had dat ze zojuist een snode deal had gesloten met een knappe piraat.

Ze moest niet zo gek doen.

Noah was een vriend. Ze waren gewoon twee vrienden die de aanwijzingen in haar boekhandel gingen volgen. Nee, dat klonk ook gek.

'Oké, natuurlijk.' Ze stak ten afscheid een hand op toen Noah vertrok. Ze zag hem door de ramen aan de voorkant de straat uit lopen. Hij was zo knap dat dit haast niet goed af kon lopen, maar nu was het te laat. Ze had de sexy visser van het stadje gerekruteerd en hij zou haar helpen een avontuurlijk einde van de zomer/einde van haar leven als jonge vrouw te beleven, en opeens had ze het gevoel dat er geen weg terug meer was.

Hazel zuchtte en ging haar tas in de achterkamer opbergen, voordat het tijd was om de winkel te openen. Ze beschouwde het kamertje niet echt als haar kantoor, omdat het de bewaarplaats voor jassen en tassen was, en omdat hier ook de bank stond waar het personeel gewoonlijk lunchte. Maar het bureau was van haar.

Het was de perfecte plek om haar hoofd even te laten rusten en na te denken over waar ze zojuist mee had ingestemd.

Hoofdstuk zes

Er ging bijna een week overheen voordat Hazel de volgende aanwijzing vond. Genoeg tijd om alles bijna te vergeten, om te beseffen dat het allemaal een dwaas misverstand was. Genoeg tijd om te beseffen dat het eigenlijk een vreselijk idee was om te besluiten de komende maanden met Noah door te brengen.

Ook al wilde ze dat ergens nog steeds.

De echte reden dat ze Noah echter niet over de aanwijzing vertelde, was omdat die eigenlijk behoorlijk alledaags was. Een aanwijzing die ze in haar eentje ook wel afkon. Iets wat ze eigenlijk toch al van plan was te doen. Ze had hier helemaal geen gids of avontuurlijke metgezel voor nodig.

Daarom was ze in haar eentje naar de supermarkt gegaan om ingrediënten voor milkshakes te kopen. En daarom had ze zich in het gangpad met diepvriesproducten verstopt, aangezien ze Noah net had zien binnenkomen, en probeerde ze nu na te gaan of ze nog tijd had om af te rekenen voordat hij haar zag. Dat was natuurlijk belachelijk. Ze hoefde hem niet aan zijn neus te hangen dat ze weer een boek had gevonden met een gemarkeerde zin die ging over het drinken van vanillemilkshakes. Het was bijna alsof de persoon die de aanwijzingen achterliet er zeker van wilde zijn dat ze van al haar favoriete smaken van de zomer genoot voordat deze voorbij was. Hij hoefde niet te weten dat ze haar belofte had gebroken.

Het kon best zijn dat ze zomaar in de supermarkt was. Zoals ieder normaal mens. Wat zij natuurlijk ook was.

Precies. Er was geen vuiltje aan de lucht. Ze pakte een bakje vanille-ijs en legde het in haar mandje, bij de melk en de hagelslag die ze eroverheen zo sprenkelen. Ze stond juist op het punt om zelfverzekerd naar de kassa te lopen toen ze abrupt stopte bij het horen van een stem achter haar.

'Hazel Kelly.' Een laag, diep geluid dat haar dingen liet voelen die ze liever niet zou voelen op de diepvriesafdeling. Of waar dan ook.

Ze draaide zich om en zag Noah tegen de diepvriezers leunen met een ondeugende grijns op zijn gezicht.

'Wat een aangename verrassing,' zei hij, terwijl hij dichterbij kwam.

Hazel klemde het mandje tegen zich aan. 'Even boodschappen aan het doen.'

Noah tuurde in haar mandje. 'IJs en hagelslag, jammie.'

'En melk,' merkte Hazel op, alsof het ertoe deed dat ze ook melk kocht, alsof dat haar van haar leugens verloste.

'Ga je milkshakes maken?' vroeg hij, nog steeds glimlachend alsof hij haar geheim kende.

'Ik had trek en mijn favoriete milkshaketentje ging vorig jaar failliet, dus ik wilde er zelf maar eentje maken.' Ze bazelde. Dit was belachelijk. Noah zou haar niet zo van haar stuk moeten brengen. Hij was gewoon een man. Hazel weigerde na te denken over het feit dat dit de tweede keer was dat hij opdook op de plaats waar de aanwijzingen haar brachten. Dit was de supermarkt. Hier waren zoveel mensen.

Het was ook niet raar dat ze net Andy tegen was gekomen op de versafdeling en Joe op de afdeling met het broodbeleg, eveneens op zoek naar hagelslag. Het was een klein stadje. Dit was allemaal logisch. Alles was logisch, ook de knappe man die naar haar staarde alsof hij haar wilde verslinden en van haar wilde nagenieten onder het genot van een milkshake.

Hazel slikte moeizaam.

'Nou...' Ze verplaatste het boodschappenmandje naar haar andere arm.

'Geniet van je milkshake, Haze.' Hij stond op het punt weg te lopen, maar ze kon dat niet laten gebeuren, omdat hij hier nu eenmaal was opgedoken. Alweer. Ze wilde haar shake sowieso niet in haar eentje drinken. En ze had beloofd...

'Het was een aanwijzing!' flapte ze eruit, en Noahs wenkbrauwen gingen omhoog. 'Ik heb het je niet verteld. Ik vond nog een aanwijzing in een boek en die ging over milkshakes, maar dat leek nogal saai, dus heb ik je niet geappt.'

Noahs glimlach werd breder. 'Een aanwijzing?'

Hazel zuchtte. '*Vanillemilkshakes zijn objectief gezien het lekkerst. Kouder en zoeter. Evies mond krulde zich tot een glimlach om haar rietje en ze nam nog een slok.*' Hazel citeerde de aanwijzing die ze vanochtend had gelezen uit haar hoofd terwijl ze in de verte over Noahs schouder staarde in plaats van naar zijn gezicht terwijl ze het zei.

'Perfect!' zei hij, alsof ze een zinnetje had moeten opzeggen voor het toneelstuk van school.

'Perfect?'

'Ja, ik ben het er volledig mee eens. Vanillemilkshakes zijn het lekkerst.'

'Dat is waar.'

'En nu we hier toch allebei zijn...'

Hazel kon haar glimlach niet onderdrukken toen ze de hoopvolle toon van Noahs stem hoorde. 'Wil je een milkshake met me drinken?' vroeg ze.

'Er is niets wat ik liever zou doen.' Hij hield haar blik vast en Hazel geloofde hem. Zij kon trouwens ook niets bedenken wat ze liever zou doen.

'Sorry dat ik mijn belofte heb gebroken.'

'Het is je vergeven.' Hij haakte zijn arm door de hare en begeleidde haar door het gangpad met diepvriesproducten. 'Maar even dat je het weet, Haze... Milkshakes zijn nooit saai.'

Hazel lachte, en opluchting, warmte en opwinding stroomden door haar heen.

Oké, universum, of wat er dan ook is, ik geef de strijd op, dacht ze. Ik ga ervoor.

'Jouw blender of de mijne?' vroeg Noah terwijl ze naar buiten liepen, de warme avondlucht in.

Hazel was er nog niet klaar voor om Noah binnen te laten in haar ruimte. Dat voelde als een stap te ver. 'De jouwe,' zei ze, en ze liet Noah de boodschappentas in de kofferbak van haar auto leggen.

'Oké, tot zo.'

Pas toen ze wegreed, besefte ze dat Noah niets had gekocht, waarvoor hij dan ook naar de supermarkt was gekomen.

Misschien bracht zij hém ook van zijn stuk?

Noah had waarschijnlijk moeten zeggen dat hij geen blender had, maar door Hazel raakte hij soms de kluts kwijt.

Gelukkig pakte het goed uit.

Het was rustig bij Mac en de eigenaar van de pub leek het niet erg te vinden dat ze naar de bar kwamen om die van hem te lenen. Hij had hen er in ieder geval niet uit gegooid. Nog niet, tenminste.

'Weet je zeker dat we hier mogen zijn?' fluisterde Hazel, terwijl ze dichter naar hem toe stapte in de krappe keuken.

'Natuurlijk. Als Macs favoriete medewerker...'

Danny snoof luid genoeg om boven het geluid van de vaatwasser uit te komen.

Noah schraapte zijn keel. 'Een van Macs favoriete medewerkers.'

Hazel lachte.

'Het heeft wel bepaalde voordelen,' vervolgde Noah, terwijl hij de blender van de bovenste plank pakte. Mac gebruikte die alleen tijdens cocktailavondjes. Noah zette het apparaat op het aanrecht terwijl Hazel het ijs en de melk uit haar tas haalde.

'Echt waar?'

'Zeker. Ik kom hier 's avonds laat altijd nog even snacken.'

Hazel lachte opnieuw en haar blik gleed over zijn schouder. 'O ja? En dat vindt Mac goed?'

'Wat niet weet, wat niet deert,' zei hij met een knipoog.

'Je weet toch dat we beveiligingscamera's hebben?' Noah schrok zo van Macs stem dat hij met zijn hand tegen zijn borst sloeg.

'Mijn hemel! Wat kom jij aansluipen?'

'Je hoorde me gewoon niet doordat je zo aan het opscheppen was.' Mac trok een donkere wenkbrauw op zonder zijn mondhoeken ook maar een millimeter op te tillen. 'Hoi, Hazel.'

Hazel lag dubbel van het lachen en Noah zou zich de hele dag wel door Mac voor de gek willen laten houden als dat betekende dat hij dan naar dat geluid kon luisteren.

'Hé, Mac,' zei ze, even naar adem snakkend.

'Ruim dit wel even op.' Mac gebaarde naar de rommel die ze maakten. 'En trek verdorie je kleren aan als je hier midden in de nacht naartoe sluipt. Ik wil die magere kont van jou niet meer zien op de bewakingsbeelden.'

Hazel lachte zo hard dat ze begon te knorren, waardoor ze nóg harder moest lachen.

Noah grijnsde. 'Zo mager is die niet. Gespierd, zou ik zeggen.'

Hazel veegde de tranen van haar wangen met de rug van haar hand. 'Gespierd?' piepte ze, terwijl ze onophoudelijk giechelde.

'Het zal wel,' mompelde Mac, terwijl hij naar zijn kantoor liep.

'Is hij boos?' vroeg Hazel, die eindelijk haar zelfbeheersing hervonden had.

Noah maakte een wegwerpgebaar. 'Je kent Mac.'

Hazel knikte. Natuurlijk kende ze Mac. Ze kende hem al het grootste deel van haar leven, net als alle andere mensen in dit vreemde stadje. Een ogenblik was Noah bijna jaloers. Jaloers op alle mensen die zoveel meer jaren met Hazel hadden gehad dan hij.

Hij schudde zijn hoofd. Ze was nu hier en glimlachte naar hem met van ondeugd schitterende ogen.

'Klaar?' vroeg hij, terwijl hij naar het ijs reikte.

'Zeker weten.'

Ze vulden de blender met ijs en net genoeg melk om de milkshakes vloeibaar te maken en schonken het resultaat vervolgens in hoge bierglazen, de enige glazen die ze konden vinden die gebruikt konden worden voor een milkshake.

Hazel schudde er flink wat hagelslag op. 'Zo. Dat maakt ze speciaal.'

Noah weerstond de neiging om haar te vertellen dat ze al speciaal waren omdat zíj hier was. Hij had haar al in het nauw gedreven in de supermarkt terwijl hij met zichzelf had afgesproken dat hij haar de eerste stap zou laten zetten. Dat was wel genoeg voor één dag.

In plaats daarvan dronk hij van zijn milkshake, die hij nauwelijks door het rietje kon zuigen. Hij was dik, koud en zoet.

'Zo lekker,' bracht Hazel kreunend uit en Noah probeerde uit alle macht zijn gedachten stop te zetten, want dat waren woorden die hij graag over haar lippen hoorde komen als ze met iets heel anders bezig was. Iets waarbij hij betrokken was en ze niets droegen.

'Bedankt,' zei ze.

Noah knipperde met zijn ogen. 'Eh... waarvoor?'

'De milkshake natuurlijk. Die is veel beter gelukt dan anders.'

'Dat komt vast door de luxe blender.'

Hazel glimlachte met het rietje tussen haar tanden. 'Moet wel.'

'Of we vormen gewoon een goed team.'

Ze hield haar hoofd schuin en bestudeerde hem. Ze leek iets te beslissen. Iets wat hem betrof. Het voelde als een enorm belangrijk moment. Ook al zou dat niet zo moeten zijn. Ook al zaten ze gewoon milkshakes te drinken in de keuken van de pub, terwijl Danny een paar meter verderop de afwas deed. Niets aan dit moment was belangrijk.

En toch...

'Ja, ik denk het ook.'

Hij kon er niets aan doen dat hij het gevoel had dat hij geslaagd was voor dit examen.

Hoofdstuk zeven

'Alex?'

'Ja?' Hazels beste medewerker keek op van de plek waar ze kleurkrijtjes van het tapijt aan het oprapen was. Alex had paars haar, een geweldige voorleesstem en een encyclopedische kennis van de geschiedenis van Dream Harbor. Die eigenschappen maakten de boekenverkoper geliefd bij jong en oud.

'Heb je tijdens het voorlezen iemand hier bezig gezien?'

Alex kwam naast Hazel staan, die naar de afdeling romantiek staarde. 'Heb ik kleuters zien rommelen met romans? Eh, nee.'

Hazel snoof. 'En de volwassenen die erbij waren?'

'Een aantal mensen hebben boeken gekocht terwijl ze hier waren. Ik kan me niet echt herinneren of het romans waren. Wil je dat ik het controleer?' Alex wees naar de computer, maar Hazel maakte een wegwerpgebaar.

'Nee, nee, geen probleem.' Ze had het boek met de ezelsoren al van de plank gehaald voordat Alex vragen kon stellen, maar ze was nog steeds nieuwsgierig of zij iets... verdachts had gezien. Dat kon ze echter niet zeggen zonder de hele zaak uit te leggen en daar had ze geen behoefte aan.

Het voorleesuurtje van de kleuterschool was meestal druk en vandaag was geen uitzondering geweest. Hazel regelde dat er elke maand een andere lokale auteur kwam om meer te vertellen over het nieuwste boek en een stukje voor te lezen uit een oude favoriet.

Annie verzorgde de lekkernijen en de ouders en kinderen vonden het geweldig. Hazel ook. Maar ze had het zo druk gehad dat ze de aanwijzingen helemaal was vergeten, totdat de laatste jonge klanten naar buiten waren getuimeld en ze had ontdekt dat er een boek ondersteboven op de plank stond.

In gedachten ging ze na wie er vandaag in de winkel waren geweest. Isabel en haar kinderen, George was langsgekomen met zijn neefje, Annie natuurlijk, om de koekjes af te geven, Tammy met haar kleindochter, en dat was nog maar het topje van de ijsberg. Het was een gekkenhuis geweest. Hazel kon op geen enkele manier de verdachten in kaart brengen.

Ze wist niet zeker of het er echt toe deed, maar ze wilde weten wie de aanwijzingen achterliet. Ook al had ze haar eigen redenen om die op te volgen, ze wilde toch graag weten waarom het gebeurde. Was het één grote grap?

Ze zou het niet leuk vinden als ze het mikpunt van spot was.

Alex was weer verdergegaan met opruimen en schraapte inmiddels stukgetrapte krijtjes van de vloerbedekking, dus dook Hazel achter de toonbank en gluurde in het boek.

De neergaande beweging van het reuzenrad bezorgde haar een wee gevoel in haar maag.

Hazel had een hekel aan reuzenraden. Hazel had sowieso een hekel aan hoogtes. Maar dat was van later zorg.

Het was nu tijd om krijt te verwijderen en oppervlakten te desinfecteren.

Kleuters waren wilden.

Noah stapte net van zijn boot toen hij een appje binnenkreeg. Het was een foto van een pagina in een boek. Een pagina met één gemarkeerde zin.

Hij grijnsde.

Dus het wordt een reuzenrad?

Hij leunde tegen een paal op de kade en wachtte op haar reactie. Het duurde niet lang voordat er weer een appje binnenkwam.

Ik heb hoogtevrees.

Het klinkt alsof deze mysterieuze persoon wil dat je je angsten onder ogen ziet

Onzin

Hij lachte hardop, waardoor een zeemeeuw in de buurt opschrok.

Ik dacht dat je een roekeloze zomer wilde?

Het moet wel leuk blijven, niet angstaanjagend zijn

Soms gaan die twee hand in hand

Het enige wat ze nog stuurde was een chagrijnige emoji. Noah liep terug naar zijn auto, die op de parkeerplaats van de jachthaven stond. Het was een kleine jachthaven; de haven waar het stadje Dream Harbor zijn naam aan te danken had, was niet veel meer dan een inham met een rotsachtige kust. Naast de boot van Noah lagen er nog een handvol andere vissersboten en een paar plezierboten.

Dream Harbor was geen grote toeristische bestemming, althans niet vergeleken met andere steden langs de kust. Afgezien van de oude herberg op de heuvel en het nieuwe, chique kuuroord en resort dat een paar jaar geleden was gebouwd, waren er weinig plekken waar mensen konden verblijven. Toch was het stadje elke zomer drukker door badgasten die hier kwamen ontspannen gedurende hun vakantie. Noah was ervan overtuigd dat zijn idee om kleine strandhuisjes in te richten mensen naar het stadje zou lokken die op zoek waren naar een rustig toevluchtsoord aan de kust in plaats van de bomvolle stranden en restaurants in andere badplaatsen. Omdat er maar een paar vissershutjes waren, zou het zelfs bij toenemende populariteit niet echt voor meer drukte in het stadje zelf zorgen. Hij hoopte dat hierdoor een deel van de zorgen van de stadsbewoners zou verdwijnen.

Het was een goed idee. Dat wist hij gewoon, ook al kon hij het nog niet echt geloven. Hij bleef zich maar afvragen hoe hij de gemeenteraad op zijn hand kon krijgen. Zij waren gekant tegen elke verandering. Volgens Logan waren er jaren, veel verhitte discussies en een heleboel dromen van burgemeester Kelly voor nodig geweest om de vriendelijke mensen van Dream Harbor ervan te overtuigen dat hun stadje niet aan de rand van de ondergang stond door de aanleg van één kuuroord.

Zonder de herberg zou Noah niet eens klanten hebben. Hij kon geen mensen van buiten Dream Harbor meenemen op een vistocht als ze daarna geen plek hadden om te verblijven. Noah was zelf opgegroeid in een toeristisch stadje. Hij begreep best waarom Dream Harbor zich niet volledig wilde overgeven aan vakantiegangers.

Hij was er echter zeker van dat er een manier was om daar een balans in te vinden.

Op een dag zou hij zijn idee presenteren. Misschien.

Noah stapte in zijn auto en liet de ramen open. Ondanks wat Annie had gezegd, had hij behoorlijk naar vis geroken toen hij van de boot stapte en hij keek ernaar uit zich te douchen. Hij appte Hazel nog eens voordat hij vertrok.

Volgens mij gaan we dit weekend naar de kermis.

Haar reactie kwam meteen en hij kon een glimlach niet onderdrukken.

Ik ga wel naar de kermis, maar niet in het reuzenrad

We zullen zien...

IK GA NIET IN HET REUZENRAD

Hij lachte en wierp zijn telefoon op de passagiersstoel. Het maakte hem niet uit of ze de hele avond in het reuzenrad zouden zitten of zomaar wat op de kermis zouden rondhangen. Hij had een date met Hazel Kelly. En het enige wat daarvoor nodig was geweest, waren een paar cryptische boodschappen in een boek. Niet wat hij gewend was, maar het zij zo.

Tegen de tijd dat hij uit de douche kwam en languit ging liggen, kreeg hij nog drie berichten van Hazel.

Laten we op de kermis afspreken.
Rond 8 uur.
En zeg het tegen niemand.

Hij fronste zijn wenkbrauwen.

Waarom niet?

Ik weet het niet, ik wil niet voor gek staan. We moeten ook de verdachten opsporen.

Verdachten?

Ja, wie laat die aanwijzingen achter? En waarom?

Hij rolde zich op zijn rug met een glimlach op zijn gezicht. Hij vond het leuk om met Hazel te praten. Hij vond het leuk dat ze hem de kans daartoe bood.

Ik wist niet dat de regeling inhield dat ik ook als detective aan het werk moest.

Noem het geen regeling. Dat klinkt raar.

Oké. Hoe zal ik het dan noemen? Hazel en Noahs Extra-ordinaire Zomer!

Nee.

Afgekort HENEZ.

Absoluut niet.

HENEZ!

De zomer is al bijna voorbij.

Ja, maar 'Hazel en Noahs plan voor de twee maanden vóór haar dertigste verjaardag' bekt niet lekker.

Mijn hemel, waar ben ik aan begonnen?

Aan je beste zomer ooit.

Hij deed hier grootse beloften, maar hij moest wel. Pak het groots aan of pak maar in, toch? Als dit zijn enige kans was met Hazel, zou hij die zeker nemen. Ongeacht de bizarre omstandigheden waardoor ze op dit punt waren gekomen.

Denk je?

Ik weet het zeker.

Wauw.

Ik ben erg goed in plezier maken, Hazel.

Hij dacht aan Hazels lippen, die naar wijn hadden gesmaakt. Ook zíj was erg goed in plezier maken, of ze het nu wist of niet.

Ik geloof je wel.

Mooi, zie je op de kermis.

Oké, tot dan.

HENEZ!

Hou op.

Vooruit dan maar. Tot straks, Hazel.

Doei, Noah.

Noah was nog nooit eerder bij de midzomernachtkermis van de ouderraad van Dream Harbor geweest. Hij vond het niet echt iets waar een alleenstaande man alleen naartoe zou moeten gaan. Hij verwachtte vooral veel kleine kinderen die hun ouders op sleeptouw namen voor wat vermaak en om extra lang op te blijven, en niet veel anders. Een kleine, door de school georganiseerde activiteit voor kinderen om nog even van hun vrijheid te genieten voordat de school weer zou beginnen. Niet iets waar andere mensen op afkwamen.

Hij zat er helemaal naast.

Zoals bij de meeste dingen in Dream Harbor waren de inwoners van de stad massaal aanwezig. Daar kwamen de toeristen dan nog bij, waardoor het ontzettend druk was op de kermis. Het plein stond vol met attracties. Van de ene op de andere dag stonden er tuimelende theekopjes, een zweefmolen en zelfs een kleine achtbaan. Het gigantische, verlichte reuzenrad torende boven alles uit. De hoofdstraat was afgesloten voor verkeer en stond vol met kraampjes waar spelletjes gedaan konden worden. Er hingen reusachtige knuffelbeesten, die grote menigten kinderen en volwassenen aantrokken. Uit alle macht probeerden ze er een te winnen. Langs het park stonden eetkraampjes van elke nationaliteit en cultuur die Noah maar kon bedenken en de hele omgeving geurde naar verse baksels, geroosterde kip en gyros. Het water liep hem in de mond toen hij naar het loket liep.

'Hé, Noah.' Isabel glimlachte naar hem toen hij dichterbij kwam. Hij was nog steeds een beetje geschokt door de omvang van de kermis.

'Wat een geweldige kermis.'

Isabel lachte. 'Ja, de ouders gaan er volledig voor, maar hiermee kunnen we de meeste activiteiten van de kinderen voor het volgende schooljaar financieren, dus het is de moeite waard.'

'Het is echt indrukwekkend.'

Andy zat naast haar en deelde kaartjes uit aan een groep middelbare scholieren die zich op de suikerspinnen hadden gestort. Noah voelde hun energie. Andy schudde zijn hoofd terwijl ze wegrenden.

'Hoi, Noah.'

Noah glimlachte. 'Ik neem alles wat ik voor veertig dollar kan krijgen.'

Isabel nam het geld aan en Andy gaf hem een sliert rode tickets.

'Bedankt voor je steun!' zei Isabel voordat ze zich tot haar dochter Jane wendde, die naar haar toe was komen rennen om haar de knuffelhond te laten zien die ze had gewonnen.

'En er waren maar vijfentwintig pogingen voor nodig,' zei haar vader Marc lachend.

Isabel rolde met haar ogen. 'Het geld wordt in ieder geval weer aan school besteed.'

'Coole hond,' zei Noah tegen Jane. 'Misschien win ik er ook wel een.'

Jane keek hem medelijdend aan. 'Het is anders wel moeilijk. Het kan ook zijn dat je niets wint.'

Noah knikte en onderdrukte een glimlach. 'Oké, goed om te weten. Ik zal mijn best doen.'

'Meer kun je niet doen. Dan je best, bedoel ik.' Het gezicht van het kleine meisje stond ernstig toen ze het advies gaf, voordat ze weer richting de attracties rende.

Marc schudde zijn hoofd. 'Veel beter in het geven van advies dan het ter harte nemen. Het kind was niet bij die kraam weg te krijgen voordat ze had gewonnen.'

Noah lachte en gaf Marc een klap op de schouder. 'Succes, man.'

'Ik zal het nodig hebben.' Hij drukte een kus op Isabels wang voordat hij zich achter zijn dochter aan haastte.

'Veel plezier!' zei ze met een knipoog tegen Noah, terwijl haar blik naar de plek dwaalde waar Hazel op hem stond te wachten. Hij had geen tijd om zich af te vragen hoeveel de leesclub van Dream Harbor wist over Hazels aanwijzingen, want zodra hij haar zag, haperden zijn hersenen.

Ze werd omringd door activiteiten, lawaai, verlichting en mensen, maar Noah zag alleen haar. Het was net alsof de rest van de wereld in een waas verdween, maar Hazel zag hij glashelder.

Ze stond naast de suikerspinkraam, waar haar vader, de burgemeester, met grote plukken zachte suiker bezig was. Ze droeg weer een korte broek, wat Noah erg afleidde. Met name haar dijen leken hem te willen verleiden. Hij keek weer naar haar gezicht. Ze glimlachte. Naar hem.

Als de rij achter hem niet steeds langer was geworden en Isabel niet naar hem gestaard had alsof ze precies wist wat er in zijn hoofd omging, zou hij daar misschien voor altijd zijn blijven staan. Maar hij moest verder, anders zou hij nog een rel veroorzaken bij de kassa van de midzomernachtkermis.

Hazel stak ter begroeting een hand op toen hij dichterbij kwam. 'Hoi.'

'Hallo.' Dat was beslist een vlotte openingszin. Wat kon hij toch goed met woorden omgaan.

'Je kent mijn vader al.'

'Hoi Noah, hoe gaat het met je? En met je bedrijf?' Burgemeester Kelly glimlachte terwijl hij een suikerspin aan een klein kind overhandigde. De gesponnen suiker was omvangrijker dan het hoofd van het kind.

'Alles gaat prima.'

'Mooi, mooi.' Terwijl hij sprak, bleef hij het papieren stokje ronddraaien, zodat de volgende suikerspin zich vormde. 'Ik wilde met je praten...'

'Dit is niet het moment om over zaken te praten, lieverd.'

'O, natuurlijk. Sorry.'

'Ken je Frank al?' vroeg Hazel, terwijl ze haar hand op de arm van de andere man legde. 'Dit is mijn andere vader.'

Frank glimlachte verlegen naar Noah. 'Aangenaam.'

'Insgelijks.' Noah wilde de man al de hand schudden, maar

voor hij dat kon doen, zadelde burgemeester Kelly hem op met een gigantische blauwe suikerspin.

'Veel plezier samen!' Knipoogde de burgemeester nu ook al naar hem?

'Kom op.' Hazel trok hem aan zijn hand mee, voordat hij daar te diep over kon nadenken. 'Je hoeft dat niet op te eten,' zei ze toen ze buiten gehoorsafstand van het kraampje van haar vader waren.

'Waarom niet?'

Hazel trok haar neus op. 'Omdat het walgelijk is.'

'Walgelijk?! Waar heb je het over?'

Ze lachte een beetje. 'Het is gewoon zoete lucht.'

'En waarom zou ik geen zoete lucht willen eten? Van mij zou de hele lucht zoet mogen zijn. Dat zou geweldig zijn.'

'En plakkerig.'

Hij haalde zijn schouders op. 'Waarschijnlijk.' Hij liet Hazels hand los om wat zoete plukjes te pakken. Het smolt op zijn tong, waardoor zoetheid door zijn aderen stroomde. Hij likte zijn plakkerige vingers schoon en hij had kunnen zweren dat Hazel daar even naar keek, voordat ze haar blik afwendde.

'Oké, wat wil je eerst doen?'

'Nou...' Noah liet zijn blik suggestief naar het reuzenrad dwalen.

'Nee. Daar ben ik nog niet klaar voor.'

'Oké, geen probleem.' Hij keek om zich heen. 'Eerst wat spelletjes dan?'

Hazel knikte. 'Dat lijkt me een goed idee.'

'Geweldig.' Hij haalde nog een plukje van de suikerspin af, maar voordat hij die in zijn mond kon stoppen, greep Hazel hem bij zijn onderarm en bracht ze de zoetigheid naar haar mond in plaats van naar de zijne. Haar lippen gleden over zijn vingers en hij liet het vervloekte ding bijna vallen.

Ze slaakte een nauwelijks hoorbare zucht. 'Niet zo slecht als ik me herinnerde.' Ze liep voor hem uit en hij moest wel volgen, anders zou hij haar nog kwijtraken in de drukte.

Wie was deze Hazel Kelly en wat was ze met hem van plan?

Hij negeerde de lijst met ideeën die onmiddellijk in zijn hoofd opkwam, en die begon met haar nog meer suikerspin voeren en eindigde met haar, helemaal naakt, in zijn bed. Dit was een familie-uitje. Dat soort gedachten moesten worden onderdrukt, samen met de andere gedachten aan Hazels rondingen, haar blote schouders en al die huid waar hij nooit eerder aandacht aan had besteed en waar hij zijn ogen nu bijna niet meer van af kon houden.

Ze keek over haar schouder om er zeker van te zijn dat hij nog steeds achter haar aan liep en er speelde een ondeugende glimlach om haar lippen. Als ze zo naar hem bleef kijken, kon hij niet langer verantwoordelijk worden gehouden voor waar zijn gedachten naar afdwaalden.

Deze Hazel Kelly zou hem in de problemen brengen.

En Noah was dol op problemen.

Hoofdstuk acht

Hazel meed de kermis meestal als de pest, en ze was er dan ook al jaren niet meer geweest. Waarschijnlijk voor het laatst toen ze nog op de middelbare school zat. Sterker nog, ze was er vrij zeker van dat ze het al Spaans benauwd kreeg als ze een reuzenrad zag omdat ze ooit samen met Annie bijna een uur lang bovenin vast had gezeten tijdens een onweersbui, en ze ervan overtuigd was geweest dat haar laatste uur geslagen had terwijl ze nog nooit echt gekust was.

Annie had aangeboden dat te doen, maar dat had ze niet hetzelfde gevonden als een kus van Heath Ryan, op wie ze destijds tot over haar oren verliefd was, al was dat niet wederzijds. Dus had ze beleefd geweigerd, zelfs toen de twee meisjes ineengedoken zaten en schreeuwden bij elk gerommel van verre donder.

Tegen de tijd dat de brandweer arriveerde, waren zij en Annie allebei doorweekt en doodsbang. Daarna was ze nooit meer naar de kermis of in een reuzenrad geweest. Toch was die traumatische gebeurtenis niet de echte reden waarom ze de kermis meed.

Ze dacht gewoon niet dat ze zoiets leuk vond. Te warm.

Te druk.

Te luidruchtig, chaotisch, irritant, en...

De andere redenen kon ze zich niet echt herinneren, omdat Noah zich aan ringwerpen had gewaagd en haar een verwaande grijns toewierp, alsof hij vastbesloten was om een knuffel voor haar te winnen. En aangezien Hazel een volwassen vrouw was, zou dat vooruitzicht haar niets moeten boeien.

Ze hield zijn suikerspin voor hem vast en stopte nog een stukje in haar mond. Haar lichaam reageerde altijd meteen op suiker, dus het vreemde gevoel in haar maag werd overduidelijk daardoor veroorzaakt toen ze toekeek terwijl Noah drie gele ringen een voor een richting de houten pennen gooide. Hij miste elke keer.

Hij gaf de tiener die in de kraam stond nog meer tickets. 'Dat was maar een opwarmertje.'

'Hm. Ja, de opwarming is erg belangrijk.'

Noah grijnsde naar haar en richtte zijn aandacht toen weer op de houten pennen. Hij miste opnieuw. Drie keer achter elkaar. Hij kreunde.

'Jane had me al gewaarschuwd dat dit een lastig spel was.'

Hazel lachte.

'Ze zei dat ik niet meer dan mijn best kon doen.'

'Wijs advies.'

'Slimme kleuter.' Hij knipoogde naar haar en gooide toen nog een ring. Die kwam net op de punt van de houten pen, maar viel toen kletterend op de grond. Noah liet zijn hoofd hangen. 'Verdorie.'

'Kom op, kampioen. Misschien heb je meer geluk bij de volgende kraam.' Hazel legde een hand op zijn arm om hem weg te leiden van het spel en voelde zijn biceps. Zijn arm was zo... stevig.

Hij liet zich leiden en nam Hazels hand in de zijne voordat ze zich terug kon trekken. Zijn hand was ook stevig, groot en sterk en waarschijnlijk in staat om zoveel interessantere dingen te doen dan ringwerpen.

Ze schraapte haar keel. 'Weet je, als we elkaars hand vasthouden, zijn we komende maandag getrouwd als het aan de mensen uit het stadje ligt.'

Zijn lach klonk laag en was alleen voor haar bestemd terwijl hij zich vooroverboog om in haar oor te fluisteren: 'Dat vind ik geen probleem.'

Ze keek naar hem op, met een frons op haar gezicht, terwijl ze door de menigte slenterden. 'Kom op.'

'Wat?'

Hazel snoof ongelovig. 'Iedereen weet dat jij niet langer dan één zomer met een vrouw datet. Maximaal twee maanden. Met dat tempo zou ik op mijn verjaardag al gedumpt zijn.'

Zijn koperkleurige wenkbrauwen gingen omhoog. 'Echt waar? Is dat algemeen bekend?'

'Ja. Je houdt van toeristen, vrouwen die hier maar tijdelijk zijn, liefst mensen van buiten de stad. Er werd zelfs gezegd dat je een interessant weekend spendeerde met alle vrouwen van een vrijgezellenfeest.' Haar wangen brandden bij de gedachte. Waarom begon ze daarover? Nou ja, het was één ding om een leuke... zomerliefde te beleven, maar doen alsof het meer zou kunnen zijn was belachelijk.

Niet dat ze dacht dat Noah maandag echt met haar zou willen trouwen, maar er zou wel geroddeld worden. De mensen uit het stadje zouden dingen aan gaan nemen. En ze wilde dat het voor Noah duidelijk was.

Ze wilde graag duidelijkheid hebben.

Ze verwachtte dat hij zou grijnzen en een grap zou maken over het vrijgezellenfeest, maar in plaats daarvan was hij stil geworden.

'Sorry, het was niet mijn bedoeling om je te beledigen. Ik... ik... De mensen zullen toch wel praten. Ik weet dat we gewoon vrienden zijn. En dat we er gewoon een leuke zomer van proberen te maken met zijn tweeën.' Hazels hart sloeg een slag over toen Noah haar aankeek en de blik in zijn ogen zei dat hij iets anders wilde zijn dan vrienden. Haar adem stokte. O, verdorie.

'Maar ja, je hebt gelijk. Ik doe niet aan langdurige relaties.'

'Precies.'

'Het waren niet alle vrouwen van het vrijgezellenfeest.'

'O.'

'Maar voor alles is een eerste keer.' Hij knipoogde naar haar en de glimlach verscheen weer op zijn gezicht terwijl hij haar voorttrok door de menigte. Voor alles is een eerste keer? Bedoelde hij nu alle vrouwen van het vrijgezellenfeest of een langdurige relatie?

Ze stond op het punt nog meer vragen te stellen die ze niet zou moeten stellen, maar hij was al bij het volgende kraampje, waar hij zijn tickets aan een parmantige tiener overhandigde en Hazel verzekerde dat spuiten met een waterpistool meer zijn ding was. Het deed er eigenlijk helemaal niet toe, want ze zat niet te wachten op een serieuze relatie met Noah. Serieus was juist het tegenovergestelde van wat ze wilde.

Er klonk een zoemer en de spelers, gezeten op kleine krukjes, begonnen op hun doelen te schieten. Hoe vaker je het kleine renpaard raakte, hoe sneller het rende. Noah nam het op tegen twee achtjarigen en de postbode, meneer Prescott.

De lichten flitsten en blikkerige muziek schetterde uit de luidsprekers. Noah was volledig gefocust. Hazel kon niet anders dan glimlachen terwijl hij achter het speelgoedpistool hurkte en zijn voorhoofd geconcentreerd fronste. En ze kon het gejuich ook niet onderdrukken dat haar ontsnapte toen hij won.

'Voor jou.' Trots hield hij haar een gigantische pinguïn voor. Die was minstens een meter lang en gevuld met materiaal waarvan ze alleen maar kon aannemen dat het kankerverwekkend was. De knuffel leek haar nogal brandbaar en gevuld met giftige stoffen, maar ze hield hem tegen haar borst als een kind dat zojuist een zak snoep voor kerst had gekregen.

'Wat een schatje.'

Noah lachte, waardoor er kraaienpootjes ontstonden rond zijn ogen. 'Denk je eens in wat dit voor roddels op gang zal brengen.'

'Noah en Hazel vluchten naar Antarctica. Nieuw huisdier op sleeptouw.'

'Hazel bevalt van een meter lange baby in smoking.'

Ze giechelde toen ze wegliepen van het kraampje, met de pinguïn onder haar arm geklemd. De suikerspin was allang verdwenen.

Ze grijnsde naar hem. Misschien was de kermis toch wel leuk.

'De veel knappere broer van Noah komt naar het stadje en steelt Hazels hart.'

Hij deed net alsof hij beledigd was. 'Hallo, "veel knappere"? Dat doet pijn, Haze.'

'Heb je überhaupt een broer?'

'Nee. Alleen twee zussen. Beiden een stuk ouder en wijzer dan ik.'

'Maar ze zijn zeker niet knapper.'

Hij lachte opnieuw en pakte haar vrije hand. Ze liet het toe. Als ze zo nodig moesten roddelen in Dream Harbor, dan deden ze dat maar. Daar was zij niet bang voor.

'Zeker niet. Maar vertel ze nooit dat ik dat heb gezegd.'

'Ik hou mijn mond.' Ze waren naar de eetkraampjes gelopen. 'Zullen we iets te eten halen? Trek in een goede maaltijd?'

'Zeker.'

Na lang wikken en wegen kozen ze voor kipgyros en een absurd grote zelfgemaakte limonade om te delen. Ze zaten tegenover elkaar aan een plakkerige picknicktafel terwijl kleine kinderen krijsend langs hen renden. Het was een warme, broeierige avond en Hazels benen plakten aan de metalen bank, maar op de een of andere manier maakte haar dat dit keer niet zoveel uit.

'Ik zou het leuk vinden ze te ontmoeten,' zei ze.

'Over wie heb je het? Het vrijgezellenfeest dat volgens de roddels uit de hand liep? Leuke meiden.'

Ze gaf hem een tik op zijn arm. 'Nee! Je zussen, natuurlijk.'

'Echt waar?'

'Ja, echt.'

'Waarom?'

Ze haalde haar schouders op. 'Ik weet het niet. Je bent gewoon een beetje een mysterie.'

'Een mysterie? Daar hou ik wel van.' Hij fronste zijn wenkbrauwen en nam nog een hap van zijn gyros.

'Ik meen het. Op een dag dook je hier ineens op en ik heb het gevoel dat ik niet veel over je weet.'

'Geloof het of niet, Haze, er zijn veel steden waar mensen komen en gaan zonder dat iemand het merkt.'

'Dat is triest.'

Hij haalde zijn schouders op, maar keek haar niet langer aan. Zijn speelsheid was verdwenen. Hazel was erin geslaagd hun plezierige avondje op de kermis te bederven.

'Ik weet zeker dat veel mensen het jammer vonden dat je hierheen verhuisde.'

'Zeker, vooral omdat ik wegging bij het familiebedrijf.'

'O.'

'Ik ben niet echt een mysterie, eerder iemand met slechte eigenschappen. Sorry dat ik je teleurstel.'

'Je stelt me helemaal niet teleur.'

Hij ontmoette haar blik opnieuw. Op zijn gezicht stond verrassing te lezen. Hij verdoezelde het snel met een charmante grijns. 'Ik denk dat we weer terug moeten naar het begin.'

'O ja?'

'Ja. Ik heb je een leuke avond beloofd. HENEZ, weet je nog? We kunnen niet op een HENEZ-avond over mijn familieproblemen blijven praten.'

'Het klinkt meer als iets uit een Griekse mythe of zoiets.'

Noah lachte en de speelsheid kwam terug in zijn ogen.

'Team HENEZ zegt: geen geneuzel over familie meer. Het is tijd voor het reuzenrad.'

Hazel omhelsde haar pinguïn nog steviger. 'Ik denk dat ik genoeg plezier heb gehad voor één avond. Het is bedtijd.'

'Haze, het is negen uur.'

'Ik ben moe.'

'Haze, alleen oude dames gaan om negen uur naar bed.'

'Ik ben een oude dame.'

'Nee, je bent jong, levendig en leuk. En sexy.' Nog een knipoog. Hoe was het mogelijk dat een knipoog van hem er gewoon lief uitzag?

'Sexy?'

'Heel erg.'

Ze rolde met haar ogen, maar de hitte was toch naar haar wangen gestegen. Noah, de losbandige man die losging op vrijgezellenfeesten, vond haar sexy. Het duizelde haar.

'Oké, prima. Het reuzenrad dan, maar als ik je helemaal onderspuug, is dat jouw schuld.'

'Goed.' Hij stak een hand uit en hielp haar van haar plakkerige bankje. 'We hadden beter in het reuzenrad kunnen gaan voor het eten.'

Ze lachte. 'Er is nu geen weg meer terug.'

Hij hield haar blik nog een seconde vast, een beetje doordringender, voordat hij haar naar de attracties trok. Er was geen weg terug meer.

Haar maag zou niet meer van slag raken door het reuzenrad dan door Noah.

'Knijp maar in mijn hand... Au! Iets minder hard mag ook wel.'

'Sorry.' Hazel versoepelde haar greep, maar deed haar ogen niet open. Ze zat samen met Noah en haar pinguïn in een gondel in het reuzenrad en ze hingen bijna bovenin, maar ze dacht niet aan het uitzicht. Of aan het feit dat het reuzenrad vanochtend nog in elkaar was gezet, en door wie?! En wat als ze een schroef of zoiets hadden gemist? Daar dacht ze niet aan.

In plaats daarvan concentreerde ze zich op Noahs vingers, die hij met de hare verstrengelde, zijn warme lichaam tegen haar zij en zijn diepe stem in haar oor. Eerlijk gezegd maakte dat alles haar op een heel andere manier duizelig.

'Je moet echt je ogen openen. Het is hier prachtig.'

'Waarom hangen we stil?' Hazels hart maakte een sprongetje toen het rad stopte met bewegen.

'Ze laten meer mensen toe.'

'Dat haat ik.'

'Dat andere mensen ook mee mogen?'

Ze moest haar ogen openen om hem een tik te geven en zag dat hij naar haar grijnsde. 'Ik heb ooit bovenin vastgezeten.'

'Hoelang?'

'Ongeveer een uur. Maar het was tijdens een storm.'

'Shit, Hazel. Je hebt me niet verteld dat je een trauma had.' Hij liet haar hand los en sloeg in plaats daarvan een arm om haar heen. Dat vond ze niet echt erg.

'Met mij gaat het goed. Denk ik.' Ze tuurde naar beneden en zag de verlichte kermis onder hen. Muziek en gelach dreven omhoog met het avondbriesje, terwijl de hectische drukte van de kermis gedempt werd, waardoor alles een droom leek. Ze keken ook neer op de fonkelende lichtjes van Dream Harbor, wat er knus uitzag, maar waardoor het stadje ook ineens heel ver weg leek, als een andere wereld waar ze een inkijkje in kregen. Vanaf hier kon ze zelfs de jachthaven en de lichten op de kade zien. Het was zo mooi dat ze bijna vergat om bang te zijn.

'Moet je al overgeven?'

'Eh, nee. Op dit moment niet.' Het rad begon te draaien en ze daalden verder. Hazels maag draaide zich om, dus kneep ze haar ogen weer dicht en drukte haar gezicht tegen Noahs schouder.

Zoute lucht, zonneschijn en zeep. Ze ademde diep in. Noah hield haar nog steeds stevig vast toen ze beneden waren en toen weer de lucht in gingen voor het volgende rondje. Dit keer had Hazel haar ogen open.

'Misschien is het toch wel leuk.'

'Je klinkt verrast.'

'Dat ben ik ook.'

Ze voelde zijn lach langs haar wang strijken. Hun hoofden waren dicht bij elkaar, er was maar weinig ruimte en de pinguïn was groot. Ze hadden niet veel keuze.

'Weet je wat nog leuker zou zijn?' vroeg hij.

'Wat dan?'

'Als we hier zouden zoenen.'

Zijn glimlach was plagerig, maar zijn blik was bloedserieus. Hij was nu nog dichterbij, zijn neus streek langs haar wang en hij leunde met zijn voorhoofd tegen het hare. Alles hieraan voelde roekeloos.

Hazel leunde naar voren.

Haar lippen raakten de zijne. Noah maakte een geluid dat tussen een kreun en een zucht in zat, dus Hazel verdiepte de kus en liet haar tong op verkenning gaan. Hij smaakte naar suikerspin, limonade en zomer en Hazel vond het lekker.

Ze trok zich terug toen het rad verder draaide om hen weer naar beneden te brengen en zag in het veelkleurige licht van de attracties hoe verdwaasd Noah keek.

'Vervloekt, Hazel Kelly,' fluisterde hij. Ze glimlachte.

Hoofdstuk negen

Noah was mentaal nog steeds niet hersteld van de kus met Hazel van de vorige avond, en hij had behoefte aan een ijskoffie voor zijn eerste tocht van de dag.

De koele lucht van het Pumpkin Spice Café kwam hem bij de deur al tegemoet. Het was er zoals altijd druk en iedereen die naar zijn werk ging, kwam een dosis cafeïne halen voor de nieuwe dag.

Hij ging in de rij staan en bukte zich om Casper tussen zijn oren te krabbelen toen de witte kat naar hem toe kwam om hem te begroeten. Het dier spinde vrolijk voordat hij wegslenterde om zich op de schoot te nestelen van een student die in een knusse stoel bij het raam zat.

'Noah!' Kaori verscheen achter hem in de rij met een tas over haar schouder. 'Wat heb je gisteravond uitgespookt?' vroeg ze glimlachend. Noah woonde hier echter al lang genoeg om haar te doorzien. Kaori was aan het vissen.

'O, het gebruikelijke. Wat studentenhuizen bezocht en nieuwe vrienden gemaakt. En jij? Nog goede boeken gelezen de laatste tijd?'

Kaori glimlachte en plotseling had ze wel wat weg van een haai. Noah had op slag medelijden met iedereen die ze als procesadvocaat aan een kruisverhoor had onderworpen. Het moest angstaanjagend zijn om tegenover haar te staan in de rechtbank. Ze liet zich geen rad voor de ogen draaien door Noahs leugentjes, maar hij was niet bang voor de leesclub.

'O, genoeg. Ik heb er net eentje uit over een schavuit die zijn leven beterde.'

'Nou, op schavuiten die hun leven beteren is iedereen dol.' Hij knipoogde en draaide zich naar de toonbank terwijl Kaori achter hem kakelend lachte.

'Hoi, Noah.' Jeanie stond vanochtend bij de kassa en zij glimlachte ook naar hem alsof ze dingen wist, of dacht dat ze dingen wist.

'Hé, Jeanie.'

'Leuke avond gehad?'

Voor of nadat Hazel hem gekust had en hij niet meer helder kon denken?

'Ja, prima.'

Ze staarde hem nog steeds aan en haar donkere wenkbrauwen gingen omhoog, alsof ze wachtte tot hij verder zou gaan.

'Eh, een ijskoffie graag.'

'Oké, gaan we regelen.' Ze gaf zijn bestelling door aan Joe, die vanochtend de drankjes klaarmaakte terwijl Jeanie achter de kassa stond.

'Is Hazel al geweest?'

Jeanies glimlach werd breder. 'Nee, nog niet.'

'Dan ook een ijsthee met appelcider.'

'Je weet precies wat ze lekker vindt.'

Hij was er zeker van dat Kaori zojuist een dromerige zucht had geslaakt, maar hij weigerde zich om te draaien.

'Kijk me niet zo aan, Jeanie.'

'Hoe bedoel je?'

Noah kneep zijn ogen tot spleetjes. 'Zoals je nu doet. Hazel is gewoon een vriendin.'

'Hm-hm. Juist. Heel gewoon. Ik snap het.' Ze overhandigde

hem zijn drankjes met een blik op haar gezicht die deed vermoeden dat ze geen woord geloofde van wat hij zei. Dat was niet zo gek, omdat hij het ook niet meende, maar hij was niet van plan om uit te weiden over zijn regeling met Hazel als de helft van Dream Harbor, inclusief de nieuwsgierige voorzitster van de leesclub achter hem in de rij, meeluisterde.

'Tot kijk.'

'Dag, Noah.'

'Doei, Noah!' zei Kaori, terwijl ze naar de toonbank liep. Noah wilde niet weten waar zij en Jeanie meteen over giechelden.

Hij was bijna verlost van Jeanies insinuerende blikken en Kaori's indringende vragen toen Logan binnenkwam. Hij moest echt op zoek naar een ander koffietentje.

'Hoi, Noah.'

'Hoi. Ik was net op weg naar buiten...'

'Wat was dat nu gisteravond?'

Mijn hemel, dit stadje, dacht Noah.

'Ik heb me vermaakt op de kermis. Waar was jij trouwens? Kan de school niet op jouw steun rekenen?'

Logan begon meteen te blozen. 'Jeanie trok een zonnejurk aan.'

'Pardon?'

'We hebben de voordeur niet eens bereikt, oké?' gromde Logan, die duidelijk moeite had om die woorden uit zijn mond te krijgen. Noah barstte in lachen uit.

'Zo hé, dat moet een geweldige jurk zijn geweest.'

'Zeker. Maar dat doet er niet toe.'

'Wat doet er dan wel toe?'

'We hebben gehoord dat je op de kermis was met Hazel. Dat jullie een date hadden.'

'Je moet niet alles geloven wat je in deze stad hoort, man. Juist jij zou dat moeten weten.' Hij grijnsde naar Logan voordat hij om hem heen de deur uit liep. Hazel had geen grapje gemaakt over het geroddel. Maar de mensen mochten denken wat ze wilden.

Hij had het geweldig naar zijn zin gehad. Beter dan ooit zelfs.

Zo goed dat hij vannacht de slaap niet had kunnen vatten. In plaats daarvan had hij liggen draaien en gedacht aan hoe zoet Hazel smaakte en hoe zacht haar haar voelde als het langs de arm had gestreken die hij om haar schouders had gelegd.

Bovenal dacht hij aan de tevreden glimlach op haar gezicht toen ze zich had teruggetrokken. Die wilde hij graag vaker zien.

Hij liep de straat op, met de drankjes in zijn hand, en plotseling wilde hij nog liever langs een bepaalde boekhandel voordat hij aan zijn dag begon.

'Hé Hazel, daar ben je!'

Hazel keek op van haar laptop toen ze Annies stem hoorde. Die was binnengekomen via de achterdeur van de winkel, zoals ze altijd deed als de zaak nog gesloten was.

'Natuurlijk ben ik hier. Maar zou jij niet al in de bakkerij moeten zijn?'

Annie wuifde haar bezorgdheid weg. 'Ik heb gehoord dat Noah je gisteravond over zijn schouder van de kermis af droeg nadat hij tien knuffels voor je had gewonnen.'

Hazel knipperde met haar ogen. 'Eh, nee. Zo is het niet gegaan.'

Annie liet zich op de bank vallen. 'Hoe ging het dan wel?'

Ze had nog steeds geen zin om de hele situatie van de hints in boeken voor een extraordinaire zomer met Noah uit te leggen, dus ging ze voor de meest simpele leugen. 'Noah vroeg me om met hem mee te gaan en dat heb ik gedaan.'

Annies ogen werden groot. 'En...'

'En dat was alles. Het was leuk.'

'Leuk?'

'Ja, leuk. Ik kan best plezier maken.'

Annie fronste haar voorhoofd. 'Natuurlijk, Haze. Maar je haat de kermis. Vooral sinds het reuzenraddebacle.'

Hazel haalde haar schouders op. 'Het reuzenrad was ook best leuk.' Annie bestudeerde haar en de rimpel in haar voorhoofd werd steeds dieper.

'Weet je zeker dat het goed met je gaat?'

'Ja.'

'En dat gedoe met Noah is...'

'Gewoon om wat plezier te beleven.'

'Gewoon?'

'Ja. Op een leuke en ongedwongen manier.'

Annie snoof.

'Wat?'

'We kennen elkaar al best lang, hè, Haze. Jij hebt nog nooit in je leven zomaar iets gedaan om plezier te beleven.'

Hazel opende haar mond om iets te zeggen, maar sloot die vervolgens weer. Annie had geen ongelijk. Hazel had meerdere monogame relaties gehad, om precies te zijn drie vriendjes. Elke relatie had een jaar of twee geduurd en was daarna ongemerkt uitgedoofd. Zelfs een relatiebreuk verliep bij Hazel niet dramatisch. Altijd waren ze als vrienden uit elkaar gegaan en hadden ze afgesproken om contact te houden. Sterker nog, ze stuurde nog steeds regelmatig e-mails naar haar ex-vriendje van de universiteit, die inmiddels weer in Japan woonde. Het was allemaal nogal... saai.

'Nou, nu is dat toevallig wel zo.'

Annie keek naar haar en hield haar hoofd schuin, alsof ze Hazel vanuit een andere hoek bekeek.

'Ik sta achter je.'

'Ik ben zo blij dat ik nu jouw toestemming heb,' zei Hazel droogjes.

Annie grijnsde. 'Volgens mij is dit best goed voor je. Ik bedoel, Noah ziet het wel zitten om met jou de koffer in te duiken.'

'Laat je niet meeslepen. We hebben alleen maar gezoend.'

'Hebben jullie gezoend?!' Annie vloog bijna van de bank af. 'Nou wordt-ie mooi, Haze.'

Die schudde haar hoofd. 'Het stelt niets voor.'

'Natuurlijk wel.' Annie leunde naar voren. 'Hoe was het?'

Hazels wangen begonnen te gloeien. 'Het was...' De beste kus ooit, dacht ze. 'Het was best leuk.'

Annie fronste. 'Best leuk? Hazel, die man is een regelrecht seksueel roofdier. Het moet meer dan best leuk zijn geweest.'

'Mijn hemel, Annie. Praat niet zo over hem.'

Annie trok een wenkbrauw op. 'Ho even. Je kunt geen gevoelens voor hem krijgen. Ik bedoel, Noah is aardig, maar hij doet niet aan serieuze relaties. Helemaal niet zelfs. Je weet dat hij alleen met meiden naar bed gaat die snel weer weg zijn uit het stadje.'

'Dat weet ik. Dit keer wil ik gewoon eens niet serieus zijn. Ik ben het beu om serieus te zijn.'

Annie keek haar nog steeds sceptisch aan, maar ze knikte. 'Oké. Als je maar op je hoede blijft. Hou je ogen dus goed open.'

Hazel sperde haar ogen open achter haar bril. 'Ze zíjn open. Heel ver open. Ik weet waar ik mee bezig ben.'

'Oké, lieverd. Ik geloof je. Nu moet ik weer terug naar de bakkerij. Ik heb George tot aan zijn ellebogen in het koekjesdeeg laten staan en over een halfuur gaan we al open. Hou van je.'

'Ik ook van jou. Lunch?'

'Tuurlijk.' Annie botste bijna tegen Noah op toen ze het kantoor verliet. 'O, hoi Noah. Hoe is het vandaag?' Haar stem klonk vreemd, veel luider dan anders, en Noah keek over haar schouder met een blik die zei: *Wat is er met haar aan de hand?*

Hazel haalde haar schouders op en kon een kleine glimlach niet onderdrukken. Ze had niet verwacht Noah vandaag te zullen zien, maar nu hij hier was, voelde ze meteen weer dat gekke gevoel in haar maag.

'Prima, en hoe is het met jou?' zei hij, als antwoord op Annies schelle vraag.

'Goed. Uitstekend. En nu moet ik echt gaan!'

Hij schudde zijn hoofd toen Annie het kantoor uit rende.

'Hoe ben je binnengekomen?' vroeg Hazel.

'Via de achterdeur. Sorry, een beetje vrijpostig.'

'Nou, je hebt wat te drinken meegenomen, dus voor deze keer zal ik het door de vingers zien.'

De glimlach die op zijn gezicht verscheen, was adembenemend. Hij zette de ijsthee op haar bureau en ging tegenover haar zitten, terwijl hij door zijn drankje roerde. De ijsblokjes maakten een tinkelend geluid. Hij keek naar haar met zijn donkere ogen en een speelse grijns.

Zelfs dit schemerige kantoortje leek op te lichten door zijn aanwezigheid. Zijn kastanjebruine haar en vele tatoeages, zijn zongebruinde huid, de kleurrijke armbandjes om zijn pols. Het was alsof hij de zeelucht meenam.

Ze snoof even diep de geur op voordat ze sprak. 'Nou... Wat doe jij hier?' vroeg ze, dankbaar voor het feit dat haar woorden ervoor zorgden dat hij niet langer staarde.

'Ik breng je alleen wat te drinken. En ik wilde je zien.'

'Wilde je mij zien?'

'Natuurlijk.'

'Juist.' Ze roerde ook door haar drankje en nam een flinke teug, waarbij ze zijn blik vermeed. Ze had hem gisteravond gekust. Toen ze volledig nuchter was zelfs. Nu wist ze niet wat ze ermee aan moest. Met het hele gebeuren. Annies waarschuwingen lagen nog vers in haar geheugen.

'Hé, Noah. Over gisteravond...'

'Ik heb het leuk gehad. En jij?'

'Zeker, maar...'

'Geen gemaar.'

‘Hoezo niet?’

‘Je hebt mij aangenomen om je te helpen een leuke zomer te beleven, toch?’

‘Ja, maar…’

Hij schudde zijn hoofd. ‘Geen gemaar. We hadden het leuk. Missie volbracht.’

‘Maar de kus…’

‘Was ook leuk.’

‘Ja. Ik wil gewoon niet dat het ongemakkelijk wordt tussen ons, of, eh… verwarrend.’

Hij leunde naar voren, met zijn onderarmen op zijn knieën. Hazel telde vijf sterren en twee grote dahlia’s op zijn rechterarm. Ze keek weer naar zijn ogen en zag dat zijn blik veranderd was van speels in bezorgd.

‘Ik wil niets doen wat jij niet wilt doen, Hazel. Maar als je het naar je zin hebt, laten we dan gewoon kijken hoe het loopt. Oké?’

Hazel slikte haar protesten in. Dit was wat ze wilde. Dit was de reden waarom ze Noah had gevraagd haar te helpen. Ze wilde zien waar de zomer haar bracht. Ze wilde meer kussen. Het hoefde niet verwarrend te zijn. Het kon pijnlijk eenvoudig zijn.

‘Oké.’

Zijn grijns werd breder. ‘Oké, mooi. Waren er nog nieuwe aanwijzingen?’

‘Ik betwijfel het, maar ik heb het nog niet gecontroleerd.’

‘Waar wacht je nog op?’ Hij was het kantoor al uit voordat ze kon reageren. Hij stond bij de afdeling romantiek toen ze bij hem kwam.

‘Kijk! Dit boek staat scheef.’

‘Hmm.’ Hazel pakte het van de plank en zag meteen een pagina met een ezelsoor.

Noah trok haar aandacht met een lichte zucht. Ze trok vragend een wenkbrauw op.

‘Spannend, dit.’

Ze lachte en streek met haar vinger over de bladzijde.

'Ze stak haar tenen in het koele zand en kantelde haar hoofd naar achteren, zodat de warme zonnestralen haar gezicht streelden.' Noah las de gemarkeerde zin hardop voor met die diepe stem van hem en Hazel onderdrukte een rilling van genot.

'Dat wordt een uitstapje naar het strand,' zei hij, zo dichtbij dat haar krullen bewogen door zijn adem.

Hazel zuchtte.

'Vertel me alsjeblieft niet dat je niet van het strand houdt.' Er verscheen een gepijnigde uitdrukking op zijn gezicht, alsof dat een persoonlijke belediging zou zijn.

'Ik verbrand altijd, er komt overal zand, en de laatste keer heeft een meeuw op mijn broodje gepoept.'

Noah probeerde niet te lachen, dat had ze wel door. 'Ik beloof dat er deze keer geen wilde dieren op je lunch zullen poepen.'

'Volgens mij kun je die belofte helemaal niet nakomen.'

'Erewoord van een visser.'

Ze probeerde te fronsen en chagrijnig te zijn over zand, vogelpoep en verbranden door de zon, maar het lukte niet. Niet nu Noah bijna gloeide van opwinding.

'Oké, goed dan.'

'HENEZ!' Hij griste het boek uit haar handen. *Grot van verleiding*, stond er op het omslag. 'Ik neem dit ook mee.'

Hazel snoof. 'Welnee.'

'Ik betaal ervoor.'

'Dat wil je niet lezen.'

'Natuurlijk wel.' Hij wierp haar een glimlach toe terwijl hij naar de kassa liep. 'Het ziet er leerzaam uit.'

Hazel onderdrukte een lach. 'Je bent gek.'

'Dat was de reden dat je mij hebt ingehuurd, of niet soms?'

Hij glimlachte nog steeds breed, maar ze zag een glimp van twijfel op zijn gezicht.

'Helemaal niet. En ik heb je niet ingehuurd.'

'Grapje.'

Hazel liep naar de andere kant van de toonbank en nam het boek van hem aan. 'Ik doe dit met je omdat ik je graag mag.'

'O.'

'En omdat je er goed in bent.'

Hazel zag een nieuwe mengeling van emoties op zijn gezicht verschijnen, maar ze kon ze niet meteen plaatsen en toen glimlachte hij alweer.

Ze wilde nog meer zeggen. Dat hij haar saaie leven opfleurde, dat hij haar er langzaam aan herinnerde hoe ze los moest laten, dat hij haar wakker maakte als de zon na een lange winter. Maar dat klonk allemaal zo heftig.

En wat zij hadden, was heel gewoon.

Een paar maanden van spanning en flirten, dat was alles.

Hoe hij ook naar haar keek.

Hoofdstuk tien

Noah had erop gestaan dat ze de planning van hun strandtripje aan hem overliet. Dus liep ze die ochtend naar de kust met een rieten tas, zonder ook maar een idee te hebben van wat de dag zou brengen. Het weer was weer omgeslagen en ondanks de felle augustuszon was het koel en winderig. Hazel droeg haar favoriete hoody over haar tanktop en had voor hete thee gekozen in plaats van voor ijsthee.

Het was dinsdag, haar vrije dag, en Noah had ook tijd, dus hadden ze afgesproken om vandaag de aanwijzing in het boek te volgen. Hij had haar gevraagd hem te ontmoeten aan het einde van een van de vele kleine zijstraatjes van Dream Harbor die uitkwamen aan de waterkant. Dat was echter niet richting het openbare strand met de eetkraampjes. Hazel stond naast de rotsachtige wand. Verderop ging het pad over in grof zand.

Ze was nog nooit bij dit deel van de kust geweest, hoewel er op de middelbare school genoeg kinderen waren geweest die hier in de weekenden hadden gefeest. Het was niet verrassend dat ze zich nooit bij hen had aangesloten. Ze begreep overigens wel waarom dit dé ontmoetingsplek was geweest, want als je eenmaal over de rotsen heen was, werd het strand grotendeels aan het zicht onttrokken. Het was rustig en afgelegen. Op dinsdagochtend waren er geen feestende tieners te bekennen.

'Hoi, daar ben je.' Noahs hoofd werd zichtbaar boven de rotsen, en zoals gebruikelijk was er een glimlach te zien op zijn gezicht.

'Hoi.'

'Kom, deze kant op, er is nog een pad.' Hij leidde haar naar een plek waar ooit misschien een pad was geweest, maar die nu wel met verkruimeld beton leek te zijn bestrooid. Ze pakte zijn hand terwijl hij haar over het ruige terrein leidde.

'Dus dit leek je de perfecte plek om mij ervan te overtuigen dat het strand leuk is?'

Hij grijnsde naar haar. 'Ja.' Hij had haar hand niet losgelaten en ze vond het een prettig gevoel dat hun vingers verstrengeld waren, dus trok ze zich niet terug. 'Het voelt alsof het ons eigen privéstrand is.'

Hazel fronste en keek naar de smalle strook zand. Ongeveer dertig meter verderop zat een moeder met haar peuter een zandkasteel te bouwen. Elke keer dat ze het emmertje op zijn kop zette en er een kasteel ontstond, stampte de jongen erop en begon hij hysterisch te giechelen.

'Nou ja, redelijk privé dan.' Hij leidde haar naar de plek waar hij een deken had uitgespreid. Er stond een koelbox naast en zijn slippers had hij al uitgeschopt. 'Deze is voor jou.' Hij pakte de grote strohoed met een bloem op de rand die op de deken lag en zette die op haar hoofd.

De hoed was enorm en zakte over een van haar ogen. 'Waarom zou ik deze dragen?'

Noah tuurde onder de rand. 'Dan verbrand je minder snel.'

Ze wilde protesteren. De hoed was groot en lelijk, maar... zorgde wel royaal voor schaduw. De zon had geen enkele kans met dit ding. En dan was daar nog Noah, die duidelijk stond te wachten op haar goedkeuring.

'Vind je hem leuk?'

'Ik vind de schaduw erg fijn.'

'Mooi!' Zijn glimlach werd breder toen hij de hoed rechtzette en het lint onder haar kin strikte. 'Mijn grootvader zei altijd: slecht weer bestaat niet, alleen een slechte voorbereiding.'

Hazel verbeet een lach. Alleen voor haar was een zonnige dag 'slecht weer', maar deze grote, rare hoed leek wel praktisch te zijn.

'Oké, dan nog wat.' Hij klapte in zijn handen en begon in een rugzak te graven die hij naast de koelbox had neergezet. Hij haalde een spuitbus tevoorschijn en schudde ermee.

'Wat is dat?'

'Insectenspray.'

'Heb je insectenspray meegenomen?'

'Ja. Mond dicht.' Ze hield haar adem in terwijl hij het insectenwerende middel op haar benen en armen spoot. 'Ik zag dat je veel insectenbeten had.'

'Eh, ja...'

Noahs wangen kleurden toen hij dat gezegd had. Hij had naar haar benen gekeken. Hij had echt naar haar gekeken en aan alles gedacht om haar dagje op het strand comfortabeler te maken. Hazel voelde iets nieuws. Een gevoel van warmte en geluk.

'Bedankt.'

'Geen dank.' Hij haalde zijn schouders op en deed het busje terug in de tas. 'Oké, nu het leuke gedeelte.'

Hazel trok een wenkbrauw op, hoewel ze zeker wist dat hij dat niet kon zien vanwege haar breedgerande hoed. 'Het leuke gedeelte?'

'Nou, er zijn meerdere leuke onderdelen, jij mag kiezen wat je wilt doen.'

'Oké.' Er verscheen een glimlach op haar gezicht, een glimlach die ze niet leek te kunnen onderdrukken als Noah in de buurt was.

'We kunnen een zandkasteel bouwen.'

Hazel keek over het strand naar de plek waar de peuter inmiddels huilde omdat de golven zijn creatie hadden vernietigd. ‘Eh, en wat nog meer?’

‘We zouden kunnen frisbeeën.’

Ze snoof. ‘Zie ik eruit als een meisje dat met een frisbee over het strand rent?’

Noah lachte. ‘Oké, wat dacht je van een schattenjacht?’

‘Een schattenjacht?’

‘Ja.’ Hij knipoogde. ‘Kom op.’ Hij verstrengelde zijn vingers weer met de hare en troonde haar mee.

‘Naar wat voor soort schat zoeken we precies?’ vroeg ze terwijl ze over het strand liepen. De golven spoelden over haar voeten en door het koude water voelden haar tenen gevoelloos. Toch vond ze het niet echt erg.

Kleine steentjes rolden mee met de branding, die een zacht ruisend geluid voortbracht. Zelfs het gekrijs van zeevogels in de verte was vredig. Nu ze er eenmaal was, leek het nogal krankzinnig dat ze hier niet vaker kwam. Wat een geluk dat er zoiets moois bestond op slechts een steenworp afstand van haar huis.

Haar hand lag nog steeds in die van Noah en hun armen zwaaiden zachtjes heen en weer terwijl ze liepen. ‘We weten pas dat het een schat is als we hem zien.’

‘Hmm.’ Hazel deed hem stilstaan. ‘Wat dacht je hiervan?’ Ze hurkte om haar vondst op te rapen. Een klein, zuiver wit schelpje dat ze in de palm van haar hand legde.

‘Een laurierschelp. Een van mijn favorieten.’

‘Dus dit is een schat?’

‘Absoluut.’ Hij grijnsde en ze stopte de schelp in de zak van haar sweatshirt.

Ze bleven lopen, terwijl Noah om de paar meter stopte om een ‘perfect ronde steen’ op te rapen, of een kiezelsteen die op een snoepje leek, of witte schelpen met een paarse binnenkant. Zij stopte het allemaal in haar buidel totdat die zanderig en vochtig was en doorzakte. De schelpen en steentjes klikklakten tegen elkaar tijdens het lopen.

'Ik dacht eigenlijk dat je met een schat de ervaring om hier te zijn bedoelde, of iets anders metaforisch.'

Noah keek haar aan en er verscheen een plagerige grijns om zijn mond. 'Zo diepzinnig ben ik niet, Haze. En ik hou van schatten.'

Hazel lachte en Noahs glimlach werd breder. Het werd langzaam warmer, maar dat was niet de reden dat Hazels wangen gloeiden. Dat kwam door hem. Door de glimlach die voor haar bedoeld was. Ze boog haar hoofd zodat de rand van haar enorme hoed haar gezicht verborg.

'Kijk!' Uit het natte zand kwam de kleinste krab tevoorschijn die ze ooit had gezien. Hij snelde langs haar voeten. Zodra haar schaduw over hem heen viel, bevroor het diertje.

'Hij denkt dat je hem gaat opeten.'

Hazel trok haar neus op. 'Je bent veilig, kleine vriend.' Ze ging opzij en toen het krabbetje zich weer in het zonlicht wist, schoot hij weg tussen de rotsen.

'Te klein voor de lunch,' zei Noah en Hazel hoorde hem in gedachten al zo tegen de gasten van zijn rondvaarten spreken. *Te klein, jongens. Gooi maar terug.*

'Over lunch gesproken… Heb je trek?'

'Nou, ik ben benieuwd wat er in die koelbox zit, maar veel vertrouwen heb ik niet in die meeuwen.' Ze keek op en zag de grote vogels boven haar hoofd cirkelen. Gelukkig zat haar vriendje de krab inmiddels weer veilig tussen de rotsen.

Noah sloeg een arm over haar schouder terwijl ze zich omdraaiden om terug naar de deken te lopen. 'Geloof me. Ik heb je beloofd dat je niets zou overkomen tijdens je lunch, weet je nog?'

'Dat herinner ik me. Maar ik vertrouw die beesten nog steeds niet.'

Noah lachte. 'Ik ben een man van mijn woord, jij kunt je lunch rustig opeten.'

Hazel ontspande zich tegen zijn zij op de terugweg naar de deken. Hij was warm en sterk en ze kreeg het gevoel te smelten, ongeacht hoe haar gedachten hierover waren. Hier was geen plaats voor gedachten. Tijdens haar leuke, roekeloze avonturen met Noah kon ze maar beter niet nadenken.

Het begon eb te worden en er werden nog meer rotsen en schelpen zichtbaar. Het water trok zich in stroompjes door het zand terug richting de oceaan. Hazels tenen waren inmiddels gewend aan het koude water en ze vond het niet erg om in de kleine stroompjes te stappen. Ze zag nog meer krabben, maar ze bleven niet meer staan om ertegen te praten. De zoute lucht had hen hongerig gemaakt.

De koelbox stond op hen te wachten op de plek waar ze hem hadden achtergelaten en Hazel plofte ernaast op de deken neer. Ze wierp haar gigantische hoed af.

'Hallo, je springt wel wat slordig om met die zonbescherming, Haze.'

Ze stak haar tong uit en Noah lachte. 'Ik heb zonnebrandcrème op. En ik ben een beetje roekeloos, weet je nog?'

'O, dat weet ik als geen ander.' Hij zei het alsof hij zich herinnerde hoe roekeloos die kus in het reuzenrad was geweest en alsof hij die wilde overdoen. Hij hield haar blik vast en even dacht Hazel dat hij de afstand tussen hen misschien zou verkleinen, maar in plaats daarvan draaide hij zich om en begon in de koelbox te rommelen. 'Een sandwich met kalkoen of met ham en kaas?'

Ze had teleurgesteld kunnen zijn omdat hij hun kus niet herhaalde als haar maag niet zo geknord had. 'Kalkoen.'

'Goede keuze.' Hij wierp haar de boterham toe, behoorlijk riskant op het strand, maar op miraculeuze wijze ving ze hem op. 'Heb jij ze klaargemaakt?'

'Nee. Ik heb ze gehaald bij de delicatessenwinkel naast Mac.'

'Mmm.' Hazel was dol op die delicatessenzaak, vooral op de *pasta e fagioli* in de winter. Ze pakte haar broodje uit en ze aten een tijdje in alle stilte, waarbij ze de directe dreiging van de uitwerpselen van zeevogels vergat.

Althans, Hazel was dat compleet vergeten, totdat Noah opsprong en wegsnelde van de deken.

'Noah, wat...'

Voordat ze haar zin kon afmaken, was hij weg. Hij rende over het strand en deed een groep meeuwen boos krijsend opvliegen. Hazel sloeg een hand voor haar mond. Hij verjaagde vogels voor haar. Hij rende, schopte zand omhoog en zwaaide met zijn armen tot de vogels op veilige afstand waren. Ze hield een opkomende giechel in.

Noah kwam buiten adem en met een triomfantelijke glans in zijn ogen terug. 'Ik heb ze te pakken.' Hij ging weer zitten, leunend op zijn elleboog, met zijn broodje op zijn schoot. 'Ze zullen je niet snel meer lastigvallen.'

Hazel kon zichzelf er niet toe brengen hem te vertellen dat de vogels alweer dichterbij kwamen. Ze was te druk bezig als een idioot te grijnzen, alsof Noah draken voor haar had verslagen in plaats van een paar vervelende vogels verjaagd.

Het ging om het idee, toch? 'Bedankt. Ik voel me een stuk veiliger.'

Hij keek haar aan en hield zijn hand boven zijn ogen om die tegen de zon te beschermen. 'Vind je het al leuk op het strand?'

Met jou wel, dacht ze. 'Het begint warm te worden.' Ze zette de gigantische hoed op zijn hoofd. 'Nu is het jouw beurt om de hoed te dragen.'

'Bedankt,' zei hij, terwijl hij nog een grote hap van zijn broodje nam. 'Ik heb nog eens over de aanwijzingen nagedacht.'

'O?'

'Over mogelijke verdachten.'

'Echt? Wie denk je dat de schuldige is?' Hazel was al vergeten dat ze zich af had gevraagd wie erachter zat, maar het was schattig dat Noah erover had nagedacht.

Noah strekte zijn benen voor zich uit. 'Annie misschien?'

'Annie? Nee, dat denk ik niet.'

'Ze is altijd in de boekhandel. En zij kent jou als geen ander. Ze zou precies weten welke aanwijzingen ze moest achterlaten.'

'Hm. Ja, daar zit wat in.' Zou Annie al die geheimzinnige aanwijzingen voor haar achterlaten? Misschien. Annie was echter heel slecht in het bewaren van geheimen. 'Ik denk gewoon niet dat ze het voor elkaar zou krijgen zonder dat ik het door zou hebben.'

'Oké, en hoe zit het met je vaders?'

Hazel zweeg even en dacht erover na. 'Ze zijn beiden al een tijdje niet meer in de winkel geweest.'

'Wie denk jij dan dat erachter zit?' vroeg Noah. Hij vouwde de verpakking van zijn sandwich op en stopte die terug in de koelbox.

'Ik weet het niet. Alex misschien. Die is altijd in de buurt, ook al kan ik geen motief bedenken.'

Noah lachte. 'Motief? Jij pakt het serieus aan.'

Hazel gooide de verpakking van haar sandwich naar zijn hoofd, maar hij ving de prop op voordat die hem raakte. 'Natuurlijk pak ik het serieus aan.'

'Héél serieus,' zei hij met een plagerige glimlach. Hij haalde een zak chips tevoorschijn en Hazel begon de picknick op het strand steeds leuker te vinden.

'Nou, wie het ook is, dit was zeker geen slecht idee.'

Noah duwde zachtjes met zijn schouder tegen de hare. 'Gelukkig. Ik zou het vreselijk vinden als jouw dagje op het strand verschrikkelijk zou zijn.'

Ze leunde tegen hem aan. Verschrikkelijk was het zeker niet. Als ze erachter kwam wie de aanwijzingen had achtergelaten, moest ze niet vergeten diegene te bedanken.

Ze hadden gegeten zonder verdere aanvallen van de kustvogels. Hazel stak haar tenen in het zand naast de deken en liet de zon haar gezicht verwarmen. Vanaf het water waaide een koel briesje dat de dag aangenaam maakte in plaats van heet, en Hazel kon de herfst al bijna ruiken.

Het weer zou spoedig omslaan.

Hazel ademde de zilte lucht in en voelde zich eindelijk wat tot rust komen. Daar zat ze dan, midden op een dinsdag op het strand met een zak vol schatten. Geen slechte HENEZ-dag.

'Hé, heb je dat boek nog gelezen? Met die aanwijzing voor het strand erin?' vroeg ze.

Noah grijnsde vanaf zijn plek op de deken. De gigantische hoed bedekte zijn ogen en hij nam niet de moeite om die weg te halen, zodat Hazel alle tijd had om naar zijn mond te kijken terwijl hij sprak. Een mooie mond. Zacht, zoet en altijd in voor een glimlach. Hazel was er helemaal dol op geworden. Dat gebeurde bij vrienden onder elkaar natuurlijk.

'Dat heb ik zeker gedaan.'

'En?'

'Het was een goed boek.' Zijn glimlach werd groter. 'Heel leerzaam, precies wat ik ervan verwacht had.'

Het was maar goed dat de bovenste helft van zijn gezicht nog steeds bedekt was, zodat hij Hazels wangen niet kon zien kleuren, want dat voelde ze gewoon. Ze had het boek niet ter sprake moeten brengen, maar voordat ze zichzelf daarvoor kon vermanen, trok Noah haar naast zich.

'Nu gaan we een dutje doen,' mompelde hij, terwijl zijn diepe stem dingen met haar deed die helemaal niet slaapverwekkend waren. 'Niets zo fijn als een dutje op het strand.'

Het was onmogelijk om daar tegenin te gaan, dus sloot Hazel haar ogen en liet Noahs ademhaling en het geluid van de golven haar in slaap wiegen.

Hoofdstuk elf

Hazel lag languit op de deken naast hem, met haar hoofd op haar gekruiste armen. Ze had haar capuchon op en leek net een klein zeediertje dat vanuit haar schelp naar buiten gluurde. Noah lag op zijn zij tegenover haar, en hij nam haar delicate trekken in zich op. Ze had haar bril afgezet en in het warme bruin van haar ogen zag hij een zilveren ring rond de pupil. Hij kon zich niet herinneren dat hij ooit eerder de ogen van een vrouw écht had opgemerkt. Voor zover hij wist had hij alleen ooit gezien of die licht of donker waren en of ze keek alsof ze geïnteresseerd in hem was of niet.

Haar krullen tuimelden uit haar capuchon en omlijstten haar ronde gezicht. Haar mond... Nou ja, hij kon niet te lang naar haar lippen kijken zonder daar een kus op te willen drukken, maar op dit moment was haar mond zacht en ontspannen, en iets omhooggekruld bij de hoeken. Ze zag er gelukkig en vredig uit.

'Vertel me eens iets wat niemand anders weet,' zei ze nu de late middagzon op haar gezicht scheen. Ze hadden een tijdje geslapen, en wakker worden naast een slaperige, warme Hazel was iets waar Noah iets te veel van genoot.

'Ik haat augurken.'

Hazel trok haar neus op, niet tevreden met zijn antwoord. 'Nee, serieus. Ik bedoel een geheim.'

Een geheim? Ik vind je veel leuker dan zou moeten, Hazel Kelly, dacht hij. Was dat goed genoeg?

'Alleen als jij mij ook een geheim vertelt.'

'Ik heb geen geheimen.'

'Iedereen heeft geheimen.'

Ze zweeg even en bestudeerde hem met haar grote ogen. 'Oké, afgesproken.'

Hij had iets kunnen verzinnen en haar allerlei verhalen uit zijn leven kunnen vertellen die niemand hier in de buurt kende, maar hij besefte dat hij haar een echt geheim wilde vertellen. Hij wist niet of hij nog wat suf was door het slapen of dat het kwam door de zachte lijnen van Hazels gezicht, maar hij wilde weten wat ze van hem zou denken als hij haar iets vertelde wat ertoe deed.

'Ik heb de middelbare school nooit afgemaakt.' Het was stil op het strand. De moeder en haar zoontje waren naar huis gegaan en de meeuwen sliepen met hun kopjes tussen hun witte veren genesteld. Het water was zo ver gezakt dat de golven nog slechts een zwakke fluistering waren.

Noahs woorden bleven in de lucht hangen.

Hazel knipperde met haar ogen. Eén keer, twee keer. 'Nou, nu snap ik het.'

Wat? Dat was zeker niet de reactie die hij verwacht had. Misschien een 'waarom niet?' of het altijd gevreesde 'je zou terug kunnen gaan om het af te maken'. Maar niet zoiets als 'nu snap ik het'.

'Is dat zo? Wauw, ik dacht niet dat mijn onvermogen om te kwadrateren zo duidelijk was.' Hij klonk feller dan hij had gewild, nu oude wonden opengereten werden en hun middag dreigden te verpesten.

Ze schudde haar hoofd en drukte haar wang tegen haar armen. 'Nee, zo bedoel ik het niet. Maar nu begrijp ik waarom je altijd je eigen intelligentie onderschat.'

Hij wilde die opmerking weglachen, maar zou het waar zijn?

'Is dat zo?'

'Ja. Je merkt regelmatig op dat je niet slim bent. Vandaag zei je bijvoorbeeld dat je niet zo diepzinnig bent, weet je nog?'

Hm, viel hij door de mand door zijn eigen woorden?

'Dat wist ik niet echt.'

'Vind je het erg? Dat je je school niet afmaakte?'

Vond hij het erg? Hij had nooit echt uitgeblonken op school. Hij had er een hekel aan om de hele dag binnen te zitten. Zijn hele lijf begon dan te jeuken en te prikken. Hij was het gelukkigst op het water, dus aan het begin van het laatste jaar had hij besloten datgene te gaan doen waar hij goed in was. Het was destijds een logische keuze geweest, ook al waren zijn ouders het er helemaal niet mee eens. Zijn vader had hem in niet mis te verstane bewoordingen verteld dat hij zijn leven verpestte. Pas toen hij beloofde fulltime voor het bedrijf te gaan werken, was zijn vader gekalmeerd. Toen had Noah dat echter ook verpest. In plaats van dat allemaal op te biechten tegen Hazel zei hij echter: 'Niet echt.'

Ze trok ongelovig een wenkbrauw op.

Noah zuchtte. 'Het is gewoon niet iets waar ik trots op ben.'

'Daarom heb je je zussen in de steek gelaten, zodat zij het familiebedrijf kunnen runnen. Omdat je denkt dat je niet slim genoeg bent.'

'Verdorie, Haze, dit soort ondervragingen passen niet bij een leuk stranduitje.' Natuurlijk vond hij zichzelf niet slim genoeg. Wat wist hij in vredesnaam van het runnen van een miljoenenbedrijf? Hij kon niet eens een voldoende halen voor een economietentamen. Hij had het geprobeerd. Dat had hij echt. Een jaar lang had hij, nadat hij van school was gegaan, elke dag bij zijn vader gewerkt. Hij had in dat kantoor gezeten en zijn best gedaan de inventarisspreadsheets, de leveringsschema's en de contracten met restaurants te doorgronden. Hij had zich nog nooit zo ellendig gevoeld.

Op een dag was hij gewoon vertrokken. Hij had een van de oude boten van zijn familie meegenomen, een cheque uitgeschreven voor zijn vader om ervoor te betalen en was vertrokken. Het was een slechte manier om te vertrekken, maar hij wenste niet nog eens een blik van teleurstelling in zijn vaders ogen te zien. Dat was de reden waarom hij zelden naar huis ging, zelden met hem sprak, zelden zijn geweldige kleine nichtjes zag.

Maar Noah was niet van plan het vandaag over zijn familie te hebben. Eén open wond was genoeg.

Ze huiverde. 'Sorry. Ik heb de slechte gewoonte om dat te doen.'

'Wat bedoel je?'

'Ik weet altijd het plezier te bederven.'

Hij kwam iets dichterbij en streek met een vinger over de brug van haar neus om de rimpels weg te wrijven. 'Je bederft de pret niet.'

'Nou, ik heb dit spelletje om geheimen te delen omgeturnd in een soort vreselijke therapiesessie, dus...'

'Vertel me dan jouw geheim, dan kom ik op de proppen met een psychoanalyse. Dat wordt pas echt leuk.' Hij grijnsde naar haar en ze lachte zacht.

'Ik heb je al verteld dat ik ertegen opzie om dertig te worden...'

'Er is vast nog wel iets anders. Een diep, duister geheim... iets wat zelfs Annie niet weet.'

Haar ogen werden groot. Ze vertelde duidelijk alles aan haar beste vriendin, maar Noah wilde een stukje Hazel Kelly waar niemand iets van wist. Een kleine schat die hij aan het eind van de dag in zijn zak kon stoppen en bij zich kon houden als ze besloot dat ze zijn diensten niet meer nodig zou hebben.

Hazel slaakte een lange zucht, alsof ze daar moed uit putte. 'Oké, er is iets wat ik nog nooit aan iemand anders heb verteld.'

Noah kwam overeind en leunde op zijn elleboog. Zijn nieuwsgierigheid was gewekt, vooral omdat Hazel dieper leek weg te duiken in haar capuchon.

'Ik geloof niet... Ik geloof eigenlijk niet dat mijn vader helderziend is.'

'Wat?'

'Ik weet dat veel mensen in de stad denken dat zijn dromen echt zijn of een diepere betekenis hebben of zo, en mijn vader gelooft dat ook, maar ik... Ik weet het niet. Ik kan dat niet echt geloven. Zijn dromen zijn nogal willekeurig en de beslissingen die hij neemt op basis van die dromen pakten gewoon toevallig goed uit.'

Hazel zag er werkelijk geschokt uit, alsof ze iets verschrikkelijks had opgebiecht. Noah staarde haar even aan voordat hij zich op zijn rug rolde en er een lach in hem opborrelde.

'Haze,' bracht uit hij tussen het lachen door. 'Maak je een grapje?'

Noah was naar genoeg stadsbijeenkomsten geweest om te weten dat burgemeester Kelly graag over zijn dromen praatte, maar hij had gedacht dat iedereen het met een korreltje zout nam. Dachten de mensen in de stad werkelijk dat hij helderziend was? Deze plek werd steeds vreemder. Hij genoot ervan.

Zij leunde nu op een elleboog en keek naar hem met een rimpel tussen haar wenkbrauwen.

'Natuurlijk ben ik serieus.'

Hij hapte naar adem, het lachen bezorgde hem buikpijn. 'Vanwege de aanloop dacht ik dat je me ging vertellen dat je een man had vermoord of dat je van kinky seks hield of zoiets.'

'Iedereen in de stad neemt zijn dromen serieus!'

De tranen rolden uit zijn ooghoeken en hij veegde ze weg met de rug van zijn hand. 'Ik dacht dat iedereen gewoon meespeelde!'

Hazel schudde haar hoofd. 'Nee. Voor de inwoners van Dream Harbor is het allemaal heel reëel.'

Zijn lach stierf weg toen hij naar haar ernstige gezicht keek. Hij stopte een verdwaalde krul achter haar oor en streek met de rug van zijn hand langs haar wang. 'En wat geloof jij?'

'Hoe bedoel je?'

'Nou, je gelooft niet dat je vaders dromen een diepere betekenis hebben, maar waar geloof je wel in? Wat maakt het leven voor jou zinvol?'

Ze staarde langs hem heen over het strand. De plooi tussen haar wenkbrauwen werd nog dieper en hij kon zien dat ze er echt over nadacht voordat ze antwoordde. Dat was wat hij leuk aan haar vond.

Hazel zei alleen dingen die ze meende. Het maakte alles wat ze zei veel belangrijker.

'Goede boeken,' zei ze na een minuut, en ze keek hem weer aan. 'Goede vrienden. Goed eten.'

Hij glimlachte naar haar. 'Wat wil je nog meer?'

'Precies.' Ze glimlachte terug. 'En jij?'

'Hm.' Hij draaide zijn mond opzij terwijl hij nadacht, en genoot van de manier waarop Hazel de beweging met haar blik volgde. 'De liefde van een goede vrouw.'

Hazel lachte klaterend. Ze duwde speels tegen zijn schouder en hij pakte haar bij haar pols en trok haar naar zich toe, totdat ze boven op hem belandde. Haar gezicht was slechts een adem verwijderd van het zijne.

'Ik meende het,' zei hij met een plagerige grijns.

'Daar was ik al bang voor.' Ze had zich niet bewogen en trok zich niet terug, maar liet het gewicht van haar lichaam op het zijne liggen. Hij voelde al haar welvingen, alle vrouwelijke rondingen die ze de hele dag onder haar dikke sweatshirt had verstopt.

'Wat is er nu belangrijker dan de liefde?' Hij plaagde nog steeds en flirtte met haar, maar in zijn hart wilde hij echt meer over haar weten. Hazel Kelly was de eerste in jaren over wie hij iets wilde leren.

'Ben je ooit verliefd geweest?' vroeg ze, terwijl ze haar handen op zijn borst liet rusten en haar kin erbovenop legde.

'Nee. Tenzij je Ginger meetelt.'

'Ginger?'

'Mijn boot.'

Ze giechelde en hij voelde de trilling door zijn borstkas trekken.

'Dat telt niet.'

'Oké, dan niet. En jij?'

'Niet echt.'

'Niet echt?'

'Ik bedoel, ik denk het niet...'

'Haze...'

'Ja?'

'Ik ben er vrij zeker van dat je het dan wel zou weten. Het zou duidelijk moeten zijn, toch?'

Ze rimpelde haar neus weer. 'Dat denk ik ook. Het voelt gewoon als een gemiste kans. Ik heb een paar langdurige relaties gehad en ik voelde me... op mijn gemak, denk ik. In ieder geval een tijdje. Maar dan was het altijd alsof het gevoel verdween, of vervreemdden we van elkaar.'

'Hm, ja, dat begrijp ik.'

'Heb jij dat ook weleens gehad?'

'Niet echt. Ik probeer gewoon begripvol te zijn.'

Hazel lachte.

'Hé, Haze?'

'Ja?'

'Weet je zeker dat je geen vreemde kinky verlangens hebt die je met me wilt delen? Ik ben heel ruimdenkend.' Hij fronste zijn wenkbrauwen en haar lach trilde weer door hem heen.

Ze grijnsde naar hem, met haar lichaam nog steeds tegen het zijne gedrukt, en hij dacht dat Hazel zijn vreemde verlangen was. Gewoon... alles aan haar. Niet zoals hij anders ervoer. Wanneer hij een vrouw aan de bar zag en wist dat ze een weekend of twee plezier zouden maken, terwijl hij niet veel meer wilde weten dan haar naam en hoe ze tot haar hoogtepunt kwam.

Hazel was anders. Hij wilde Hazel in bed en daarbuiten. Hij wilde hier de hele dag liggen en met haar praten en haar dan naar huis brengen en dan bezig zijn met heel andere dingen dan praten. Hij wilde weten waar ze van hield en hoe ze smaakte.

Maar dat was allemaal niet wat zíj wilde.

Zij wilde het gewoon leuk hebben. Een avontuur beleven. Even afgeleid worden. Ze mocht dan hier in Dream Harbor wonen, maar hij moest zijn best doen over haar te blijven denken zoals hij over iedere andere vrouw dacht. Hazel Kelly zou weer uit zijn leven verdwijnen en hij moest al die gekke gevoelens onderdrukken. Hij moest niet langer naar de bijzondere kleur van haar ogen kijken.

'Je bent ongetwijfeld ruimdenkend, maar ik heb niets geks op te biechten.'

'Dat kunnen we verhelpen, als je deze roekeloze zomer een boost wilt geven.' Hij was te ver gegaan. Het werd tijd om het gesprek terug te brengen naar een luchtiger niveau. Hij was goed in flirten, charmant en onderhoudend zijn.

Dat was waar Hazel om had gevraagd. Ze zat niet te wachten op een trieste kerel die naar haar verlangde.

Ze lachte opnieuw, maar op de een of andere manier was ze dichterbij gekomen, zodat haar adem langs zijn lippen streek. 'Zullen we maar gewoon beginnen met zoenen op het strand?' Die ondeugende glans was terug in haar ogen, de blik waarvan hij zelfzuchtig hoopte dat alleen hij die zou mogen zien. Ook al was dat geen goed idee. Ook al was dit maar tijdelijk. Hij zou dit beeld van Hazel boven zich voor altijd onthouden, nu ze verwaaid en zonovergoten boven op hem lag. Nog een kleine schat om te koesteren.

'Uitstekend idee.' Hij nam haar gezicht in zijn handen en bracht haar mond naar de zijne. Haar zachte zucht beroerde zijn lichaam. Hazel Kelly bracht hem tot het uiterste. Hij rolde haar op haar rug, plotseling ernaar verlangend de controle over te nemen. Ze had hem al te vaak van zijn sokken geblazen met haar kussen, waardoor alles om hem heen duizelde. Dit keer zou hij de leiding nemen.

Dat dacht hij in ieder geval. Met Hazels armen om zijn nek en haar zachte adem tegen zijn mond was Noah opnieuw van de kaart. Hij kuste haar in haar hals en Hazel drukte zich tegen hem aan. Ineens vond hij dat vervelende sweatshirt van haar maar niets. Hij zoog op een bijzonder gevoelig plekje in haar nek en zij kreunde.

Wat wilde hij dat graag nog eens horen.

Hij liet zijn hand naar Hazels heup glijden en streelde de huid boven haar tailleband. Zacht en warm. Hij ging verder en volgde de zachte welving van haar buik, haar slanke middel. Zijn mond lag weer op de hare, de kus verdiepte zich, vol verlangen. De manier waarop Hazel zich tegen hem aan drukte betekende dat zij het ook voelde, net zo wanhopig als hij. Net zo…

'Wacht.' Ze klemde haar hand om zijn pols en deed hem stoppen. Ze ademden allebei zwaar en Hazel keek naar hem op met een blik vol verlangen. 'Kan iemand ons zien?'

Noah knipperde met zijn ogen. O ja. Ze waren buiten op dat verdraaide strand, terwijl hij haar aan het opwarmen was. Of op het punt stond dat te doen, in ieder geval. Hij keek op en keek in beide richtingen over het strand. Verlaten. Hij draaide zich lachend weer naar Hazel.

'Er is in geen velden of wegen iemand te zien.' Hij boog zijn hoofd en kuste haar opnieuw. Zacht, herhaaldelijk. Kleine kusjes op haar lippen en kaak, naar de plek achter haar oor waar ze naar kokosnoot-zonnebrandcrème rook. 'Maar we kunnen stoppen, als je dat wilt. Exhibitionisme maakte geen onderdeel uit van de aanwijzing.'

Ze kronkelde een beetje terwijl hij haar hals kuste. Haar handen gleden nu over zijn rug en het zachte schrapen van haar nagels door zijn shirt deed hem meer dan zou moeten.

'Ik bedoel... We hebben al onze kleren nog aan, dus ik geloof niet dat we een of andere wet overtreden.' Ze stopte af en toe met praten om een zucht te slaken en Noah kon het niet laten om tegen haar huid te glimlachen.

'Goed punt. HENEZ is een gezagsgetrouw project.'

Ze begon te lachen, maar zijn hand zocht zijn weg onder haar shirt en haar lach ging over in een zacht gekreun. Haar huid was warm en een beetje plakkerig door de zeelucht en Noah wist dat als hij met zijn tong over haar lichaam zou strijken, ze naar zout zou smaken. Hij wenste dat hij meer van haar kon zien, maar hij moest genoegen nemen met voelen.

Hij ging met zijn hand onder haar tanktopje en stuitte op de rand van haar beha. Die was gemaakt van zacht katoen, zonder vulling, waardoor hij alles voelde. Hazel hapte naar adem toen zijn duim haar plaagde. Hij grijnsde tegen haar lippen.

'Ik begin het strand nog leuker te vinden,' verzuchtte ze terwijl hij een borst in zijn hand nam en zijn duim heen en weer over haar tepel ging.

Hij lachte. 'Ja, je krijgt het echt onder de knie.' Hij duwde haar beha omhoog en op de een of andere manier was dit het meest erotische moment van zijn leven, hier, met Hazels borst in zijn hand, ook al werd die volledig aan het oog onttrokken door haar sweatshirt.

Hij kreunde en drukte zijn voorhoofd tegen haar schouder.

'Gaat het?' vroeg ze hees.

'Prima. Ik probeer mezelf in te houden.'

Haar verbaasde lach deed hem glimlachen, ook al was het waar. Hij was harder dan ooit en ze hadden allebei nog steeds al hun kleren aan. Hij rolde haar tepel tussen zijn vingers en ze hapte naar adem, waarna ze haar lichaam naar hem toe boog.

'Noah,' kreunde ze, en op dat moment kwam hij bijna. Hoe zou hij ooit nog een normaal leven kunnen leiden nadat hij Hazel Kelly zo zijn naam had horen uitbrengen? Hij wist het echt niet, maar hij had op dit moment geen tijd om daarover na te denken.

'Wat wil je?' vroeg hij, terwijl hij met zijn lippen langs de hare ging. Hij zou alles voor haar doen. Zich hier uitkleden en de liefde met haar bedrijven op deze deken op het strand, hoewel hij bang was dat er zand op ongelukkige plekken terecht zou komen en dat ze beschuldigd zouden worden van openbare schennis van de eerbaarheid.

'Ik wil...' Ze kreunde een beetje gefrustreerd, haar heupen bewogen uit zichzelf en duwden tegen de zijne. Ze zuchtte. 'Dat kan niet.'

Hij keek op haar neer en zag dat haar wangen roze waren van verlangen.

'Nou... Wat wel zou kunnen...' Hij haalde zijn hand van haar borst, liet die over haar buik glijden en hield even stil bij de tailleband van haar korte broek. 'Is dat ik je laat komen.'

Haar ogen werden onmogelijk groot. 'Hier? Op het strand?' Ze zag er werkelijk verontwaardigd uit, maar ook alsof... alsof ze het wilde. En of dit nu allemaal deel uitmaakte van haar plan om voor haar dertigste nog even als een roekeloze tiener te leven of niet, Noah was er helemaal voor.

'Ja, hier, op het strand.' Hij wendde zijn blik af van die van Hazel om het strand nog eens te verkennen, maar zag niemand. 'Wil je dat, Hazel?'

Verlangen vlamde op in haar ogen en de blos op haar wangen werd dieper. Ze aarzelde. 'Oké.'

'Oké? Die toestemming mag wel wat enthousiaster,' zei hij met een plagerige grijns, terwijl zijn vingers langs de rand van haar korte broek gleden.

Ze snoof. 'Ja. Alsjeblieft. Vol enthousiasme is dat.'

Hij snoerde haar de mond met een kus en maakte met één hand het knoopje van haar korte broek open. De ritssluiting ging net zo gemakkelijk naar beneden. Hij stak zijn hand erin, onder haar slipje, zonder tijd te verspillen. Hij wilde heel graag weten welke kleur haar lingerie had, maar hij kon voelen dat het eenvoudig en van katoen was, zonder kant of franjes. Op de een of andere manier vond hij dat nog spannender. Dit was geen losse flirt. Ze was niet een van die meisjes die hij aan de bar ontmoette.

Zijn vingers streken door haar zachte krullen en zochten zich een weg naar haar intiemste plekje.

Ze bewoog onder hem en hij voelde haar kreunen tegen zijn lippen. 'Holy shit, Noah.'

Hij streelde haar, merkte wat ze fijn vond en liet zich leiden door haar gezucht en kreetjes. Hij kuste haar en liet zijn tong het ritme van zijn hand volgen. Hij dwong zichzelf om niet verder te denken, om niet stil te staan bij al het andere wat hij met haar wilde doen, overal waar hij kon aanraken en proeven.

Want op dit moment had hij Hazel in zijn armen, terwijl die kreunend zijn naam uitbracht en zijn vingers steeds sneller bewogen, totdat ze buiten adem was.

'Noah, alsjeblieft.'

Hij wilde het langer laten duren, hij wilde niet dat het moment zou eindigen, maar ze waren buiten, in het openbaar. Het strand was op dit moment verlaten, maar er konden ieder moment mensen komen. Het laatste wat hij wilde was haar in verlegenheid brengen of een schandaal veroorzaken in het stadje. Samen op de kermis verschijnen was iets heel anders dan de openbare orde verstoren.

Hij bewoog zijn vingers sneller, totdat Hazel naar adem snakte en haar nagels zich in zijn schouders boorden. Ze kneep haar ogen dicht en er ging een huivering door haar hele lichaam.

'Jaaa… Noah… jaaa.' Haar stem brak toen ze tot een hoogtepunt kwam. Noah voelde haar pulseren onder zijn vingers. Hij vertraagde zijn bewegingen en liet zijn hand nog een ogenblik op dat intieme plekje liggen voordat hij die terugtrok.

Hazel keek hem met een verdwaasde uitdrukking aan. 'Dat was...'

'Fijn? Hoop ik.' Hij leunde op één elleboog en keek naar haar.

'Fijn is niet het juiste woord. Het was gewaagd... transcendent...'

Noah lachte. 'Ik heb nog nooit iemand een orgasme transcendent horen noemen.'

Hazel grijnsde. 'Nou, dat zou wel moeten. Het was echt geweldig.' Ze knoopte haar korte broek dicht en haar blik bleef hangen bij de korte broek van Noah, die duidelijk een bobbel vertoonde.

'Eh... ik denk niet dat ik dit op een discrete manier terug kan doen,' zei ze.

'Niet nodig. Ik red me wel.'

Ze fronste. 'Weet je het zeker?'

'Ik regel het later wel.'

Daar leek ze van op te kijken. Een nieuwe blos kleurde haar wangen. 'Echt waar?'

Noah glimlachte langzaam naar haar. Hij hield van deze Hazel, deze gedurfde, sexy Hazel. 'Wind dat je op, Haze? Om eraan te denken dat ik mezelf later ook wat genot bezorg?'

Haar ogen werden groot, alsof ze geschokt was door zijn woorden, maar haar tong schoot naar buiten en volgde haar onderlip.

'Misschien...'

'Misschien?' Hij trok een wenkbrauw op. 'Wat als ik je vertel dat ik op dat moment aan jou zal denken?'

Ze slikte moeizaam. 'Echt waar?'

Noahs glimlach werd breder. 'Ik zal denken aan hoe sexy je klinkt als je klaarkomt en hoe je lichaam voelde.'

Haar ademhaling was weer oppervlakkig geworden, en haar

blik donker. Mijn hemel, wat deed hij hen aan, behalve hen beiden martelen? Maar hij kon niet stoppen. Niet wanneer Hazel zo naar hem keek.

'Ik zal nadenken over alle dingen die ik de volgende keer met je zou willen doen.'

'Wat dan?' fluisterde ze.

Hij veegde het haar uit haar gezicht en haar oogleden gingen traag dicht. 'De volgende keer wil ik dit met mijn tong doen en je proeven.'

Hazel beefde.

'Ik wil dat je helemaal naakt bent, zodat ik kan zien hoe mooi je bent. Ik wil aan je lieve, kleine tepels zuigen. Ik wil je keer op keer laten komen, totdat je me smeekt om te stoppen.'

'Shit, Noah.' Ze slaakte een lange zucht en opende haar ogen weer.

'Ja.' Hij schraapte zijn keel en drukte een hand tegen zijn pijnlijke erectie. Dit was onverstandig.

'Dat was zwoel.' Ze glimlachte naar hem.

'Je bent echt een beetje kinky, Hazel Kelly,' zei hij met een knipoog, terwijl hij zijn best deed het gesprek weer naar veiliger terrein te sturen voordat hij echt midden op het strand klaar zou komen terwijl hij zijn broek nog aanhad.

Ze ging lachend rechtop zitten en hij ging ook zitten. De zon stond nu lager aan de hemel en gaf het water een gouden gloed. Het was frisser geworden, maar hun recente activiteiten hadden hem warm gehouden. Nu zowat al het bloed in zijn lichaam naar één punt was gestroomd, voelde hij hoe koel het al was.

Hazel stootte hem aan met haar schouder. 'Dit was echt een leuke dag.'

Hij keek haar vanuit zijn ooghoeken aan. De wind kreeg vat op haar krullen en blies die naar voren, en er stond kippenvel op haar benen.

'Het was zeker leuk.' Hij pakte de achterste helft van de deken op en sloeg die over hun schouders. Hazel leunde tegen hem aan en hij sloeg een arm om haar heen, zodat ze beiden onder de deken pasten terwijl ze naar het water staarden.

'Ook al vóór dat laatste deel.'

'Dat vond ik ook. Volgens mij ben je beter in plezier maken dan je denkt.'

Hij voelde dat ze haar schouders ophaalde. 'Misschien. Volgens mij haal jij het beste in me naar boven.'

'Ik wil graag helpen.' Hij draaide zich om en drukte een kus op haar kruin. Het was die aanraking, die kus, die hem meer bijbleef dan al het andere wat ze zojuist hadden gedaan. Dit moment hier, hij en Hazel, samen onder zijn oude deken, dit was het moment dat hem zou achtervolgen.

Noah kon met vrouwen naar bed gaan zonder zich aan hen te binden. Dat deed hij wel vaker. Maar dit was anders. Hazel was anders.

'Ik waardeer het enorm dat je me helpt met mijn kleine quarterlifecrisis. Jij helpt me om minder te piekeren. Ik neem het leven wat minder serieus als jij in de buurt bent. Dat is fijn.'

Ze legde haar hoofd op zijn schouder en hij wist dat ze het bedoelde als een compliment. Ze had het naar haar zin. Ze deed dingen die ze normaal niet deed. Hij vond het fijn dat hij haar daarbij kon helpen, echt waar.

Maar hij deed ook dingen die hij normaal niet deed. Hij was als een blok gevallen voor Hazel Kelly.

En al zei ze het niet direct, haar woorden bleven door zijn hoofd spoken, totdat hij ervan overtuigd was dat zij hem niet serieus nam. Zo zag ze hem gewoon niet. Dat kon ze niet. Noah was de man om avonturen mee te beleven tot ze dertig werd.

En dan?

Wat had Noah nog meer te bieden dan een moment van genot

op het strand? Zeker niet zoveel als een vrouw als Hazel verdiende. Ze was slim en lief en verdiende een man met meer dan een gehavende boot en een halfbakken idee om een paar oude vissershutten te renoveren. Hij zou beter af zijn als hij dat in zijn achterhoofd hield. Dit gebeuren met Hazel was tijdelijk.

Hij trok haar iets dichter tegen zich aan. 'Ik vind het fijn dat ik je kan helpen.'

Hoofdstuk twaalf

'Wat denk jij ervan, Hazel?' riep Jacob vanaf de voorkant van de boekhandel naar haar, waardoor Hazel ruw uit haar dagdroom werd gehaald. Ze knipperde met haar ogen. Het was een enorm ongepaste dagdroom. Nou ja, het was eigenlijk niet eens een dagdroom, maar de levendige herinnering aan Noah op het strand, iets wat zich steeds opnieuw in haar hoofd afspeelde.

'Eh... waarvan?'

De leden van de leesclub van Dream Harbor grijnsden naar haar vanaf hun stoelen rond het salontafeltje dat Hazel in het leeshoekje had neergezet. Ze zaten op verschillende stoelen die ze uit andere hoeken van de winkel hadden gepakt voor hun wekelijkse bijeenkomst. Hun boeken lagen verspreid over de tafel. Ze waren al bijna een uur bezig met het bespreken van hun laatste boek. Dat met de piraat.

Door de manier waarop hun ogen oplichtten en hun wangen roze kleurden van vreugde, wist ze dat, wat ze haar ook vroegen, het totaal ongepast was voor een woensdagochtend.

Ze kwam achter de toonbank vandaan en haastte zich naar hun tafeltje, voordat Jacob de kans kreeg zijn vraag opnieuw dwars door de winkel te roepen.

'We vroegen ons af,' zei hij, met een bijna gemene grijns om zijn lippen, 'wat vind jij van seks in een hangmat? Persoonlijk denk ik dat die niet stevig genoeg zou zijn, weet je... in verband met het stoten.'

Hazels wangen stonden in brand. De Hazel van het strand, die Noah kuste, die zich door hem op een openbaar strand liet aanraken, was nergens te bekennen. Die Hazel leek alleen te bestaan als Noah in de buurt was.

'Maar de schommelende beweging zou wel fijn zijn,' zei Linda, die zich er niet van bewust was dat Hazel al zwaar in verlegenheid gebracht was. Linda glimlachte naar haar vrouw, Nancy, en Hazel was er zeker van dat die twee een herinnering deelden waar zij midden in de winkel liever niet meer over wilde horen.

'Ik heb jullie al eerder gevraagd om de gesprekken netjes te houden.' Hazel keek naar een moeder die met haar peuter tussen de kinderboeken snuffelde. Ze zwaaide even en draaide zich weer om naar de giechelende groep voor haar.

'Sorry, Hazel,' zei Jeanie, terwijl ze het piratenboek tegen haar borst klemde. 'We zullen het netjes houden.'

'Zeker niet,' zei Kaori lachend. 'Maar we zullen het volume dempen.'

'Bedankt,' zei Hazel knikkend, met de bedoeling zich om te draaien en terug te gaan naar de veiligheid achter de balie. Toen stopte ze. 'Ik wilde jullie allemaal eigenlijk iets vragen.'

'Iets over hangmatten?' vroeg Jacob lachend.

'Zeker niet.' Hazel schraapte haar keel, klaar om haar kleine mysterie een beetje te ontrafelen. Iedereen die ze ervan verdenkt met een paar van haar boeken te kunnen hebben geknoeid zat vlak voor haar. Hoewel Noah andere verdachten had geopperd, dacht Hazel nog steeds dat iemand uit de leesclub de schuldige was.

Hoe leuk Hazel het ook had gevonden om de aanwijzingen te volgen, ze begon zich af te vragen of het allemaal een grap was. Of erger nog, een soort Dream Harbor-complot om de arme Hazel te helpen met haar trieste leventje. Hazels wangen kleurden door een heel ander soort schaamte. Het gevoel dat ontstond doordat je je afvroeg wat mensen van je dachten en je er zeker van was dat dat niet erg positief kon zijn.

Niet dat ze dacht dat haar vrienden en buren haar niet mochten, maar wat als ze haar net zo zielig zouden vinden als ze zichzelf vond? Of erger nog, wat als ze helemaal niet aan haar dachten? Dan zouden deze aanwijzingen voor iemand anders bedoeld zijn en was ze in een verhaal gestapt waar ze helemaal niet in paste. Wat als ze het avontuur van iemand anders inpikte?

Dat zou vreselijk gênant zijn.

'Hebben jullie de laatste tijd iets vreemds opgemerkt op de afdeling romantiek?'

Isabel tikte met haar pen tegen haar kin. 'Vreemder dan menselijke vlinders met trillende tongen of gigantische blauwe buitenaardse wezens of minotaurussen die hun–'

Hazel stak een hand op om haar de mond te snoeren. Wat lázen deze mensen? Hoewel die trillende tong interessant klonk…

Nee. Ze schudde haar hoofd. Niet het juiste moment. 'Ik heb daar een aantal boeken aangetroffen die onverkoopbaar waren.' Hoofden schoten omhoog en alle ogen waren op haar gericht.

'Heeft iemand romans beschadigd?' vroeg Kaori alsof ze zich voorbereidde op de strijd, alsof ze de afdeling romantiek met haar leven zou verdedigen. Hazel bewonderde deze toewijding aan het genre.

'Nee, nee, dat niet. Ik zag alleen dat er in een paar boeken… zinnen gemarkeerd waren.'

'Wat raar,' zei Jeanie. 'Waarom zou iemand dat doen?'

'Ik weet het niet. Ik wist niet of jullie ergens mee bezig waren… Ik weet het niet, iets geheims en romantisch…'

'"Iets geheims en romantisch"?' vroeg Isabel, terwijl ze Mateo nog een krijtje gaf. Het jongetje zat aan haar voeten met een kleurplaat. 'Ik weet niet zeker wat dat inhoudt, Hazel, maar nu wil ik eigenlijk best iets geheims en romantisch doen!'

'O, we zouden een blind date met een boek kunnen doen of iets dergelijks!' zei Jacob.

'Hoe werkt dat?' vroeg Kaori vooroverleunend. Ze leek de boekenvandaal alweer vergeten te zijn.

'Ja, een beetje alsof we elkaar anoniem kerstcadeautjes geven, waarbij we iemand anders een onbekend boek geven?' Jeanie was er meteen voor en schreef al wat op in het notitieboekje dat ze had meegebracht. Ineens had de leesclub van Dream Harbor zich volledig op haar geheime en romantische idee geworpen en was Hazel niets wijzer geworden. Alhoewel Nancy en Linda verdacht stil waren gebleven toen Hazel naar de onverkoopbare boeken had gevraagd, en zelfs nu nog ontweken de twee vrouwen haar blik angstvallig.

Knoeiden de twee oudste leden van de leesclub met haar boeken? Hielden ze haar voor de gek? Nancy keek op en glimlachte naar haar voordat ze zich in het gesprek mengde.

Misschien had ze het zich verbeeld.

Misschien had de passie op het strand haar in de war gebracht.

Misschien zou ze gewoon blij moeten zijn dat de aanwijzingen haar tot nu toe een aantal plezierige momenten hadden bezorgd.

Jeanie pakte haar hand voordat ze weg kon lopen en trok haar op de armleuning van haar stoel. 'We laten het je weten als we iets opmerken,' fluisterde ze terwijl de rest van de groep de boekbespreking hervatte. 'We kunnen niet toestaan dat mensen je boeken ruïneren.'

Hazel glimlachte naar haar vriendin. 'Bedankt, Jeanie.'

'Misschien is het een spook,' zei Jeanie lachend.

Hazel lachte ook. 'Ik denk niet dat Casper een markeerstift kan vasthouden.'

Jeanies antwoord werd onderbroken doordat haar telefoon op tafel begon te trillen. 'Sorry, sorry!' Ze pakte de telefoon, maar Jacob had al gezien wie er belde.

'Het is Bennett!' zei hij en hij klapte in zijn handen. 'Neem snel op!'

Jeanie rolde met haar ogen, maar nam de oproep wel aan. Het gezicht van haar broer verscheen op het scherm. Hij leek opmerkelijk veel op Jeanie, hetzelfde donkere haar en dezelfde expressieve wenkbrauwen. Waar Jeanies ogen echter donkerbruin waren, waren die van Bennett lichtblauw, bijna grijs, en een donkere stoppelbaard bedekte zijn kaaklijn. Als Hazel niet enorm afgeleid was geweest door een zekere visser, zou ze Jeanies broer waarschijnlijk heel knap hebben gevonden. Maar het was zo al gecompliceerd genoeg.

'Hoi, Ben, ik ben met de leesclub.'

'Hoi, Bennett!' riep Jacob, en Jeanie rolde lachend met haar ogen.

'Hoi, iedereen van de leesclub.'

'Hoi, Bennett!' echoden de andere leden. Bens glimlach werd breder.

'Wanneer kom je langs?' vervolgde Jacob. Hij schoof dichter naar Jeanie toe, zodat ook hij op het scherm te zien was. Hazel moest lachen om de verbijsterde uitdrukking op Bennetts gezicht. Blijkbaar was Jeanies broer inmiddels erelid van de leesclub, al had Hazel geen idee of hij de boeken ook echt las.

'Eerlijk gezegd,' zei Jeanie, voordat haar broer antwoord kon geven, 'heb ik geprobeerd Bennett ervan te overtuigen om tijdens de vakantie te komen logeren.'

Jacobs ogen lichtten op. 'Dat moet je zeker doen! Het is hier zo mooi in december en dan kun je mijn nieuwe vriend ontmoeten.'

'Je nieuwe vriend? Hopelijk behandelt hij je beter.'

Jeanie zwaaide om Bennetts aandacht weer te trekken. 'Die mannen-onder-elkaar-praatjes bewaren jullie maar voor later! Heb je al over mijn idee nagedacht, Ben?'

'Ik heb erover nagedacht.'

'En?'

'Jeanie, een maand weg is lang.'

'Maar je kunt ook op afstand werken!'

'Ik heb de honden ook nog...'

'Neem ze mee.'

Ergens aan de kant van Bennett blafte een hond alsof hij het met haar eens was, en Jeanie grijnsde. 'Zie je wel. Zij willen ook vakantie.'

Bennett rolde met zijn ogen, maar Hazel zag dat zijn vastberadenheid wankelde.

'We kunnen samen een kerstboom halen, gaan schaatsen en alle winterse dingen doen die je daar niet meer kunt doen!' Jeanie was nu op dreef en stond op om het telefoontje af te ronden zonder gestoord te worden door de andere leden van de leesclub.

'Zeg maar dat we een leuk kerstboek uitkiezen, zodat het niet te spannend voor hem wordt!' riep Isabel terwijl Jeanie wegliep.

Hazel hoopte dat Ben akkoord zou gaan. Jeanie miste hem en ze zou dolgraag de broer van haar vriendin ontmoeten. Maar de gedachten aan de kerstvakantie zorgde ook voor een paniekerig gevoel in haar buik, het gevoel dat ze iets miste. Of beter gezegd iemand.

Hoe zouden zij en Noah met elkaar omgaan tijdens de feestdagen? Als vrienden? Als gewone kennissen? Hoe kon je ooit nog een gewoon gesprek met iemand voeren die zijn hand in je broek had gestoken?

Daarom deed Hazel normaal niet aan losse flirts. Ze wist niet hoe ze er daarna mee om moest gaan.

Maar Noah wist dat wel. Hij zou het haar vast leren. Hij zou haar laten zien hoe ze een einde kon maken aan dit gedoe tussen hen, net zoals hij een einde had gemaakt aan al zijn andere zomerliefdes. Ze had hem niet voor niets uitgekozen voor haar extraordinaire zomer. Ze kon leren roekeloos te zijn en hij wist als geen ander hoe hij haar uit zijn hoofd moest zetten. Na hun intermezzo op het strand kon Hazel niet langer ontkennen dat Noah verliefd op haar was. Maar het zou niet lang duren. Dat wilden ze geen van beiden. Noah had een meisje nodig dat met hem zou gaan rotsklimmen of jetskiën of... of andere avontuurlijke dingen zou doen. Hij zou zeker geen genoegen nemen met een weekendje lezen in bed en kruiswoordpuzzels maken op zondag. Toch? Precies. Het was verstandig om hun samenzijn kort en krachtig te houden.

Op de een of andere manier hielp deze redenering niet om het angstige gevoel weg te nemen. Ze wilde niet nadenken over de feestdagen of hoe haar leven er dan uit zou zien. Zou ze precies hetzelfde zijn als nu, maar dan zonder Noah?

Een deprimerende gedachte die ze snel van zich afschudde.

Dit was haar avontuur, waar ze maar twee maanden voor had. Ze weigerde er nog verder over na te denken.

De leden van de leesclub verlieten een voor een de boekhandel, dus stond ze op en liep terug naar de balie, waar ze een stapeltje op de tafel met nieuwe boeken recht legde. De nieuwste romans met herfstthema gingen zo snel dat ze er binnenkort meer zou moeten bestellen. De leesclub wist precies wat mensen graag lazen. Haar baas zou tevreden kunnen zijn.

Melinda Church was de huidige eigenaresse van de Cinnamon Bun Boekhandel, maar ze dook eigenlijk maar eens per kwartaal op. Haar rijke vader was ongeveer tien jaar geleden in de stad komen wonen en had het voor haar gekocht toen ze nog maar achttien was. De hele stad was in paniek geraakt omdat hij alles aan hun bijzondere boekhandel zou veranderen, of erger nog, deze volledig zou afbreken. Maar de winkel was een geschenk en hij liet zijn dochter ermee doen wat ze wilde.

De eerste paar jaar ging ze helemaal los met bizarre decoratiekeuzes (één wand zat nog steeds onder de schoolbordverf, hoewel Hazel het kindergedeelte daarheen had verplaatst, zodat de peuters zich op artistiek gebied konden uitleven en ze weinig schade aan konden richten). Daarnaast plaatste ze twijfelachtige boekbestellingen (een paar maanden lang hadden ze alleen maar zelfhulpboeken en psychologische thrillers aan laten rukken, die geen goede invloed hadden op de geestelijke gezondheid van de klanten). Toen was ze de hele onderneming beu. Ze gaf Hazel een promotie en loonsverhoging en liet de leiding over de winkel aan haar over. Vier keer per jaar kwam ze langs om er zeker van te zijn dat het pand nog niet ingestort was en als ze zich verveelde, veranderde ze de naam van de winkel.

Hazel vond het niet erg. Voor haar werkte dit prima.

De boeken lagen weer recht, dus ging ze weer achter de toonbank zitten terwijl de laatste leden van de leesclub naar buiten verdwenen. Het was een goede baan, de boekhandel runnen. Ze genoot ervan, al vroeg ze zich wel af wat ze gedaan zou hebben als ze niet zo jong manager was geworden. Was het haar droom geweest om hier voor altijd te werken?

Ze kon het zich eerlijk gezegd niet herinneren.

Jeanie was terug de winkel in gelopen en had afscheid van de anderen genomen op hun weg naar buiten. Ze kwam naar de balie.

'Heb je hem overtuigd?' vroeg Hazel, wijzend naar de telefoon.

Jeanie haalde haar schouders op. 'Misschien. Hij weet het nog niet zeker, maar ik denk dat het goed voor hem zou zijn.'

'En voor jou.'

Haar vriendin glimlachte. 'En voor mij. Ik mis hem. Hij zou in mijn appartement boven de winkel kunnen verblijven, dan kan ik bij Logan logeren.'

Hazel trok haar wenkbrauwen op. 'Dus… je trekt bij Logan in?'

Jeanie bloosde. 'Het zou een mooie test zijn.'

'Ja, en je bent er toch altijd.'

Jeanie fronste haar donkere wenkbrauwen. 'Dat is waar, maar officieel bij hem intrekken is een grote stap.'

Hazel haalde haar schouders op. 'Hij is dol op je.'

Jeanie glimlachte nog wat breder toen Hazel haar daaraan herinnerde. 'Dat weet ik.'

'En het maakt hem niet uit dat je overal vuile sokken laat slingeren.'

'Hé! Heeft hij je dat verteld?'

Hazel lachte. 'Het klonk alsof hij het wel schattig vond.'

Jeanie trok een gezicht en liep naar de leeshoek om haar notitieboekje en roman op te halen. 'Ik moet weer naar het café en dan zal ik tegen Logan zeggen dat hij niet de vuile was buiten mag hangen.'

'Je geheim is veilig bij mij,' zei Hazel met een glimlach.

Jeanie deed alsof ze boos naar haar keek, maar ze was veel te opgewekt om echt boos te zijn. 'Hoe zit het nu met die onverkoopbare boeken? Is er gewoon in gekrabbeld of zo?'

'O, eh...' Hazel duwde haar bril steviger op haar neus. Ze wilde haar geheimpje over de aanwijzingen eigenlijk bewaren. Het sloeg nergens op, maar ze was er niet klaar voor om het met iemand anders te delen, om iets over deze bizarre zomer te delen. Ze was er nog niet klaar om voor ieders medelijden te zien. Ze zouden het zo triest vinden dat ze zich had vastgeklampt aan een paar willekeurig gemarkeerde regels in een boek en dat ze zich daar de twee laatste maanden dat ze zich nog kon uitleven door had laten leiden. 'Ja, het lijken gewoon willekeurige markeringen te zijn. Misschien een kind.'

'Hm. Vreemd.'

'Ik zal extra opletten. Het gebeurt vast niet nog eens.' Terwijl ze het zei, hoopte ze dat haar woorden niet zouden uitkomen. Als de aanwijzingen zouden ophouden, welk excuus zou ze dan nog hebben om met Noah om te gaan?

Plotseling zag ze zijn gezicht weer voor zich, zoals hij boven haar had gehangen, met de blauwe lucht helder achter zijn kastanjebruine haar. Juist. Dat zou een goede reden kunnen zijn. In ieder geval voor de komende weken.

'Oké, laat het me weten als je iets nodig hebt!'

'Bedankt, Jeanie.'

'Doei!'

Hazel zag Jeanie langs de grote etalage aan de voorkant van de winkel lopen voordat ze weer aan het werk ging. Ze moest de bestellingen voor de volgende maand in orde maken en al dat geklets over Bennett die met Kerstmis zou komen, herinnerde haar eraan dat ze ook zo snel mogelijk de kerstboeken moest bestellen. Ook al voelde het nog als zomer, de feestdagen naderden met rasse schreden.

Ze had het gisteren erg gezellig gehad, tot laat in de middag knus onder Noahs deken. Ze was een beetje verbrand door de zon, behoorlijk verwaaid en meer dan een klein beetje... gelukkig.

Noah en de aanwijzingen maakten haar gelukkig, in voor- en tegenspoed.

Als cadeautje aan zichzelf weigerde ze na te denken over alle manieren waarop het vreselijk mis kon gaan.

Hoofdstuk dertien

Noah wierp voor de twaalfde keer in het afgelopen halfuur een blik op zijn telefoon. Niets. Geen woord van Hazel. Hij trok een grimas en deed de telefoon weer in zijn zak.

Mac keek naar hem toen hij opkeek. 'Verwacht je een telefoontje?' vroeg hij met een opgetrokken wenkbrauw.

'Eh... Nee, niet echt.' Noah ging verder met het schoonmaken van de bar, op zoek naar iets wat hij met zijn handen kon doen, zodat hij niet opnieuw naar zijn telefoon zou grijpen. Hij was gekomen om een dienst in de bar te draaien, omdat hij vandaag geen tochten gepland had, maar de bar was teleurstellend verlaten. Dat was best logisch voor een woensdagavond, maar Noah had echt op afleiding gehoopt.

Mac vroeg niet verder, maar Noah voelde de ogen van de man in zijn rug branden voordat hij weer naar de keuken liep. De kok had griep gekregen en Mac stond vanavond achter de grill. Hij was de eigenaar van de bar, maar leek ook het meeste werk te doen. Noah had hem nog nooit zien luieren.

Amber kwam naar de bar met haar dienblad om een rondje bier te halen voor de rumoerige tafel in de hoek.

'Die lui gaan morgen met jouw tocht mee,' zei ze terwijl ze haar dienblad op de bar legde en haar honingblonde krullen naar achteren streek.

Noah rolde met zijn ogen. 'Dat wordt vast gezellig.'

'O, zeker. Volgens mij komt het wel goed met dat vissen.'

Noah wierp een blik op de tafel, waar de kerels luidruchtig discussieerden over het verschil tussen een stuurman en een kapitein.

Amber lachte en ze had pretlichtjes in haar groene ogen. Ze was gekleed in haar gebruikelijke serveerstersuniform, bestaande uit een strak tanktopje en een korte broek. Noah kon het niet helpen dat hij waarderend naar haar blote huid keek. Hij wist toevallig dat ze er naakt net zo mooi uitzag, maar sinds afgelopen zomer was hij niet meer intiem geweest met Amber, en dat was hij ook niet meer van plan, ondanks de veelbetekenende glimlach die ze hem toewierp.

'Ga je nog steeds niet met de lokale bevolking uit?' vroeg ze leunend op de bar terwijl hij de drankjes inschonk.

Hij haalde zijn schouders op en probeerde rustig te blijven, ook al dacht hij aan Hazel. 'Regels zijn regels.'

Amber lachte. 'Laat het me weten als je zin hebt om ze weer te overtreden.' Ze knipoogde naar hem voordat ze wegliep en hij zou liegen als hij zei dat hij niet in de verleiding kwam. Niet omdat Amber sexy was, want dat was zeker het geval, maar vooral omdat alles met Amber ongecompliceerd voelde. Met haar draaide het alleen om seks. Vanaf dag één was dat duidelijk geweest. Toen ze er een punt achter zetten, kwetste dat geen van hen beiden.

Nu keek hij echter elke twee minuten op zijn telefoon, als een verliefde tiener, om te zien of hij een bericht van Hazel had. Zelfs dit kwetste hem al. Waarom had ze geen appje gestuurd? Moest hij zelf appen? Hij wilde niet te veel pushen. Misschien moest hij wachten op de volgende aanwijzing. Hij kende de regels van dit spel niet meer.

Hij kon alleen nog maar aan Hazel denken. Aan hoe ze smaakte en hoe ze gezucht en gekreund had. Aan de manier waarop ze hem vasthield toen ze haar hoogtepunt bereikte, en het gevoel van haar hoofd dat op zijn schouder rustte...

Hij wilde meer, meer van haar.

Hij probeerde zichzelf te verliezen in de routinetaken achter de bar en gelukkig kwamen er naarmate de avond vorderde meer mensen binnen voor het diner, waardoor hij het drukker kreeg, zodat hij aan van alles en nog wat moest denken, behalve aan een zekere boekenverkoopster.

Cliff en Marty liepen naar de bar. De twee oude vissers hadden hem een paar keer gered toen hij omhoog had gezeten sinds hij hierheen was verhuisd, zoals toen zijn boot afgeladen was met vrijgezellen en zonder benzine zat. Geen goede manier om een nieuw bedrijf te starten. Maar ze hadden hem met plezier gevuld en lachten hem uit om zijn stommiteit. Ze hadden een... gecompliceerde band.

'Wat kan ik voor jullie halen, heren?' vroeg Noah.

'Een biertje voor mij,' zei Cliff, en Noah hoefde niet te vragen wat voor biertje. Cliff zou sowieso alleen maar 'het gebruikelijke' zeggen.

'Cola, alsjeblieft.' Marty had al bijna tien jaar niet meer gedronken, maar hij kwam elke woensdag met zijn vriend naar de bar om, zoals hij zelf zei, het niet met zijn vrouw aan de stok te krijgen en de draak te steken met Noah.

Noah schonk de drankjes in en serveerde ze onder het toeziend oog van de oudere mannen.

'Hoe gaan de zaken?' vroeg Marty.

'Niet slecht. Ondanks alle regen is het een behoorlijk goede zomer geweest.'

Cliff mopperde bij het noemen van regen, alsof het vroeger nooit regende, of alsof ze zich er gewoon niet door lieten tegenhouden.

'En wat de meisjes betreft?' vroeg Marty met een knipoog.

'Ik zou het niet weten.'

Beide mannen barstten in lachen uit en Noah grinnikte alleen maar mee. Hij zou zijn veel te diepgaande gevoelens voor Hazel echt niet aan deze twee onthullen. Tenslotte wilde hij niet uitgelachen worden door de hele stad.

Het was hem bijna gelukt om ruim vijf minuten lang niet meer aan haar te denken toen de deur openging en de sfeer in de pub veranderde.

Ineens was ze er. Noah zou zweren dat alles in de ruimte langzamer ging en wazig werd, totdat de wereld stilstond. Alleen zij bewoog. Ze ving zijn blik en zwaaide naar hem terwijl ze koers zette naar de bar.

'Hoi,' zei ze.

'Hoi.' Hij probeerde nonchalant over te komen, maar wist dat dat niet was gelukt. Zijn glimlach was te breed, zijn 'hoi' veel te enthousiast. Maar Hazels glimlach werd breder, dus misschien was het niet zo erg.

'O, nu begrijp ik het,' zei Cliff verderop aan de bar.

'Ik vond meisjes met een bril altijd al leuk. En slim ook,' voegde Marty eraan toe.

Hazel keek met een verwarde glimlach naar de mannen, maar Noah wuifde ze weg, in de hoop dat ze zo vriendelijk zouden zijn hun mond te houden.

'Ik wil graag een hapje eten.'

Noah knipperde met zijn ogen. 'Oké, prima. Wil je het menu zien?'

'Nee, ik kom voor de vistaco's.'

Mac had de taco's afgelopen zomer op het menu gezet, toen Noah had aangeboden de witvis te leveren die hij in zijn vrije tijd ving. Vanavond waren ze gemaakt met gefrituurde kabeljauw en Noah voelde zich absurd trots omdat Hazel juist dit bestelde. Alsof hij de vistaco's in hoogsteigen persoon had uitgevonden.

'Zeker. Ik ga het regelen.'

'Bedankt.' Ze nam plaats op een barkruk en Noah haastte zich om haar bestelling bij Mac door te geven. Toen spande het universum tegen hem samen. Er arriveerde een groep vrijgezellen die vijf dagen feest zouden vieren en dit was hun eerste avond, er kwam een groep opdagen voor een eenentwintigste verjaardag en er verschenen minstens vier gezinnen met kinderen op sleeptouw om in de pub te dineren. Plotseling werd Noah overweldigd door bestellingen en schonk hij voortdurend drankjes in, zo snel als Amber de bestellingen kon invoeren. Mac en zijn twee keukenhulpjes kwamen niet meer achter het fornuis vandaan en de arme Danny kreeg stapels vuile vaat te verwerken.

Het duurde twee uur voordat Noah weer een blik op de barbezoekers kon werpen. Hazel zat nog steeds op haar kruk. Ze leunde op de bar en keek geconcentreerd naar het boek dat voor haar lag. Hazel had een boek meegenomen naar de kroeg. Natuurlijk.

Noah kon niet anders dan glimlachen terwijl hij op haar afliep. Ze keek op toen hij voor haar stond. 'Je bent er nog steeds.'

Haar wangen werden roze. 'Ik wilde nog een hoofdstuk lezen.' Ze haalde haar schouders op en gebaarde naar het boek. 'Maar ik vreesde dat ik toen niet meer kon stoppen.'

'Je hebt een boek meegenomen.'

'Natuurlijk.'

Zijn mondhoek krulde op, niet in staat de kleine grijns op haar gezicht te weerstaan. 'Natuurlijk.'

'Ik neem altijd een boek mee, voor het geval dat.'

'Voor het geval wat?'

'Voor het geval de persoon die ik wilde zien het erg druk heeft met zijn werk en ik mijn beurt af moet wachten.'

Noah boog zich naar haar toe met zijn ellebogen op de bar. Ze had hem willen zien. 'Echt?'

'Ja. Dat is toch geen probleem?' Haar ogen stonden plotseling bezorgd achter haar brillenglazen en Noah wilde de frons van haar gezicht kussen, maar aangezien ze in het openbaar waren en hij de regels nog steeds niet begreep, besloot hij de rimpels in haar gezicht met een vinger glad te strijken. 'Geen enkel probleem.'

'Mooi.' Haar glimlach werd weer breder. 'De taco's waren trouwens heerlijk.'

'Ik zal het Mac laten weten.'

'Zeg,' zei ze, terwijl ze naar voren leunde en haar hoofd naar hem toe draaide. 'Ik heb vandaag de leesclub ondervraagd.'

'Echt waar? Waarover?'

'De aanwijzingen!'

'O ja. Natuurlijk. En?'

Hazel schudde lichtjes haar hoofd, waardoor haar krullen over haar schouders gleden. Hij wilde ze aanraken, maar hield zijn handen op de bar.

'Ze leken niet te weten waar ik het over had.'

'Dus zij zijn niet de schuldigen?'

'Ik weet het niet. Ik denk het niet. Maar ik kan echt niet bedenken wie het zou kunnen hebben gedaan. Ik denk dat je weleens gelijk zou kunnen hebben wat betreft Annie, al denk ik nog steeds niet dat ze stiekem genoeg is.'

'Maakt het uit wie het doet?'

Hazel haalde haar schouders op, maar ze keek hem niet langer aan. 'Ik zou me een beetje... dom voelen als ze niet voor mij bedoeld zijn. Of als het gewoon een soort... grap is.'

'Haze.'

'Ja?' Ze draaide zich om en keek hem aan en ze was zo dichtbij dat hij de zilveren ring rond haar pupillen kon zien.

'Wat als het een grap is?' Hij dempte zijn stem omdat hij niet wilde dat ze dacht dat hij haar zorgen niet serieus nam, maar eigenlijk wilde hij gewoon begrijpen waarom ze zich zo druk maakte over waar de aanwijzingen vandaan kwamen.

Ze haalde opnieuw haar schouders op en er vormde zich een rimpel op haar voorhoofd. 'Het is gewoon gênant als iedereen het snapt behalve ik.'

'Ik heb het gevoel dat we het inmiddels niet meer over de aanwijzingen hebben.' Hij richtte zich op en veegde zijn handen af aan de handdoek die hij achter de bar bewaarde. Inmiddels was de rust weergekeerd in de eetzaal en op een paar late gasten na zaten alleen hij en Hazel nog aan de bar. Marty en Cliff waren gelukkig allang verdwenen. Die kon hij niet in de buurt gebruiken, met hun slecht getimede opmerkingen over hem en Hazel.

Hij schonk nog een glas wijn voor haar in.

'Is dit zo'n barmantrucje waardoor je me al mijn problemen laat vertellen?'

'O, kom op,' zei hij met een plagerige grijns. 'Ik heb je de mijne al verteld.'

Hazel lachte zacht.

'Het is geen langdurig sluimerend trauma of zo, het is gewoon dat we hiernaartoe zijn verhuisd in mijn tienerjaren, terwijl iedereen hier elkaar hun hele leven al kende. Ik weet het niet... Ik voelde me gewoon altijd een beetje een buitenstaander of zo. Alsof ik hier niet echt thuishoorde.' Ze zuchtte. 'Soms heb ik nog steeds het gevoel dat... Ik weet het niet. Alsof ik tekortschiet. Alsof ik een of andere Dream Harbor-fout bega. Ik werd bijna van de middelbare school gestuurd omdat ik me niet had verkleed voor de feestweek. Je moest minimaal je gezicht schminken in de schoolkleuren, als je dat niet deed, werd dat beschouwd als een misdaad tegen de stad. Als Annie mij niet op sleeptouw had genomen, zou ik waarschijnlijk niet de veelzijdige vrouw zijn geworden die ik nu ben.' Ze glimlachte vol zelfspot naar hem.

Noah leunde achterover tegen de bar, met zijn armen over elkaar. 'Dus in het ergste geval hebben we ons bemoeid met de grap van iemand anders en beleven we nu de beste zomer ooit. Zelfs als de Dream Harborianen–'

'Dreamers.'

'Juist, Dreamers. Zelfs als de Dreamers denken dat je een soort... aanwijzingendief bent, lijkt me dat geen ramp.'

'Vind je dat niet gênant?'

'Nee.'

'Maak jij je weleens zorgen over wat andere mensen van je denken?'

'Zelden.'

Hazel trok haar wenkbrauwen op alsof ze hem niet geloofde, maar ze pakte haar glas en nam een slok in plaats van erover in discussie te gaan. Misschien hechtte hij wel waarde aan wat sommige mensen van hem dachten, maar niet aan de algemene opinie van de inwoners van Dream Harbor.

'Het maakte je niets uit dat iedereen ons samen op de kermis zag,' merkte hij op, om redenen die hij niet kon doorgronden. Wilde hij haar soms overhalen om zich daar wel druk om te gaan maken? Dit was echt weer een slimme zet.

'Dat was niet gênant.'

Niet gênant zijn was in ieder geval iets.

'Het zou wel gênant zijn om de dorpsgek te zijn, een vrouw die haar hele leven met haar neus in de boeken heeft gezeten en nu denkt dat de boeken een boodschap voor haar bevatten, waardoor ze de laatste twee maanden van haar tijd als jonge vrouw daardoor laat bepalen...'

'Je moet niet zo piekeren, Haze.'

Ze kneep haar ogen tot spleetjes, maar er was geen warmte in haar blik.

'Bij HENEZ wordt er niet gepiekerd.'

Haar lippen vormden een glimlach, ondanks haar poging om die te onderdrukken.

'We zouden plezier maken... Weet je nog?' zei hij met een knipoog, waarna hij verrukt zag hoe er een blos over Hazels wangen kroop. Ze herinnerde het zich. 'Nu we het er toch over hebben: heb je vandaag nog meer aanwijzingen gevonden?'

'Nee.' Hazels stem klonk benepen en ze schraapte haar keel

voordat ze verder praatte. 'Vandaag was er geen nieuwe aanwijzing.' Hij besefte dat de teleurstelling op haar gezicht ook op het zijne te zien was. 'Misschien is het voorbij?'

Het kon niet voorbij zijn.

Hij schudde zijn hoofd. 'Nee, het is pas voorbij op je verjaardag.' Hij dwong zichzelf te glimlachen. 'Ik wil hier graag mee doorgaan, als jij dat ook wilt. Ik weet zeker dat we zelf ook wel iets avontuurlijks kunnen bedenken…'

Hazel knikte, en de glimlach op haar gezicht werd enthousiaster. 'Ja, ik wil er ook wel mee doorgaan.' Ze keek de bijna lege pub rond. 'Maar ik moet wel gaan.'

'Wacht even, laat me even afscheid nemen van Mac, dan breng ik je thuis.'

'Weet je het zeker?'

'Ja, heel zeker.' Hij had geen vaste werktijden bij Mac, die was meestal alleen maar dankbaar voor het extra paar handen. Nu het niet meer zo druk was, konden Amber en Isaac, de andere vaste ober van Mac, alles prima zelf aan.

Hij nam afscheid van Mac en deed zijn fooien in de pot voordat hij naar buiten liep, waar Hazel op hem wachtte. Ze stond onder de straatlantaarn, en het zachte licht vergulde haar krullen. Hij besefte dat ze haar typische werkoutfit droeg: een lichtbruine chino met een ingestopt overhemd met knoopsluiting. Het overhemd zag er zacht en ruim uit en hij werd geplaagd door meer dan één erotische fantasie waarin hij langzaam alle knoopjes losmaakte…

'Klaar?'

Noah schraapte zijn keel. 'Eh... ja. Klaar.' Hij volgde haar door Main Street, langs het Pumpkin Spice Café, de boekhandel en Annies bakkerij, die allemaal allang gesloten waren. Ze stopten even voor de dierenwinkel zodat Hazel naar binnen kon gluren, naar het katje dat ze dolgraag wilde hebben maar niet kon nemen vanwege haar allergieën, en toen liepen ze verder langs de verschillende andere restaurants en winkels in Main Street.

De gemeente had de moderne fluorescerende straatverlichting laten vervangen door authentieke lantaarns en op de rotonde groeiden allerlei bloemen. Noah wist niet precies welke soorten het waren, maar bij daglicht was er een oase van late zomerbloeiers te zien.

Een paar zonnebloemen waren flink de lucht in gegroeid en hun gigantische bloemen zagen er bijna griezelig uit in het donker.

Hazels hand streek langs de zijne. Hij greep die van haar en verstrengelde zijn vingers met de hare. Ze leunde tegen hem aan en haar aanraking voelde als de twinkeling van duizenden sterren. Haar zachte zucht gleed over zijn huid.

'Bij nader inzien vind ik deze tijd van het jaar toch wel leuk,' zei ze al lopend.

'Je klinkt verrast.'

'Dat ben ik ook.'

Noah lachte. Het was een koele avond en de krekels tsjirpten luid terwijl ze naar de kant van de stad liepen waar meer huizen stonden, met verzorgde gazons en voortuinen. Hij was slechts één keer bij haar thuis geweest, toen hij haar thuis had gebracht na Logans vreugdevuur.

'Ik heb altijd van de zomer gehouden.'

'O ja? Waarom?'

'Omdat er dan geen school was,' zei hij lachend. 'Ik was het liefst buiten. In de winter schreeuwde mijn moeder tegen me dat ik niet meer op de meubels mocht springen en mijn leraren schreeuwden tegen me omdat ik niet oplette.'

'Hm.'

Hij haalde zijn schouders op. 'Ik vond het leuk om op de boten van mijn vader te zijn. De zomer was helemaal mijn seizoen.'

'Het slaat een beetje op me over. Ook al zie ik mezelf toch meer als het knusse type.'

Hij gaf een kneepje in haar hand en ze keek hem glimlachend aan. 'Natuurlijk, vesten, gebreide sokken en een heleboel... lekkers met pompoensmaak...' Zijn stem stierf weg en Hazel lachte.

'Ja, je begint het al te leren. Echt knus.'

'Hé, ik hou net zoveel van de herfst als ieder ander. Zolang ik geen huiswerk hoef te maken, ben ik er helemaal voor.'

Hazel stootte zijn schouder aan. 'Lees je al die boeken die je bij mij koopt?'

'Ik kan lezen, Haze.'

'Zo bedoelde ik het niet! Ik vroeg me gewoon af of je ze leuk vindt.'

'Ja. Ik lees ze graag. Veel liever dan een klassieker als *The Scarlet Letter* en dat boek waarin kinderen elkaar vermoorden... Hoe heet dat ook alweer?'

'*Lord of the Flies*.'

'Ja, veel beter.'

'Mee eens. Ik weet niet waarom ze kinderen nog steeds zulke vreselijke dingen laten lezen als er zoveel geweldige youngadultboeken zijn.'

'Precies.' Hij wilde Hazel meer over boeken horen praten, omdat hij het geweldig vond als ze het daarover had. Vooral wanneer het zo plotseling kwam, zoals midden in een pubquiz of wanneer er een lange rij stond bij het Pumpkin Spice Café en ze een gesprek begon met de persoon achter haar. Als ze het met de inwoners van Dream Harbor over de nieuwste boeken had, leek ze nooit verlegen. Misschien moest hij haar daarop wijzen.

Nu waren ze echter gestopt bij haar kleine bungalow aan het einde van een rustige straat.

'Dit is mijn huis.'

'Ik weet het nog.'

'O, oké.' Ze stonden ongemakkelijk voor het huis, bij het paadje dat naar haar voordeur leidde. Hij zou moeten gaan. Hij zou beslist weg moeten lopen en naar huis moeten gaan, en niet hier voor Hazels huis blijven hangen, alsof hij haar welterusten wilde kussen, alsof dit een soort date was, want dat was het niet.

Ze keek naar hem op en het licht van de straatlantaarn weerkaatste in haar bril. 'Wil je binnenkomen?'

Noah kreunde bijna. Natuurlijk wilde hij binnenkomen. Wist ze hoe belangrijk die onschuldige vraag voor hem was? Wist ze dat als hij binnenkwam, hij nog zoveel andere dingen zou willen doen? Wilde ze dat wel?

'Tuurlijk.' Hij sprak het al uit voordat hij zijn gedachten op een rijtje had en een excuus kon formuleren. En misschien was dat ook wel prima. Misschien moest hij alles uit die twee maanden met Hazel halen wat erin zat. Om wat voor reden dan ook was hij gek op een boekenvrouwtje en daar moest hij wat mee doen. En als dit allemaal voorbij was, zouden ze weer als gewone vrienden met elkaar omgaan. Hij kon zich herpakken. Dus ja, hij zou mee naar binnen gaan en doen wat Hazel verlangde. En misschien zou hij Hazel Kelly dan eindelijk uit zijn hoofd kunnen zetten.

Hij volgde Hazel naar haar voordeur, denkend aan het feit dat haar gazon niet goed bijgehouden was. Hij vroeg zich af wie het voor haar had gemaaid, omdat hij zich niet kon voorstellen dat ze dat zelf deed, gezien haar vermeende afkeer van het buitenleven. Hij tikte nerveus met zijn vingers tegen zijn dijbeen.

Hm, was hij zenuwachtig?

In zijn hart wel.

Hij wist niet hoe hij dit moest aanpakken. Hij was op drift en plotseling wilde hij alleen maar terug naar zijn veilige kleine eilandje van losse flirts.

Hazel draaide zich naar hem toe en haar ondeugende glimlach maakte hem duidelijk dat hij straks echt compleet stuurloos rond zou dobberen.

Hoofdstuk veertien

Noah was in haar huis.

Ze had hem uiteraard binnengevraagd en nu was hij er. Hij stond in haar hal, zag er groot en sexy uit en ze wist niet meer goed waarom ze hem binnen had gevraagd. Hij had haar weer helemaal in de war gebracht.

'Leuke planten.'

Waar had hij het over? O. Over haar planten. 'Bedankt.'

De erker aan de voorkant stond vol met planten, Hazels troetelkindjes. Ze kon geen huisdieren hebben vanwege haar allergieën – alhoewel ze door Casper nog nooit had hoeven niezen, dus misschien moest ze het nog eens laten controleren –, maar ze kon zoveel planten nemen als ze wilde. En dat deed ze dan ook. Haar hobby was een beetje uit de hand gelopen en Hazel kon nauwelijks uit het raam kijken door de vele hangplanten en boompjes in potten.

'Ik dacht dat je niet van de natuur hield.'

Ze schudde haar hoofd. 'Ik hou alleen niet van insecten, hitte en modder.'

Noah gebaarde naar de potplanten. 'Die staan ook in de modder.'

'Klopt, maar ik hoef er niet in te zitten.'

Noah lachte, en het geluid klonk diep en vol in haar kleine huis.

'Eh... Kan ik je wat te drinken aanbieden?'

'Natuurlijk. Wat heb je?'

Wat had ze níét? Zolang ze zich kon herinneren had Hazel alle mogelijke drankjes in huis. Ook al was een huis voorzien van een volledig drankenkabinet, die voorraad haalde het niet bij die van haar. Toen ze naar Dream Harbor verhuisde, leek haar vader altijd alleen maar melk of sinaasappelsap in huis te hebben. Dat was niets om aan je vrienden aan te bieden.

Ze somde de verschillende soorten bier op die ze voor Logan in voorraad had, de wijn die ze het lekkerst vond, plus Annies favorieten, verschillende soorten thee, koffie, diverse alcoholische drankjes en bruisend water. Noah staarde haar aan alsof ze van een andere planeet kwam.

'Ben je van plan een eigen bar te openen, Haze?'

Ze bloosde, maar de manier waarop Noah haar plaagde zorgde er nooit voor dat er een gevoel van schaamte in haar buik opkwam.

'Ik vind het fijn als mensen kunnen kiezen.'

'Ik neem wel een van die lokale biertjes die Logan lekker vindt.'

Hazel knikte en liep de paar treden naar haar kelder af om het bier te pakken. Toen ze weer bovenkwam, stond Noah in haar keuken de schelpen te bewonderen die ze op de kleine vensterbank boven de gootsteen had gelegd.

'Je hebt de schat bewaard,' zei hij, terwijl er een mysterieuze glimlach om zijn lippen speelde.

'Had ik die soms moeten begraven?'

Opnieuw barstte hij in lachen uit en hij draaide zich naar haar toe met een schittering in zijn ogen. 'Nee, dat is vragen om problemen.' Hij leunde tegen het aanrecht met over elkaar geslagen armen en Hazels blik gleed naar zijn tattoos.

'Waarom de zeemeermin?' vroeg ze.

Hij spande zijn arm en de vrouw leek te dansen. 'Die vond ik wel bij een visser passen, denk ik. Ik heb die genomen op de dag dat ik met de Ginger van huis vertrok.'

'Dus elke tattoo heeft een betekenis?'

Hij haalde zijn schouders op. 'Sommige meer dan andere. Ze voelen een beetje als souvenirs. Herinneringen aan verschillende momenten in mijn leven.'

'Je bent pas vijfentwintig.' Hazel kromp ineen bij die gedachte, het herinnerde haar eraan dat het heel onverstandig was om zoveel voor hem te voelen. 'Straks heb je geen ruimte meer.'

'Ik heb nog andere lichaamsdelen,' zei hij met een knipoog, en Hazels wangen werden vuurrood. Ze moest echt wat meer tijd buiten doorbrengen. Misschien zou het als ze een beetje gebruind was niet zo opvallen dat ze bloosde bij elk woord dat Noah zei.

Maar het enige waar ze nu aan kon denken terwijl ze samen met hem in haar kleine keuken zat, waren die andere lichaamsdelen waar hij het over had gehad. Ze zou het gesprek in veiliger banen moeten leiden.

'Waarom kijk je altijd zo naar mij?' vroeg ze, terwijl ze regelrecht op de kliffen van een nóg ongemakkelijker gesprek aankoerste.

'Hoe bedoel je?' Hij grijnsde. 'Alsof ik graag de knoopjes wil losmaken van de blouse die je draagt?'

Hazel slikte moeilijk. 'Is dat echt wat die blik betekent?' Haar stem klonk beschamend benauwd.

Hij knikte.

'O.' Het was eerder een zucht dan een woord. Hazel dacht dat ze ter plekke zou bezwijken toen Noahs blik naar de genoemde knopen gleed.

Tegen de tijd dat zijn ogen de hare weer ontmoetten, was ze blijkbaar gek geworden, want de woorden die vervolgens uit haar mond kwamen, zou ze nooit gezegd hebben als ze bij haar volle verstand was geweest.

'Misschien moeten we met elkaar naar bed gaan.'

Noah verslikte zich in zijn bier.

'Wat?'

'O mijn hemel, sorry. Ik dacht alleen... Misschien heb ik de situatie verkeerd geïnterpreteerd. Ik dacht gewoon dat jij misschien wel... Shit. Ik heb het verpest.'

Hij leunde niet langer tegen het aanrecht, maar liep naar haar toe. De keuken was klein. Eigenlijk maar net groot genoeg voor één persoon om in te koken, wat normaal gesproken prima was. Maar nu Noah over het versleten linoleum naar haar toe kwam en haar rug plotseling een stel kasten raakte, was de ruimte angstaanjagend klein.

Hij nam haar kin tussen zijn vingers en hield haar gezicht naar hem op. 'Hou daarmee op.'

'Waarmee?'

'Met steeds zeggen dat je alles verpest. Je verpest niets, Hazel.'

Haar ogen werden groot toen hij dat zei, maar ze wist niets te zeggen en zijn mond krulde al op tot een ondeugende glimlach.

'En vervloekt, natuurlijk wil ik met je naar bed.'

'Echt?'

Hij zuchtte alsof ze hem frustreerde en drukte toen een kus op haar voorhoofd voordat hij haar kin losliet. 'Ik heb het je al eerder gezegd. Je bent sexy. Natuurlijk wil ik met je naar bed.'

'O. Oké. Mooi... Ik bedoel: prima... Dus...'

'Wat is er aan de hand? Je lijkt van slag te zijn.'

'Met mij gaat alles goed.' Ze knikte en kon nauwelijks geloven welke wending deze avond nam. Ze had gewoon wat willen eten en hem even willen zien. Ze had gewoon...

'Laat me zien hoe je het doet.'

Noahs ogen werden groot. 'Wil je dat ik je laat zien... hoe je met elkaar naar bed gaat?'

Mijn hemel, ze verpestte dit op zoveel verschillende manieren dat ze de tel kwijt was. Daarom had ze alleen seks gewild binnen de veilige grenzen van een langdurige relatie. Als je naar bed wilde met je vriend, hoefde je niets uit te leggen. Dat hoorde er gewoon bij. Ja, toch? Of niet? Lieve help, wat was er met haar aan de hand?

'Nee, niet hoe je met elkaar naar bed gaat. Dat weet ik wel.' Hoewel ze ook daar nu aan begon te twijfelen.

'Ik bedoel dat het wel vrijblijvend moet zijn.'

Hij zag eruit alsof hij wilde protesteren, maar Hazel ging moeizaam verder. Ze wilde niet dat dit ongemakkelijk werd. Ze wilde niet dat hij dacht dat ze meer van hem verwachtte. Maar als hij haar knoopjes los wilde maken en ze dat van gisteren nog eens wilde meemaken, dan moest ze er misschien voor gaan.

Vrijblijvend naar bed gaan met Noah klonk beslist als een avontuur. Dus...

'Ik weet dat je niets langdurigs wilt en dat is prima, want het zou natuurlijk ongemakkelijk zijn als we een stel zouden zijn en het zou niet lukken en...'

Noah staarde haar weer aan. 'Waarom zou dat ongemakkelijk zijn?'

'O. Eh. Nou, ik weet het niet. We hebben dezelfde vrienden en we komen elkaar voortdurend tegen in het stadje en zo, en als het dan op de klippen loopt, zou het ongemakkelijk kunnen worden.'

'En waarom zou het op de klippen lopen?'

Hazel snoof en gebaarde van hem naar haar. 'Omdat we niet bij elkaar passen.'

Noah knipperde met zijn ogen. 'Juist.'

O, had ze hem nu gekwetst? Shit. Dit was officieel de meest mislukte flirtpoging ter wereld. 'Ik bedoelde alleen maar dat je je nergens toe verplicht hoeft te voelen, ik ben niet op zoek naar iets voor de lange termijn, en ik dacht gewoon dat als we er toch een leuke zomer van zouden maken, we dit... onderdeel konden toevoegen, maar ik ben er duidelijk erg slecht in, dus laten we het gewoon vergeten.'

'Helemaal niet.' Noahs woorden kwamen snel en scherp en

hoewel Hazel naar haar voeten had zitten staren om zijn blik te ontwijken, schoot haar hoofd nu abrupt omhoog.

'Helemaal niet?'

'We vergeten dit zeker niet.' Er verscheen een trage glimlach om zijn lippen en Hazels adem stokte. 'Ik zou het je kunnen leren.'

'O.' De hitte kroop langs haar nek omhoog, maar niet alleen haar gezicht voelde warm, ook de rest van haar lichaam. Het warme gevoel verzamelde zich in haar buik en tussen haar dijen. Slechts één blik van Noah zorgde voor meer opwinding dan al haar relaties uit het verleden bij elkaar ooit hadden gedaan.

'Wanneer zullen we beginnen?' vroeg hij, terwijl hij nog een stap in haar richting deed, totdat ze hem kon voelen ademhalen.

'Eh... zo snel mogelijk, zou ik zeggen. Tenzij...' De woorden bleven in haar keel steken toen ze voelde hoe Noah teder haar decolleté aanraakte. 'Tenzij je iets anders te doen hebt.'

Noah grinnikte terwijl hij haar bovenste knoopje losmaakte. 'Absoluut niet.'

'Juist.' Daar ging weer een knoopje los. 'Mooi.' Nog een.

Bij de vierde pauzeerde hij even om te staren naar haar blote huid. Wat een opluchting dat ze die ochtend een mooie beha had aangetrokken en niet dat versleten ding.

Hij boog zich naar voren en wreef het haar uit haar nek. Zijn adem gleed over haar huid voordat hij haar kaakbeen met kusjes bedekte.

'Dit wordt leuk,' fluisterde hij, waardoor Hazel van top tot teen trilde. Daar twijfelde ze niet aan.

Zijn vingers vervolgden hun tocht langs de voorkant van haar blouse en maakten elke knoop los, langzaam en martelend, terwijl Noah haar hals kuste. Hij trok de onderkant van haar blouse uit haar broek om bij de laatste knopen te kunnen komen, en toen hij dat deed, liet hij haar hals los en deed een stap achteruit.

Hazel was versuft en zo opgewonden dat ze zich geen houding

wist te geven. De tere huid van haar hals tintelde van Noahs lippen en zijn beginnende baard. Haar blouse hing open en door het snelle rijzen en dalen van haar borst werd de opening nog breder.

'Veel beter.' Noahs glimlach was deze keer triomfantelijk en zijn ogen waren donker en verlangend. Voor het eerst in haar leven begreep Hazel hoe het voelde als iemand je wilde. Om te weten dat iemand naar je verlangde.

Het voelde echt verdraaid goed.

Ze greep Noah beet bij zijn strakke zwarte T-shirt en trok hem naar zich toe. Ze wilde meer van dit. Meer van hem. Meer van dit geweldige gevoel.

'Weet je hoe vaak ik je zo heb voorgesteld?' mompelde hij tegen haar huid terwijl hij haar hals weer kuste. Hij streek met zijn lippen over de aanzet van haar borsten en daarna met zijn tong, en Hazel kreunde.

Hij stond op en legde zijn handen op haar heupen. Ze zat al op het aanrecht voordat ze besefte wat hij van plan was.

'Elke keer als ik die winkel binnenkwam, zag ik jou daar achter de kassa, met alle knoopjes dicht. Volkomen keurig en preuts.'

'Ik ben niet preuts.' Hazel hapte naar adem toen Noahs tong onder het randje van haar beha verdween en haar tepel vond. Ze sloeg haar benen om zijn middel en trok hem dichter tegen zich aan.

Hij grinnikte en zijn warme adem zorgde voor kippenvel op de plekken die hij zojuist had gelikt. 'Nou, dat weet ik inmiddels. Maar toen wilde ik gewoon die vervloekte blouse opentrekken en...'

Hij demonstreerde precies wat hij had willen doen door zijn gezicht tussen Hazels borsten te begraven en zijn handen omhoog te brengen en erin te knijpen. Hazel boog zich naar hem toe en wilde meer, verlangde naar meer. Ze deed de blouse uit en liet die achter haar op het aanrecht liggen.

Noahs handen verdwenen achter haar rug en maakten de sluiting van haar beha los. Toen trok hij zich terug, alsof hij haar uitpakte en niets van zijn cadeautje wilde missen. Hazel voelde zich even onzeker. Het was bedwelmend om te weten dat iemand over je had gefantaseerd, maar wat als je de fantasie niet waarmaakte?

Ze zag Noahs hongerige blik. Oké, misschien kwam het toch wel goed.

'Zo perfect,' kreunde hij, terwijl hij een blote borst in zijn hand nam. Hij streek met zijn duim over het topje ervan en Hazel kon het niet helpen dat ze hoorbaar inademde. Hij grijnsde. 'Je bent zo sexy, Hazel Kelly.'

Misschien zou ze het kunnen geloven. Door de manier waarop hij naar haar keek en haar aanraakte alsof hij er geen genoeg van kon krijgen.

Ze zou gek zijn als ze het niet zou geloven.

Hij boog zijn hoofd en nam haar tepel in zijn mond.

Hij zoog en Hazel kantelde haar hoofd achterover. Het kwam nogal hard tegen de kasten boven het aanrecht, maar ze voelde het niet. Ze voelde niets anders dan Noahs mond op haar lichaam en de steeds scherper wordende pijn tussen haar benen.

'Gaat het?' vroeg hij tussen het likken door.

Hazel kreunde. 'Ja. Prima.'

Ze voelde zijn glimlach tegen de ronding van haar borst. 'Wil je dat ik doorga?'

'Mijn hemel, ja.'

Hij grinnikte en streek toen met zijn tong over haar andere tepel. Hazels lichaam boog zich naar hem toe. Ze had er geen controle meer over. Het was net alsof ze in een ander lichaam zat. Een lichaam dat verlangde en waarnaar verlangd werd. Dit lichaam was sexy en begeerlijk en hoewel ze die gevoelens nog niet helemaal begreep, reageerde ze instinctief.

Noah zoog en ging dan weer met zijn tong over haar gevoelige huid, totdat Hazel zich afvroeg of enkel dit gevoel haar al tot een hoogtepunt kon brengen. Bestond dat? Hoe kon het dat ze al zo oud was en zo weinig wist over haar eigen lichaam?

En waarom hadden haar eerdere vriendjes zo weinig aandacht aan haar borsten besteed? Haar lichaam was al volwassen geweest.

Hazels vingers klemden zich stevig om de rand van het aanrecht, alsof ze weg zou drijven als ze zich niet goed vasthield. Haar hielen boorden zich in Noahs onderrug en haar blik was afgedwaald naar de plek waar Noah haar lichaam aanbad.

Ze kreunde bij het zien van zijn mond op haar borst. Zijn ogen ontmoetten de hare en het hete bloed raasde door haar aderen. Hij likte haar nog een laatste keer en hief toen zijn hoofd op om haar te kussen. Zijn lippen waren warm en zacht.

'Wil je dat ik doorga?' vroeg hij tussen de kussen door.

'Ja.' Ze klonk zo buiten adem dat het beschamend was, maar ze kon er niets aan doen. 'Je hoeft het niet steeds te vragen, het gaat goed.'

Hij trok zich terug, met een rimpel tussen zijn wenkbrauwen. 'Natuurlijk moet ik het blijven vragen, Haze.'

'O. Ik bedoelde alleen... Ik wil niet dat je je zorgen over mij maakt of zo.'

Hij kuste opnieuw langs haar nek. 'Ik wil dat het goed voelt. Altijd. Ik zal het altijd vragen.'

Ze haalde haar vingers van het aanrecht en streek ermee over zijn brede rug. Er ging een lichte opwinding door haar heen door die aanraking, door het feit dat ze hem móćht aanraken.

'Oké. Ik wil dat dit ook goed voor jou voelt.'

Hij kuste haar op de wangen en duwde met zijn neus tegen haar bril. 'Bedankt. Tot nu toe heb ik het erg naar mijn zin.'

Ze lachte even terwijl hij haar een kusje op haar neus gaf.

'Mag ik?' vroeg hij, even pauzerend voordat hij de bril van haar gezicht nam. Ze knikte en hij legde hem naast haar op het aanrecht. Toen kuste hij haar lang, traag en intens.

'Ik wil je daar ook proeven.' De woorden waren een laag gerommel in haar oor en het horen van die zin deed haar rillen van genot. 'Mag dat?'

'Ja,' bracht ze moeizaam uit. Ze schraapte haar keel. 'Zeker.'

Hij glimlachte en kuste haar nog eens op haar lippen terwijl hij haar broek losmaakte. Ze tilde haar heupen op zodat hij die naar beneden kon schuiven, waardoor ze niets anders aanhad dan haar slipje.

In haar hele leven had ze nog nooit zoiets schandaligs meegemaakt, en ze besefte dat dit veel over haar zei. Maar dat probeerde ze nu te verhelpen, toch? En nu Noah tussen haar benen knielde, voelde dat als het juiste om te doen.

Zijn handen lagen op haar heupen en hij trok haar naar voren, zodat ze helemaal op het randje zat.

'Je maakt me gek, Hazel,' zei hij kreunend, terwijl hij met zijn vinger over de voorkant van haar ondergoed streek. De aanraking was licht en nauwelijks een aanraking te noemen, maar toch voelde Hazel alles samentrekken, alles in haar lichaam concentreerde zich op die ene aanraking, die ene vinger.

'Hoe bedoel je?' Haar stem klonk niet als die van haar. Deze stem klonk ademloos en ver weg.

'Door dat kleine katoenen slipje. Ik heb eraan gedacht sinds het strand.'

Shit. Had ze een kanten string moeten dragen of zoiets? Hazel bezat exact één kanten string die ze exact één keer had gedragen voor een bijzondere gelegenheid. Joel, haar toenmalige vriend, had er een vluchtige blik op geworpen voordat hij het opzij had gegooid. Chique lingerie leek gewoon al dat geld niet waard. En comfortabel kon je dat soort kledingstukken bepaald niet noemen.

Hazel keek naar beneden. Nu Noah naar haar praktische katoenen ondergoed met stippen keek, voelde ze het sexy zelfvertrouwen wegsijpelen uit haar lichaam. Dit ging niet de goede kant op.

Totdat Noah zich naar voren boog en met zijn tong over de voorkant streek.

Zijn kreun trilde door haar hele lichaam. Misschien was nog niet alles verloren. 'Ik kan...'

Hazel wilde haar ondergoed uitdoen, maar Noah pakte haar bij haar polsen en hield haar op haar plaats.

'Nee.' Zijn stem was bijna een grom. 'Hou alsjeblieft aan.'

'Vind je het leuk?'

Hij keek naar haar op met een uitdrukking van geschokte ergernis op zijn gezicht. 'Dit slipje is het enige waar ik de afgelopen vierentwintig uur aan heb gedacht. Met jou erin, natuurlijk. Sinds ik het gisteren voelde, droomde ik ervan om jou hierin te zien.' Hij grijnsde. 'En kijk eens. Dromen komen uit.'

Hazels lach stokte toen Noah met een andere vinger haar intiemste plekje streelde. Ze wist zeker dat haar slipje al vochtig was, maar ze dwong zichzelf zich daar niet voor te schamen en haar benen niet te sluiten.

In plaats daarvan kantelde ze haar hoofd naar achteren, dit keer voorzichtiger, tegen de kasten achter haar, en liet ze Noah haar plagen met zijn vingers en zijn mond. Tegen de tijd dat hij eindelijk het ondergoed opzijtrok en haar huid likte, was Hazel zo opgewonden dat het haar verbaasde dat ze niet meteen tot haar hoogtepunt kwam bij het voelen van zijn tong.

'Zo perfect,' mompelde hij en Hazels tenen krulden zich. Hij besteedde net zoveel aandacht aan haar intiemste plekje als hij aan haar borsten had gedaan en likte en zoog, totdat Hazel dacht dat de mond van deze man een kostbaar kunstwerk moest zijn. Hij verdiende een plaatsje in het museum.

Overal bouwde de hitte zich op. Een kloppende pijn stroomde door haar heen. Er kwamen geluiden uit Hazels keel waar ze liever niet over wilde nadenken, anders zou ze geschokt zijn. Laag gekreun ontglipte haar door het genot dat haar lichaam pijnigde. Noah had haar heupen in een stevige greep en hield haar op haar plaats terwijl hij haar tot een hoogtepunt bracht.

Toen liet hij haar heupen los om een duim tegen haar intiemste plekje te drukken, met een constante druk. Vurig genot schoot rechtstreeks naar haar tenen.

Hazel zag haar hele leven aan zich voorbijflitsen.

Nee, niet haar hele leven, alleen de middelmatige seks die ze tot nu toe had gehad. Geen geluid ontsnapte haar, nog geen ademtocht.

Hij nam het weer over met zijn mond en zoog meedogenloos. Hazel kwam.

Haar hele lichaam trilde en een laag gekreun kwam over haar lippen. Het ging maar door, totdat ze zich eindelijk terugtrok, niet in staat om het gevoel nog een seconde te verdragen. Het was te veel. Haar hele lichaam beefde en haar keel was rauw van de dierlijke geluiden die ze had gemaakt. Gelukkig waren de ramen dicht, anders hadden de buren inmiddels waarschijnlijk de politie gebeld.

Holy shit. Deze man verdiende niet alleen een plaatsje in een museum, maar ook een eigen optocht en een standbeeld.

Noah gaf haar zachte kusjes op de binnenkant van haar dijen voordat hij opstond. Ze leunde naar voren en drukte haar hoofd tegen zijn borst. Hij sloeg zijn armen om haar heen en liet zijn vingers over de blote huid van haar rug glijden.

Hij was nog steeds volledig gekleed, maar in zijn armen voelde ze zich veilig en niet kwetsbaar.

Zijn hart bonkte hard onder haar voorhoofd. Ze moest iets terugdoen. Ze moest hem deze gunst terugbetalen. Ze had alleen even een minuutje nodig om op adem te komen. 'Heb je… Ik bedoel: was het oké?' vroeg hij.

Hazel trok zich terug en staarde hem ongelovig aan. 'Was het oké? Noah, dat was…'

'Transcendent?' vroeg hij en de trage glimlach keerde terug op zijn gezicht.

'Meer dan dat.'

'Goed.' Hij gaf haar een kus op haar voorhoofd. 'Ik moet gaan.'

'Huh, hoezo? Je kunt niet gaan.' Hoe kwam hij op het idee om nu te vertrekken? Na… dit? Hazels rozige gevoel dreigde meteen te vervagen.

'Het is al behoorlijk laat.'

'Maar jij… Ik heb niet…'

Hij schonk haar een spijtige glimlach. 'Haze, het is oké. Dit was voor jou.'

Ze fronste. 'Nee. Dit brengt het uit balans.'

'Geloof me, dat is niet het geval. Het was geweldig.'

Ze streek met haar hand over de voorkant van zijn spijkerbroek en voelde zijn opwinding. Hij haalde oppervlakkig adem. 'Maar ik wil dat jij je net zo goed voelt als ik me nu voel.'

Hij kreunde en leunde met zijn voorhoofd tegen het hare. 'Dat waardeer ik, echt, echt. Maar ik heb geen condoom bij me.'

Daar had ze helemaal niet over nagedacht. Ze had niet voorzien dat hij met haar mee naar huis zou gaan.

'Ik heb er ook geen.'

'Dus ik moet gaan.'

'Nee!'

'Hazel…'

'We kunnen… Ik bedoel… Ik zal…'

'Hazel, het is prima, echt waar. Ik ben een grote jongen. Ik kan…'

'Ik wil voor jou hetzelfde doen,' zei ze, hem abrupt onderbrekend.

Noahs ogen verwijdden zich, de pupillen deden bijna alle kleur verdwijnen.

Het viel haar op dat zijn ademhaling even stokte. Dat vond ze fijn.

Haar glimlach werd breder. 'Ik wil voor jou hetzelfde doen, Noah. Mag dat?' Ze likte langs haar onderlip en Noahs gekreun galmde door de keuken.

'Die toestemming mag wel wat enthousiaster,' plaagde ze. Noah beet zachtjes op haar onderlip en ze slaakte een kreetje.

'Ja,' zei hij terwijl hij haar blik vasthield. 'Ja, graag zelfs.'

Hoofdstuk vijftien

Misschien had Noah een koortsdroom. Als dat zo was, wilde hij echt niet wakker worden.

Niet op dit moment. Niet nu Hazel in haar slipje op haar knieën voor hem zat. Hij had weg moeten gaan. Hij was van plan geweest om te vertrekken, om een gentleman te zijn, om Hazel te verwennen en dan naar huis te gaan. Hij wilde haar niet onder druk zetten en hij wilde zeker niet dat ze zou denken dat hij iets van haar verwachtte.

Maar toen had Hazel Kelly hem plotseling die vraag gesteld en dat was het heetste wat hem ooit was overkomen.

Nou ja, vóórdat Hazel zijn broek uitdeed en van het aanrecht gleed. En nu zat ze hem daar, aan zijn voeten geknield, aan te kijken met haar lieve ogen en Noah wist niet wat hij moest doen. Hij was hier niet op voorbereid. Dit was Hazel.

Niet zomaar een willekeurige mooie meid uit de bar. Dit was de lieve, slimme Hazel Kelly uit de boekhandel. Hazel, aan wie hij het afgelopen jaar voortdurend gedacht had. Hazel, met wie hij hopelijk een goede band aan het opbouwen was.

Nu was ze naakt, en hij wist hoe ze smaakte en welke geluiden ze maakte als ze klaarkwam, en…

Wat als hij haar kwetste?

Wat als ze hier spijt van kreeg?

Wat als één keer niet genoeg was? Wat als één zomer niet genoeg was?

Ze liet haar tong over hem heen glijden en de vragen hielden op. De wereld stond stil. Zijn hart stond stil.

'Je moet me vertellen of ik het goed doe, oké?' zei ze terwijl ze zich terugtrok. De frons was weer op haar gezicht verschenen. 'Laat me weten of het fijn is.'

'Mijn hemel, Haze. Het is al zó goed dat ik me amper in kan houden.'

Een kleine, tevreden glimlach verscheen op haar gezicht en hij verloor bijna zijn zelfbeheersing.

'Oké, goed.' Ze greep zijn opwinding vast en liet haar mond om hem heen glijden. Hij kreunde, lang en laag, niet in staat stil te blijven. Hij hield zich stevig vast aan het aanrecht en wilde eigenlijk Hazels krullen grijpen, maar hij wist niet zeker of ze dat leuk zou vinden. Hij kon het vragen, maar op dat moment kwam hij niet veel verder dan 'holy shit', dus hield hij zijn handen maar thuis.

Hazel bewoog haar mond op en neer en Noah beefde. Ze moest het hebben opgemerkt, want ze sloeg haar ogen op, op zoek naar geruststelling. 'Dit is geweldig, Haze. Precies zo moet je het doen.'

Ze begon weer te bewegen, met haar hand om het gedeelte dat haar mond niet kon bedekken. Haar tong draaide om de top toen ze zich terugtrok. Noah zag sterretjes. Transcendent.

Hij kon zich niet meer inhouden. Hij greep met zijn vingers in haar haar en haar kleine kreun zorgde voor een trilling, alsof ze spinde als een kat. Haar krullen waren zo zacht.

'Wil je dit?' bracht hij uit en ze kreunde opnieuw. Nog één keer en hij zou klaarkomen. 'Ik ben er bijna.'

Ze bewoog sneller, nam hem dieper, en genot werkte zich een weg omhoog via zijn ruggengraat. Hij keek naar beneden en zag haar dingen doen waarover hij zichzelf nooit had toegestaan te fantaseren. Dat, in combinatie met het gevoel van haar mond, zo warm en zoet, werd hem te veel. Hij trok zich net op tijd terug en kwam klaar in zijn eigen hand. Hij wilde niets doen wat Hazel misschien niet wilde doen, voelde zich volkomen van zijn stuk gebracht, alsof dit de eerste keer was dat een vrouw hem had laten klaarkomen.

'Hazel.' Haar naam leek het enige woord te zijn dat hij op dat moment over zijn lippen kreeg. Ze stond op en gaf hem een handdoek voor zijn handen. Hij veegde ze af en trok haar toen naar zich toe.

'Was het fijn?' vroeg ze.

Zijn ademhaling ging nog steeds raspend toen hij antwoordde. 'Mijn hemel, ja.'

Hij kon haar gezicht niet zien, maar hoorde dat ze glimlachte. 'Goed.'

'Uitstekend zelfs.'

'Dus blijkbaar ging dit me wel goed af... Ik bedoel, dat was een goede eerste, eh... ervaring.'

'Hazel, vertel me alsjeblieft dat dit niet de eerste keer was.'

'Dat was het niet. Alleen heb ik het niet zo vaak gedaan. Merkte je dat?'

Hij lachte. 'Nee, dat merkte ik niet.'

'Ik bedoelde gewoon, de eerste ervaring voor ons samen... Ik bedoel, als onderdeel van onze... extraordinaire zomer.'

'Oké.' Waarom deed het pijn om eraan herinnerd te worden dat dit allemaal kwam omdat Hazel de komende twee maanden alle voorzichtigheid overboord gooide? Hij was gewoon een onderdeel van haar roekeloze avontuur.

Hij schudde het van zich af. Dit was ook goed voor hem. Hij zou op den duur Hazel uit zijn hoofd kunnen zetten en verder kunnen gaan met zijn leven.

'Is het altijd zo goed?' vroeg ze zachtjes, en opnieuw vroeg hij zich af hoe haar eerdere seksuele ervaringen waren geweest. Wat was je voor loser als je deze vrouw geen genot bood? Maar als hij eerlijk was, was het maar zelden zo goed.

'Nee... Dit was onvoorstelbaar goed.'

'Wil je blijven slapen?'

De vraag verraste hem. Hij probeerde nog steeds te begrijpen waarom datgene wat er net was gebeurd zoveel beter voelde dan alles wat hij eerder had ervaren. Wanhopig probeerde hij het antwoord te negeren dat het stemmetje in zijn hoofd tegen hem schreeuwde.

'Eh...'

'Het hóéft niet.' Hazel trok zich al terug en hij realiseerde zich dat hij haar weer tegen zich aan trok, haar warme, zachte lichaam tegen het zijne aan drukte. Hij realiseerde zich dat hij tegen haar zei dat hij wilde blijven.

Hij besefte dat het waar was.

Hij negeerde het stemmetje in zijn hoofd dat waarschuwde dat dit onverstandig was en volgde Hazel in haar gestippelde slipje naar haar slaapkamer, want als Hazel roekeloos wilde zijn, zou hij dat ook zijn.

Het was ochtend en Hazel staarde naar hem, leunend op haar elleboog. Ze lagen in haar bed. Hij lag in Hazels bed. Een plek waarvan hij niet had gedacht dat hij daar ooit zou belanden, maar hij was erg blij dat hij er nu was.

Het was zacht en knus en er lagen net zoveel kussens als hij verwacht had, en dat waren er nogal wat. De zon scheen door de vitrage en hoewel er in haar slaapkamer niet zoveel planten stonden als in de woonkamer, stonden er toch een paar op de vensterbank. Cactussen en kleine vetplanten, wat hij alleen wist omdat Hazel hem dat gisteravond had verteld toen ze in de schemering van de maan lagen te praten.

Toen waren ze gewoon gaan slapen.

En het was echt fantastisch geweest.

Ze had zelfs de speelgoedkikker uit haar bed gezet en het dier laten overnachten bij de gigantische pinguïn die hij voor haar had gewonnen en die op een overvolle stoel in de hoek zat. 'Heb je lekker geslapen?' Ze droeg een T-shirt van de universiteit met een lelijke bulldog op de voorkant en een schoon, katoenen slipje, waar hij nu op onverklaarbare wijze door geobsedeerd was.

'Ik heb heerlijk geslapen.' Hij kruiste zijn armen achter zijn hoofd en glimlachte naar haar. Hij droeg niets anders dan zijn boxershort en hij genoot ervan te zien dat Hazels blik vuriger werd toen haar ogen naar zijn blote borst gingen.

Haar haar hing in haar gezicht en hij kon zich er niet van weerhouden het naar achteren te duwen.

'Mag ik je kussen?'

Ze bedekte haar mond met haar hand. 'Ik heb mijn tanden nog niet gepoetst.'

'Dat kan me niet schelen.'

Ze rimpelde haar neus. 'Echt niet?'

'Hazel, met wie heb je vroeger eigenlijk gedatet?'

'Met een aantal verschillende jongens, hoezo?'

Hij ging rechtop zitten en leunde met zijn rug tegen het hoofdeinde. 'Waren die wel in orde? Ik bedoel, behandelden ze je wel goed?'

Hazel haalde haar schouders op. 'Ze waren oké.'

'Oké?'

Ze draaide een krul rond haar vinger en vermeed zijn blik voordat ze weer opkeek. Ze had nog steeds geen bril op en hij kon de zilveren ring rond haar pupillen zien in het ochtendlicht. 'Ik heb nog nooit echt het gevoel gehad... ik weet niet... dat ze me aantrekkelijk vonden. Niemand heeft me ooit sexy genoemd... vóór jou.' Haar wangen werden rood toen ze het zei.

Zij ging ook rechtop zitten en hij trok haar dichterbij en sloeg een arm om haar middel. 'Ik ken die gasten niet, Haze, maar ze waren ongetwijfeld grote idioten.'

'Ze waren eigenlijk behoorlijk intelligent.'

Hij snoof. 'Hoe konden ze al dat moois dan over het hoofd zien?'

Ze haalde haar schouders op. 'Misschien lag het wel aan mij? Ik voelde me niet erg sexy... Dat heb ik me nooit echt gevoeld.'

Hij rolde haar om en ze slaakte een verrast kreetje. Hij sloot haar in zijn armen. 'En hoe voel je je nu?'

Die ondeugende glimlach van haar, waar hij inmiddels verslaafd aan was, verscheen weer. 'Sexy.'

Hij boog zijn hoofd en kuste haar hals. 'Mooi.' Hij zoog teder aan de tere huid en Hazel boog zich naar hem toe. Haar benen kwamen omhoog om om zijn heupen te slaan en hij vervloekte zichzelf omdat hij gisteravond niet nog even weg was gegaan om condooms te kopen.

Maar het moment duurde niet lang.

Zijn telefoon begon te trillen op het nachtkastje, waar hij die de avond ervoor had neergelegd.

'Moet je niet opnemen?' vroeg Hazel, terwijl hij zich weer op haar hals concentreerde. Hij zou moeten opnemen. Hij had een eenmanszaak. Het zou iemand kunnen zijn die een tour wilde boeken, en nu de zomer ten einde liep, moest hij al het werk aannemen dat hij kon krijgen.

Maar Hazel voelde zo warm en ze droeg geen beha.

Hij kon haar puntige tepels tegen zijn borst voelen.

Na een korte pauze begon zijn telefoon opnieuw te trillen. Hij kreunde en liet Hazels welkome lichaam los. 'Sorry.'

'Geen probleem.'

Noah keek naar het scherm. Het was een inkomend videogesprek van zijn zus. Verdorie. Hij trok zijn shirt aan voordat hij opnam. Er was maar één persoon die dit kon zijn – nou ja, twee, eigenlijk, en hun telefoontjes negeerde hij nooit. Hij keek Hazel nog een keer verontschuldigend aan voordat hij het gesprek aannam.

Er verschenen twee kleine gezichten op het scherm.

'Oom Noah! Je nam helemaal niet op!' Ivy's stem liep over van de verontwaardiging van een zesjarige.

'Hoi, oom Noah!' Cece was de meest vergevingsgezinde van zijn twee nichtjes. Zijn zussen hadden een week na elkaar een meisje op de wereld gezet en sindsdien waren de twee onafscheidelijk, tenzij ze ruzie hadden, want dan waren ze gezworen vijanden. Totdat ze dat niet meer waren. Precies zoals zijn zussen zijn hele leven waren geweest. En hij was het broertje geweest waar ze dol op waren. Tot hij ze in de steek liet.

Hij schraapte zijn keel. 'Nou, excuseer me, dames. Ik had het... druk.'

Ivy fronste. 'Je zei dat je het nooit te druk had voor ons.' Dit kind wist precies hoe ze iemand het vuur aan de schenen moest leggen.

Cece gaf haar nichtje een duw. 'Misschien was hij aan het poepen,' opperde ze, waarna de twee meisjes aanstekelijk begonnen te giechelen. Hij keek op en zag dat Hazel haar hand voor haar mond geslagen had om een lach te onderdrukken.

Hij rolde met zijn ogen. 'Waarom bellen jullie me eigenlijk, kleine engerds? Dit is niet onze gebruikelijke beldag.'

Zijn nichtjes keken allebei meteen schuldig. Hij had geprobeerd ze te leren hoe je een pokerface moest trekken, maar dat project was volkomen mislukt. 'Nou, mama weet niet dat we haar telefoon hebben.'

'Ivy...'

'Het was een noodgeval!' protesteerde ze en hij realiseerde zich nu pas dat de meisjes onder iets zaten wat leek op een kinderdekbed. Het patroon zorgde voor een blauwe tint op de gezichten van de meisjes.

'Is alles in orde?'

Cece's gezicht vertrok, alsof ze probeerde niet te huilen, en Ivy sloeg troostend een arm om haar heen. Noahs hart sloeg een slag over.

'Wat is er aan de hand, meiden?'

'Mama krijgt weer een baby!' jammerde Cece. 'En dat wil ik helemaal niet!'

Ivy knikte. 'Baby's huilen de hele tijd en ze poepen in hun broek,' zei ze met de wijze diepzinnigheid waarover een zesjarige nu eenmaal beschikt.

Toen het over poepen ging, begon Cece weer te giechelen en Noah dacht dat hij gek werd.

'Hé, wacht!' Ivy wees naar het scherm. 'Dat is niet jouw huis! Waar ben je, oom Noah?'

Het onvermogen van de meisjes om bij het onderwerp te blijven bezorgde hem zoals gewoonlijk haast een whiplash en vanochtend was hij er niet op voorbereid. Hij had nog niet eens koffie gehad.

Hij keek op en zag dat Hazel uit bed gleed alsof ze zich in haar eigen huis moest verstoppen. Dat vond hij verschrikkelijk. Maar hij stelde de vrouwen met wie hij… sliep nooit voor aan zijn familie. En al helemaal niet aan zijn nichtjes. Wat zou hij ook kunnen zeggen?

'Ik ben bij iemand met wie ik bevriend ben,' zei hij.

'Heb je een logeerpartijtje gehad?' vroeg Cece. 'Mam zegt dat ik dat pas mag als ik ouder ben. Het mag alleen met Ivy.' Ze rolde met haar ogen.

'Dat lijkt me een goed idee.' Hij had eigenlijk geen idee welke leeftijd geschikt was voor logeerpartijtjes, maar hij wist dat zijn oudste zus enorm beschermend was als het om Cece ging. En nu kreeg zijn zus nóg een baby. Mocht hij dat überhaupt al weten? Het kwetste hem dat niemand het hem had verteld, al zou hij dat niet toegeven.

Ivy's ogen verwijdden zich en ze draaide haar gezichtje van hem af. 'Oei. We moeten gaan…'

De deken werd van hun hoofden gerukt en de meisjes begonnen moord en brand te schreeuwen.

'Geef hier.' De stem van zijn zus bood geen ruimte voor discussie.

'Doei, oom Noah!' riepen de meisjes toen Kristens gezicht in beeld kwam.

'Hé, sorry daarvoor.'

'Hé, Kris.'

Haar wenkbrauwen gingen omhoog toen ze zijn omgeving in zich opnam, maar ze vroeg niet waar hij was.

'Ik hoop dat de meisjes niets hebben onderbroken.'

'Nee, niet echt.'

'Je hoeft niet altijd op te nemen als ze bellen.'

Noah fronste. 'Ik vind het leuk.' Zijn nichtjes waren zijn enige familieleden met wie hij geen gecompliceerde band had. Zijn liefde voor hen en hun liefde voor hem waren eenvoudig en onvoorwaardelijk. Hij nam altijd de telefoon op als ze belden.

Kristen knikte en bestudeerde hem zoals grote zussen doen. Hij wist niet wat ze verwachtte te zien, maar hij had altijd het gevoel dat hij tekortschoot. Noah, het kleine broertje, de jongen die zijn school niet afgemaakt had, de eeuwige mislukkeling.

'Kom je dit jaar naar huis met kerst?'

Noah keek op van zijn telefoon. Hazel was weg. Dit gesprek wilde hij echt niet midden in haar slaapkamer voeren. Hij was al jaren niet meer thuis geweest met de feestdagen en was dit jaar ook niet van plan om te gaan.

Hazel had hem een goede oom genoemd. Ze wist niet dat hij zijn nichtjes maar drie keer in het echt had gezien.

Hij slikte bij de herinnering aan de kleine meisjes, die hem de laatste keer dat hij thuis was geweest verrukt om de nek waren gevlogen. Er kwamen ongewenste emoties naar boven.

'Weet ik niet.'

'Noah...'

'Ik kan dit nu niet, Kris.'

'Ja, oké. Maar ik... iedereen wil je graag weer zien. Dat is alles.'

Noah slikte. Hij wist dat ze het meende, maar hij wist ook dat het niet zo eenvoudig was. Thuiskomen betekende dat je aan ieders verwachtingen moest voldoen en antwoord moest hebben op alle vragen. *Wat zijn je toekomstplannen, Noah?* De laatste keer dat hij op bezoek was geweest, was hij niet eens bij zijn ouders langsgegaan. Hij kon niet nog een keer hetzelfde gesprek met zijn vader voeren.

Hij was degene die weg was gegaan.

En hij kon niet teruggaan totdat hij iets gepresteerd had. Hij kon niet tegenover zijn vader aan tafel plaatsnemen totdat hij meer toekomstplannen had dan vistochten organiseren en in de bar staan, iets om te bewijzen dat het verlaten van school en van de zaak het juiste was geweest om te doen.

Dat waren zaken waar hij niet met zijn zus over kon praten terwijl hij grotendeels naakt in Hazels bed lag. 'Ik moet gaan.'

Kristen zuchtte. 'Oké. Ik hou van je.'

Noah keek naar het bezorgde gezicht van zijn zus. Ze keek hem altijd zo aan. Alsof ze zich afvroeg hoe hij het in de wereld zonder hen redde. Hoe hij erin slaagde te overleven zonder zijn grote zussen of de zaak van zijn ouders om op terug te vallen.

Hij was er zeker van dat ze het niet expres deed. Maar hij voelde haar gebrek aan vertrouwen in hem. Was het zo verkeerd dat hij bij thuiskomst wilde kunnen zeggen dat hij het gemaakt had? Dat hij weg was gegaan en een leven voor zichzelf had opgebouwd?

Misschien was dat wel zo. Misschien was hij gewoon een koppige klootzak. 'Ik hou ook van jou, Kris.'

Hoofdstuk zestien

Hazel zat op de bank met een kop thee en een deken over haar blote benen, aangezien ze er niet aan had gedacht om een broek te pakken, en deed alsof ze wist wat ze geacht werd te doen na een nacht vrijblijvende seks.

Wat ze natuurlijk absoluut niet wist. Ze herschikte de deken wat, nam een slok van haar te hete thee en keek weer naar de slaapkamer.

Ze had het waarschijnlijk al verpest door Noah te vragen om te blijven, maar ze was helemaal van haar stuk geweest en had zich kwetsbaar en in de zevende hemel gevoeld. De woorden waren uit haar mond gevlogen voordat ze had kunnen nadenken over de gevolgen. Hij was gebleven. En het was heel fijn geweest. Echt heel fijn. Slapen in Noahs armen was eigenlijk net zo perfect geweest als ze zich had voorgesteld.

Bovendien deed wakker worden met een knappe man in je bed echt wonderen voor het zelfvertrouwen van een vrouw.

Klopte dat wel? Was het normaal dat ze tedere gevoelens had voor deze man? Hoe kon ze anders, nadat hij een telefoontje van zijn schattige nichtjes had aangenomen en met ze had gesproken alsof ze de belangrijkste mensen op aarde waren? En daarvoor hadden ze al verbijsterende, superhete momenten van genot met elkaar gehad in de keuken. Iedereen met een beetje brein zou zich nu zo voelen als zij. Dat was niet Hazels schuld.

'Hé, sorry daarvoor.' Noah kwam haar slaapkamer uit, gekleed in een shirt en boxershort. Hij haalde een hand door zijn kastanjebruine haar en zag er zo schattig schaapachtig uit dat Hazel weg moest kijken, anders zou ze per ongeluk nog een gekke stap aan deze regeling willen toevoegen. Zoals trouwen. Of zwanger worden.

Hazel schraapte haar keel. 'Geen probleem. Alles goed met je nichtjes?'

'Ja hoor, alles goed. Eh… koffie?'

'In de keuken.'

Hazel haalde een paar keer diep adem terwijl Noah koffiezette. Ze probeerde haar verlangens onder controle te houden, die besloten om eindelijk wakker te worden na bijna dertig jaar diep in slaap te zijn geweest. Het werkte niet. Zeker niet toen Noah terug naar de woonkamer schuifelde en zich voorzichtig naast haar op de bank liet zakken, zodat hij geen koffie zou morsen.

Ze dwong zichzelf om naar hem te kijken.

Hij lachte lui naar haar over zijn koffiemok heen.

'Wat gaan we nu doen?' riep ze uit, waarna ze Noah zijn wenkbrauwen zag optrekken.

'Nou, we hebben nog steeds geen condooms, maar ik zou…'

'Nee!' Hazels wangen gloeiden alweer. 'Dat bedoelde ik niet.'

Noah grinnikte. 'Ik weet het.'

'Eikel.' Hazel sloeg hem op zijn schouder.

'Wat we nu doen, Haze, is precies wat we altijd al deden.' Hij haalde zijn schouders op en nam nog een slok koffie terwijl Hazel deed alsof ze niet naar zijn brede borstkas staarde. 'We blijven je aanwijzingen volgen en geven je de beste aanloop naar je verjaardag ooit, en als dat meer van dit betekent…' Hij gebaarde van hem naar haar en op de een of andere manier was zelfs dat sexy. '…dan is dat prachtig.'

'Oké.' Hoe kon hij het zo eenvoudig laten klinken? Alsof niet alles tussen hen was veranderd. Misschien was dat ook niet zo. Misschien reageerde ze overdreven.

'En als je dit niet meer wilt, dan vind ik dat ook prima.'

Ze wist dat hij het meende, dat hij niets zou doen waar zij niet honderd procent achter stond. Dat had hij al vaak genoeg bewezen.

'Ik wil hier wel meer van.'

Zijn glimlach werd breder. 'Gelukkig, ik ook.' Hij leunde achterover op de bank, strekte zijn benen uit en legde zijn voeten op de kleine gecapitonneerde voetenbank die ze ooit online had besteld. Online shoppen was wat ze vroeger deed als ze zich verveelde. Nu had ze gevreeën met het seksuele roofdier van de stad.

'Dus je zus is zwanger?'

'Je springt net zo van de hak op de tak als mijn nichtjes.'

Hazel vertrok haar gezicht. 'Sorry. Slechte gewoonte.'

Noahs hoofd rustte op de rugleuning van de bank en zijn ogen waren gesloten, maar hij glimlachte nog steeds. 'Geen probleem. Het houdt me scherp.'

Zijn tenen wiebelden vrolijk op de voetenbank en Hazel kon het niet helpen dat haar blik van zijn voeten omhooggleed en de lange, slanke lijnen van zijn benen volgde, naar zijn gespierde buik en zijn borst. Ze nam zijn brede schouders en de rondingen van zijn armspieren in zich op. De spieren van zijn onderarm bewogen terwijl hij zijn koffiemok anders vastpakte, en de vriendschapsarmbandjes gleden langs zijn arm terwijl hij de beker naar zijn lippen bracht.

Zijn ogen waren weer open. Oeps. Betrapt.

Ze verwachtte dat hij haar zou plagen met haar starende blik, maar in plaats daarvan knipoogde hij alleen maar en ging verder. 'Volgens mijn nichtje Cece is haar moeder, mijn oudste zus Rachel, zwanger, ja. Maar ik denk niet dat ik het al mag weten.'

Hij haalde zijn schouders op alsof het hem eigenlijk niet zoveel kon schelen, maar ze zag hoe gespannen hij was.

'Je houdt van je nichtjes.'

'Uiteraard.'

'En van je zussen.'

Hij pauzeerde even om een slokje te nemen en misschien om goed na te denken over zijn antwoord. 'Ja, natuurlijk. Dat ligt alleen wat ingewikkelder. Je weet hoe familie kan zijn.'

'Ik denk het. Ik heb geen broers of zussen.'

'Echt niet? Ik dacht dat ik je vader, eh, een van je vaders, hoorde praten over iemand... Frida of zo?'

'Frida is een van de honden van mijn moeder. Diego en Frida, heten die.'

'Oké. Ik was vergeten dat je ook een moeder hebt.'

'Ja. Ik heb geen gebrek aan ouders, alleen geen broers en zussen. In ieder geval geen menselijke. Mijn moeder is bijzonder toegewijd aan haar honden, zouden sommigen zeggen.'

Noah lachte zachtjes, maar zijn blik stond afwezig.

'Waarom ben je van huis weggegaan?' Hazel pakte de 'ochtend na vrijblijvende seks' absoluut niet goed aan, maar ze had ook het gevoel dat zij en Noah vrienden waren geworden en ze was er benieuwd naar.

'Ach, Haze, dat wil je echt niet weten.' Hij leunde naar haar toe en bewoog zijn wenkbrauwen op en neer. 'Er zijn nog zoveel interessantere manieren om de ochtend door te brengen.'

Ze fronste en Noah leunde achterover. 'Oké, prima, wil je het echt weten?'

'Ja.'

'Het is geen bijzonder, dramatisch verhaal. Ik vertelde het al: ik stopte met school, stelde mijn ouders enorm teleur, en toen probeerde ik een jaar lang te helpen met hun visbedrijf, echt waar. Maar ik haatte het werk. Het is inmiddels echt een groot bedrijf. Al het werk werd gedaan vanachter een bureau. Ik moest me verdiepen in distributie en markten en allerlei andere dingen waar ik niks om gaf en ik kon het gewoon... Ik kon het niet.'

'En toen ben je weggelopen.'

'Nounou, Hazel.'

'Sorry.'

'Je hoeft je niet te verontschuldigen.' Hij haalde diep adem. 'Het spijt me. Je hebt gelijk. Toen ben ik weggelopen. Ik heb een tijdje met mijn boot langs de kust gevaren tot ik hier aankwam. Mijn nichtjes missen me, maar ik ga nooit meer naar huis. Dat is het. Dat is het hele verhaal.'

'Bij de leesclub denken ze dat je onderwaterlasser bent geweest in Florida.'

Noah trok een wenkbrauw op.

'En de helft van de ouderenclub denkt dat je goederen smokkelt en die verkoopt op de zwarte markt.'

'De zwarte markt?' Een van Noahs mondhoeken ging omhoog.

'Ja. Bij een van de bijeenkomsten was er zelfs een verhitte discussie over de vraag of je wel of geen mannelijke stripper was.'

Noah lachte een beetje. 'Een stripper?'

'Ja.'

'Nou, dat is waar.'

Hazels ogen werden groot, maar toen barstte Noah in lachen uit. 'Grapje.'

'Eikel.'

Hij zette zijn kopje op de voetenbank en schoof naar haar toe, terwijl hij haar weer in zijn armen nam. Hij boog zijn hoofd en kuste haar en Hazel vergat dat ze haar tanden niet had gepoetst. Hij beet in haar onderlip en ze kreunde zo hevig dat ze zich geschaamd zou hebben als ze niet zo druk was geweest met opgewonden raken.

'Maar voor jou wil ik best strippen, Haze. Wanneer dan ook.'

Ze lachte en zijn plagerige glimlach werd breder. 'Je bent al praktisch naakt,' zei ze.

Hij keek verbaasd naar zichzelf. 'Je hebt gelijk!' Hij schudde zijn hoofd. 'Maar jij draagt veel te veel kleren.'

Hij trok het T-shirt over haar hoofd, gooide het opzij en liet haar vervolgens alle leukere manieren zien waarop ze hun ochtend konden doorbrengen.

Hoofdstuk zeventien

'Hallo Hazel, beide benen op de vloer, alsjeblieft!'
Hazel knipperde met haar ogen. Annie stond voor haar en zwaaide met een hand voor haar gezicht. Gelukkig stond ze vandaag niet achter de kassa, maar ze had nog wat kantoorwerk liggen. Ze had Annie nog niet eens horen binnenkomen.

'O, hallo.'

'O, hallo? Is dat alles wat je tegen me te zeggen hebt?'

Hazel fronste. 'Wat zou ik nog meer moeten zeggen?' Ze had weer zitten dagdromen. Ze kon het niet helpen. Een week lang beleefde ze nu dat nieuwe, speciale pleziertje met Noah, en zelfs als ze niet bij hem was, bleef ze maar aan hem denken. En vooral aan alles wat ze hadden gedaan. En waar.

Ze kon nu nauwelijks naar haar bureau kijken zonder te blozen. Noah was zo vreselijk goed met zijn mond en zijn handen, en hoewel ze niet verder waren gekomen, voelde Hazel zich meer voldaan dan ooit. Het was op zijn zachtst gezegd afleidend.

'Je was de hele week nergens te bekennen!'

Annie doemde weer voor haar op. Juist. Haar beste vriendin, die nu woedend was.

'Ik ben druk geweest.'

'Druk met wat? Of moet ik zeggen "met wie"?'

'Hoezo, "met wie"?'

'Hazel Delphinium Kelly!'

'Je weet dat ik geen tweede naam heb.'

'En je weet dat ik er daarom eentje voor je moet verzinnen.' Annie legde een hand op haar heup. 'Leid me niet om de tuin. Wat speelt er tussen jou en de visser?'

Hazel haalde haar schouders op, maar ze voelde een felle blos over haar gezicht trekken. 'We hebben gewoon wat tijd met elkaar doorgebracht.' Ironisch genoeg had Hazel al haar nieuwe avonturen voor zich gehouden. Ze was deze hele zomer vol plezier begonnen om haar vrienden te kunnen choqueren, om ook wat te vertellen te hebben en gewoon interessanter te zijn. Nu hield ze het echter voor zich.

Ze wilde… Alles wat er met Noah gebeurde leek nu… privé.

'Wat tijd met elkaar doorgebracht? Je miste de quizavond en nu denkt de halve stad dat je bent ontvoerd.'

Hazel snoof. 'Ik ben hier toch.'

'Hazel…'

'Wat? Mag een vrouw niet wat plezier maken?'

'Natuurlijk mag dat, maar het voelt gewoon alsof…'

'Alsof wat, Annie? Alsof het niet mijn soort plezier is? Alsof het totaal niet bij me past? Dat is nou net het punt! Ik kan niet… Ik had gewoon… iets anders nodig.'

Annie plofte neer op de oude bank. 'Ik wist niet dat je ongelukkig was, Haze.'

'Ik ben niet ongelukkig. Ik ben gewoon… Ik weet het niet…'

'Bang om dertig te worden?'

Hazels wenkbrauwen gingen omhoog.

'Jij bent niet de enige die scherpzinnig is. Ik merk ook weleens wat op.'

'Ik wil gewoon niet dertig worden en spijt hebben, dat is alles.'

'Heb je spijt dat je niet met de knapperd van het stadje naar bed bent geweest?'

Hazel lachte. 'Misschien.'

Annie glimlachte. 'Dat willen we niet.'

'Sorry dat ik het je niet heb verteld.'

Annie haalde haar schouders op en leunde achterover in de bank. 'Geeft niet. Je hoeft me niet alles te vertellen, hoewel we dat wel hebben afgesproken toen we vijftien waren.'

'Dat is waar. Nou, nu we toch zo open met elkaar praten: heb jij geprobeerd om me aanwijzingen te geven of zoiets?'

'Aanwijzingen? Nee, Haze, ik zeg het je wel ronduit als ik iets denk.'

'Hm.'

'Wat bedoel je met aanwijzingen?'

Hazel haalde een van de beschadigde boeken uit haar onderste la. Ze had ze bewaard als bewijs. Of als souvenir? Dat zou ook best kunnen. 'Iemand heeft er een zin in gemarkeerd en ze daarna weer teruggezet.' Ze schoof het boek over het bureau om het Annie te laten zien. Het was de zin over het eten van bessen, de regel die ze per ongeluk had gevolgd.

'Hm, dus daarom vonden we je toen dronken tussen de bosbessen?'

Hazel haalde haar schouders op. 'Ja.'

Annies ogen lichtten op. 'Ik weet wie het doet!'

'Echt?'

'Het ligt er zo dik bovenop!' Ze sloeg het boek dicht. 'Dat moet Noah zijn!'

'Noah? Nee, dat kan niet kloppen. Hij heeft me geholpen ze te volgen. Hij leek er net zo verbaasd over te zijn als ik.'

'Heeft hij je geholpen ze te volgen?'

'Nou, hij was hier toen ik de eerste vond... En, eh... hij leek geïnteresseerd. En, eh... toen besloten we er samen iets leuks van te maken.' Hazel zuchtte. Daarom had ze dit niet ter sprake gebracht. Het klonk allemaal volkomen krankzinnig.

'Hazel, kom op,' zei Annie, alsof het overduidelijk was. 'Dan is hij het zeker. Hij hangt hier al maanden rond. Hij is duidelijk in je geïnteresseerd en nu heeft hij een slinkse manier bedacht om tijd met je door te brengen.'

Zou dat waar kunnen zijn? Had Noah dit allemaal opgezet om met haar om te gaan? Dat 'slinks' klonk alsof het slecht was.

Hazels hartslag was versneld tijdens dit gesprek en nu voelde ze zich duizelig. Zou Annie gelijk hebben?

En wilde ze dat wel? Een slinkse speurtocht klonk helemaal niet zo leuk. Maar hoe meer tijd ze met Noah doorbracht, hoe meer ze hem begon te mogen en...

Ze schudde haar hoofd om haar gedachten niet te ver af te laten dwalen. 'Annie, heb je de romantiek soms alweer in je bol?' Haar vriendin had de neiging om van september tot en met nieuwjaar romcoms te bingewatchen.

Annie snoof. 'De series die ik kijk hebben niets te maken met wat hier gebeurt.'

'Wat gebeurt hier dan volgens jou?'

'De sexy visser, die al maanden een oogje op je heeft, heeft ieniemienieliefdesbriefjes voor je achtergelaten zodat jullie konden daten.'

Hazel fronste. Dat kon niet waar zijn.

'Noah doet niet aan relaties, weet je nog? Zo'n benadering is daar veel te veel op gericht.'

'Voor alles is een eerste keer.'

Noah had dat ook tegen haar gezegd op de kermis. Voor alles is een eerste keer. Zou Hazel de vrouw zijn die de beruchte losbol Noah zover kreeg dat hij settelde? Wilde ze dat? Maakte ze het nu niet te ingewikkeld?

Ze kreunde en leunde met haar voorhoofd op het bureau.

'Of...' Annie stopte even met praten en dacht na. 'Het is gewoon een sociopaat die graag in boeken kliedert en ze dan niet meeneemt.'

Hazel kreunde luider.

'Haze.'

'Wat?'

'Kom je vanavond naar de bijeenkomst van de stad?'

'Dat denk ik wel,' mompelde ze.

'Mooi.' Annie stond op en aaide haar over haar hoofd. 'Tot dan. Ik hou van je.'

'Ik ook van jou.' Hazel zwaaide even en staarde weer naar de bestellingen van de volgende maand waar ze het afgelopen uur aan had geprobeerd te werken.

Annie zat er helemaal naast wat Noah en de aanwijzingen betrof, en dat was prima. Het was eigenlijk maar goed ook, want Hazel wilde niets serieus met Noah. Het liep dus allemaal op rolletjes. En ze kon haar roekeloze zomer vol plezier gewoon doorzetten, ook al was het bijna september en bezorgde alleen de gedachte aan het einde van dit kleine experiment haar al buikpijn. Maar het was prima.

Echt waar.

Helemaal prima.

Hoofdstuk achttien

Het was niet moeilijk om Hazel te vinden op de bijeenkomst van de stadsbewoners, omdat ze altijd op dezelfde stoel zat, naast Logan en Jeanie, en omdat Noahs blik sowieso meteen naar haar toe werd getrokken, in welke ruimte ze ook was. Hij liep erheen, blij dat hij niet te laat was. Hij had zich hierheen gehaast nadat zijn vistochtje was afgelopen. Het was een rustige middag geweest met een vader en zijn volwassen zonen die een middagje wilden vissen voor de verjaardag van hun pa en Noah had genoten van de uren die hij met het gezin had doorgebracht. Ondanks het feit dat het herinneringen opriep aan de periode dat hij ging vissen met zijn eigen vader. Herinneringen die hij meestal probeerde te vermijden. Herinneringen uit de tijd voordat hij zijn vader in de steek had gelaten.

Hij had graag tijd doorgebracht met zijn vader toen hij nog een kind was. Met een van hun boten eropuit gaan was altijd zijn favoriete bezigheid geweest. Zijn vader was geen echte prater, maar hij liet Noah alles zien wat hij moest weten over varen, vissen, het weer en de getijden.

Door hem in de praktijk bezig te zien, had Noah meer geleerd dan hij ooit in een klaslokaal had gedaan.

Jammer dat zijn vader hem niet meer algemene kennis had kunnen bijbrengen onder het werk.

Hij wist niet zeker of het kwam doordat de laatste weken aangebroken waren en hij Hazel wilde laten zien dat hij meer kon dan alleen plezier maken, of doordat hij de laatste tijd te veel aan zijn familie dacht, maar hij was er klaar voor om zijn plannen eindelijk met het stadsbestuur te delen.

Of in ieder geval zijn eerste ideeën.

Hij wist dat er veel papierwerk bij zou komen kijken, dat hij de inwoners van het stadje moest overtuigen en dat hij vergunningen aan moest vragen, maar hij wilde de zaak in beweging zetten. Het was een goed idee. Een doordacht idee. Misschien zou dit zelfs het begin kunnen zijn van iets groters voor hem in Dream Harbor.

En als het er ook voor zou zorgen dat Hazel hem in een ander licht zag, dan zou dat een mooi bijkomend effect zijn. Want als de afgelopen week met Hazel hem iets had geleerd, dan was het wel dat hij deze vrouw voorlopig niet uit zijn hoofd zou kunnen zetten.

Ze draaide zich om toen hij dichterbij kwam en een heimelijke glimlach verscheen op haar gezicht, wat hem eraan herinnerde hoeveel hij om haar was gaan geven.

Hij vond deze vrouw echt heel aantrekkelijk. 'Hoi, Noah.'

'Hoi.' Zijn blik bleef op de hare gericht tot Logans stem hem tot de orde riep.

'Ga je nog zitten of blijf je de hele dag naar Hazel staren?'

Noah grijnsde naar zijn vriend. 'Ook hallo, Logan. Hoi, Jeanie.' Die zwaaide naar hem terwijl hij op de stoel naast Hazel schoof. Annie zat in de rij voor hen en fluisterde druk met Isabel.

'Wat is er aan de hand?' vroeg hij, terwijl hij zijn hoofd naar Hazel kantelde.

'Een nieuwkomer.'

Noah keek rond in de oude vergaderzaal en zag alleen maar bekende gezichten. Hij hief zijn hand op om Tim en Tammy te begroeten voordat hij zich weer omdraaide naar Hazel.

'Ze is er nog niet, maar ze is onderweg,' vervolgde Hazel.

Noah grinnikte. 'Oké, wat heb je verder nog voor nieuws?'

'Sinds vanmorgen?' vroeg ze en Noah kreeg het op slag warm bij de herinnering aan wat ze die ochtend in haar kantoor hadden gedaan voordat de boekhandel openging. Hazel op haar bureau, met gespreide benen...

'Ik heb nog een aanwijzing gevonden.'

'Echt?' Hij was bijna vergeten hoe dit allemaal was begonnen. En hoe gelukkig hij was geweest met die vervelende aanwijzingen.

'Yep.' Hazel keek hem nu aan, bestudeerde hem, alsof ze een puzzel probeerde op te lossen.

'En wat stond er?'

Hazel duwde haar bril steviger op haar neus. 'Iets over het drinken van cider.'

'Ik weet precies wat er wordt bedoeld!'

'Ja?' Hazels ogen vernauwden zich wantrouwend.

'Ja, er is een geweldige nieuwe brouwerij waar ik graag eens naartoe zou gaan. Ze hebben bier en cider. Misschien kunnen we er dit weekend naartoe?'

Hazel mompelde iets wat heel erg leek op 'dat komt wel erg goed uit', maar Noah had geen tijd om verder te vragen, aangezien burgemeester Kelly zijn uiterste best deed om de vergadering te laten beginnen.

'Mag ik jullie aandacht, Dreamers?' riep hij over het lawaai heen. 'Er is vanavond nog veel te bespreken, dus als iedereen zijn mond dicht wil houden...' Mindy's gefluit overstemde het lawaai en de burgemeester kromp ineen. De menigte werd stil en hij schraapte zijn keel. 'Goed. Dank je wel, Mindy.'

Pete duwde zijn bril wat hoger op zijn neus. 'Nou, eerste prioriteit. We hebben een nieuwe inwoner in de stad. Mevrouw Kira North heeft onlangs de kerstboomkwekerij aan Old Spruce Road gekocht.' De menigte begon om zich heen te kijken en al snel werd er overal gefluisterd over deze mysterieuze nieuwe bewoonster. Noah moest wel glimlachen. Dit stadje was soms echt…

'Waar is ze dan, Pete?' vroeg Tim de burgemeester vanaf de eerste rij.

'Nou, ik heb haar uitgenodigd om haar plannen voor het land vanavond te bespreken.'

'Gaat ze de kerstboomkwekerij heropenen?' vroeg Nancy.

'Het is daar een puinhoop,' zei Tim meteen.

De aanwezigen zagen dit als hun teken om lekker door elkaar te gaan roepen.

'Ik kwam er als kind dolgraag.'

'Daar stonden de mooiste bomen uit de buurt.'

'En de Kerstman! Weet je nog, met die oude slee?'

'We moeten haar ervan overtuigen om weer open te gaan! Toch, Pete?' Noah had bijna medelijden met de arme burgemeester.

'Wacht even!' riep hij over de andere stemmen heen. 'Er is ongetwijfeld een goede oplossing voor!'

De deuren kraakten luid en onderbraken de opwinding in de kamer. Alle hoofden werden net op tijd omgedraaid om een vrouw de kamer binnen te zien komen. Een vrouw die duidelijk niet had verwacht de helft van de stadsbevolking te zullen aantreffen in deze ruimte.

Ze bleef verstijfd in de deuropening staan. Ze had steil zwart haar met een pony en gaten in haar baggy jeans. Dat was ongeveer alles wat Noah opmerkte voordat de menigte weer begon te harrewarren.

'Mijn hemel,' kreunde Logan naast hem, terwijl hij in zijn neusbrug kneep.

Mindy floot weer.

De vrouw stak haar hand op ter begroeting. 'Uh, hallo.'

'Kira, welkom!' Burgemeester Kelly wenkte haar naar het podium en de arme vrouw had geen andere keus dan daarnaartoe te komen. 'Bedankt voor je komst.'

Kira keek om zich heen, nog steeds met een geschokte blik op haar gezicht. 'Ik, eh... had niet door dat dit zo'n grootschalige bijeenkomst was.'

Petes ogen werden groot van ontzetting. 'O, ik had waarschijnlijk wat duidelijker moeten zijn.'

Hazel zuchtte. 'O, pap,' fluisterde ze en ze schudde haar hoofd. Noah kneep in haar hand en ze glimlachte somber naar hem. 'Hij bedoelt het goed.'

Noah grinnikte. 'Dat weet ik.'

'De stad heeft een rijke geschiedenis als het gaat om het bespreken van de zaken van de stad in een openbare raad.' Hij glimlachte, maar Kira fronste alleen maar.

'En mijn aankoop is een kwestie van belang voor de stad?'

'Nou, eh...' Pete schraapte zijn keel. 'We waren zo blij toen het stuk land werd verkocht. Die boomkwekerij roept veel speciale herinneringen op bij de inwoners van de stad en...'

'Ik moet u hier onderbreken.' Kira stak een hand op en Noah was onder de indruk van haar moed. Maar hij maakte zich ook zorgen over hoe iedereen zou reageren. Zijn maag draaide zich om van de zenuwen toen hij dacht aan zijn eigen kleine idee en hoe hij dat zou moeten presenteren aan alle inwoners van de stad. De oude hutten waren eigendom van de stad, dus als de raad zich niet achter het idee schaarde, was hij kansloos.

'Ik ga de kerstboomkwekerij niet heropenen,' zei Kira vastberaden. 'Dat is niet de reden dat ik het land heb gekocht.'

De algemene teleurstelling was voelbaar, maar niemand sprak.

'Ik zou het graag verder bespreken. Privé, als je dat liever hebt,' ging Pete verder.

'Er is niets te bespreken.'

'Het zou alleen kunnen dat je van gedachten verandert. Ik had namelijk een droom waarin...'

Kira schudde haar hoofd en negeerde Petes bizarre vermelding van zijn droom compleet, een prestatie die Noah indrukwekkend vond. 'Ik zal niet van gedachten veranderen. En ik moet nu gaan. Was dat alles?'

De burgemeester keek terneergeslagen, Noah had echt medelijden met de man. 'Natuurlijk. Sorry voor de verwarring.'

Kira knikte kort en liep terug via het middenpad, zonder iemand ook nog maar een blik waardig te gunnen.

'Jakkie,' fluisterde Hazel. Ze boog zich over Noahs schoot naar Logan. 'Misschien moet jij met haar praten, als chagrijnige boeren onder elkaar.'

Noah onderdrukte een lach en deed alsof hij in zijn elleboog hoestte, zoals zijn nichtjes hem hadden geleerd.

'Ha-ha,' zei Logan.

'Dat is een goeie,' fluisterde Noah in haar oor. Hij ving een vleugje op van wat ze ook in haar krullen had gespoten; het rook hetzelfde als haar kussen. Hij weerstond de drang om de geur op te snuiven. Niet hier. Niet nu, nu hij al weer opgewonden raakte bij de gedachte weer in haar bed te liggen.

Hij zou daar nu niet aan moeten denken. Hij moest bedenken hoe hij zijn idee voor verhuur aan vakantiegangers zou verkopen. Met die Kira was het verschrikkelijk verlopen, maar iedereen stond erom te springen dat er iets met het land zou gebeuren. Misschien zouden ze ook openstaan voor zijn idee. De burgemeester was echter al overgegaan op het volgende punt, iets over een verandering in de dagen waarop het afval werd opgehaald, en daarna bespraken een punt van de ouderraad over de bustijden voor de herfst. Hazel leunde op een zeer afleidende manier tegen hem aan.

Op welk moment was ze begonnen met het trekken van lijntjes op zijn arm met een enkele afleidende vinger? En waarom keek ze hem zo aan toen hij naar haar keek?

Nee. Hij moest zich concentreren. Deze bijeenkomst was de perfecte gelegenheid om zijn plan te presenteren. Hij had zelfs de prijzen van vergelijkbare huizen opgezocht en gesproken met een makelaar in de omgeving die gespecialiseerd was in vakantiewoningen. Hij had zijn huiswerk gedaan.

'Hé,' mompelde Hazel en hij kreeg kippenvel. 'Wil je ook weg?'

Hij wilde zeker weg. Maar voor het eerst in zijn leven probeerde hij verantwoordelijk te zijn. Hazel wilde toch zeker een man die verantwoordelijkheid nam? Iemand die meer bezat dan alleen een oude boot?

'Wat zouden de mensen wel niet zeggen?' fluisterde hij in een poging zich met een grapje uit de situatie te redden.

'Wat maakt dat ons nu uit?'

Het maakte haar wel iets uit. Dat wist hij. Maar om een of andere reden leek ze zich niet te storen aan wat er over hen werd gefluisterd. Dat moest een goed teken zijn, toch?

'Wil je niet blijven voor de rest? Misschien missen we iets belangrijks.'

Ze ging ineens rechter zitten, met een frons tussen haar wenkbrauwen. 'Je wilt niet... Ik bedoel, ik dacht dat we konden...'

Hemel, wat zag ze er lief uit als ze zo bloosde.

Hij tikte nerveus met zijn voet op de oude vloerplanken.

Hij zou het haar ook kunnen vertellen, uitleggen dat hij moest blijven voor de rondvraag aan het einde, zodat hij zijn nieuwe idee kon bespreken, maar toen hij daaraan dacht, voelde het alsof zijn keel werd dichtgeknepen. Wie hield hij hier nu voor de gek? Als hij zijn idee niet eens aan één persoon kon presenteren, hoe moest hij het dan aan een zaal vol mensen verkopen? Misschien wilde hij het niet eens. Was dit niet juist wat hij achter zich had gelaten? Hij had nu een goed leven, een mooi leven, vol mooie vrouwen en een paar verantwoordelijkheden.

Waarom zou hij het moeilijker maken dan het was?

'Ik dacht gewoon dat we iets interessanters konden doen dan luisteren naar de zaken van de stad,' vervolgde ze zachtjes. 'Ik weet dat er een plek is waar niemand ons zal vinden.'

Haar stem was zo verleidelijk, en haar adem voelde warm op zijn gezicht. Dit was wat Hazel van hem verwachtte. Dit was alles wat ze had gevraagd. Ze wilde geen relatie. Ze was duidelijk genoeg geweest: twee maanden roekeloos plezier. Hij was degene die de zaken uit hun verband rukte. Hij was degene die zichzelf ervan probeerde te overtuigen dat ze meer van hem zou kunnen verwachten.

Maar Noah wist waar hij goed in was. Niet in het zakenleven en al helemaal niet in serieuze relaties. Hij kon gewoon hier blijven en door de angstaanjagende inwoners van Dream Harbor uitgelachen worden, of hij kon gaan vrijen met deze sexy vrouw. Die keuze was zo gemaakt.

'Ja, je hebt gelijk. Laten we hier weggaan.'

Hazels glimlach werd breder.

Het was zo makkelijk.

Je kunt niet altijd de makkelijke weg kiezen, Noah. Het was het laatste wat zijn vader tegen hem had gezegd voordat hij voorgoed uit huis ging. En ook nu koos hij weer voor de makkelijke weg.

Noah schudde de oude herinnering van zich af en pakte Hazels hand. Ze liepen de vergaderzaal uit, terwijl er veel hoofden naar hen werden omgedraaid. Maar de enige mening die hem interesseerde was die van Hazel.

Al zag ze hem alleen als een leuke afleiding voor de zomer.

Hoofdstuk negentien

'Ik denk dat je hier beter in bent dan je laat blijken, Haze.' Noahs stem klonk laag en schor in haar oor, zijn handen lagen op haar achterste en hij trok haar naar zich toe.

'Ik word er steeds beter in.' Ze zocht zijn lippen in het donker en hij kreunde zacht. Ze leunde tegen hem aan en zijn rug raakte de planken achter hem, waardoor de inhoud van de bakken waarvan Hazel wist dat ze daar waren opgeslagen, rammelde.

'Wat is dit voor ruimte?' vroeg hij, terwijl hij haar lang genoeg losliet om om zich heen te kunnen kijken.

Hazel zette de schakelaar van de plafondlamp om, waardoor de kleine opslagruimte verlicht werd. De planken achter Noah waren gevuld met enorme plastic bakken vol met seizoensgebonden decoraties. Dat wist ze omdat zij degene was geweest die alles hier had opgeruimd. Het was bijna tijd om de bakken met het label HERFST tevoorschijn te halen en het stadhuis te versieren met slingers van nepbladeren en plastic pompoenen.

'De voorraadruimte.' Ze draaide het slot van de deur om. 'Maak je geen zorgen, hier komt nooit iemand. Zeker niet na werktijd.' Het kantoor van haar vader was aan het einde van de gang, evenals een vergaderruimte voor de gemeenteraad en een aantal andere kantoren van ambtenaren.

Naast de overvolle metalen planken stonden er in de kamer wat oude kantoormeubelen, een aantal kunstkerstbomen, compleet met lampjes, en een stapel verkeerspionnen. Door de tl-verlichting kwam de ruimte eigenlijk een beetje deprimerend over.

Hazel fronste. 'Misschien was dit toch een slecht idee.' Tijdens die vergadering had ze beseft dat het bijna september was, dat ze over een maand al jarig zou zijn en dat haar tijd met Noah bijna voorbij was en nou ja...

Ze miste hem nu al.

Bovendien wilde ze geen tijd verspillen. Zeker niet met luisteren naar de voors en tegens van een nieuw afvalbedrijf.

Maar nu ze in deze ruimte waren, waar Dream Harbors gezellige karakter verborgen lag, dacht Hazel dat het een vergissing was geweest.

'Nee, het is geen slecht idee.' Noah stapte naar voren en streek met zijn vinger over haar neus, waardoor de rimpels van teleurstelling verdwenen. 'We moeten het alleen een beetje gezellig maken.' Hij liep naar de grootste boom en boog zich voorover om de stekker van de lampjes te vinden. Hij stak die in het stopcontact en de boom werd verlicht door talloze kleine witte lampjes. Hij deed hetzelfde met de andere twee bomen en deed toen de lamp uit, waardoor de ruimte baadde in het zachte licht van de kerstlampjes.

Hazel glimlachte.

'Veel beter,' zei hij, terwijl hij haar weer naar zich toe trok.

'Daar ben je echt goed in.'

'Waarin? Sfeer maken?' Hij knipoogde, maar Hazel zag dat er een schaduw over zijn gezicht trok bij dat grapje, alsof hij dacht dat dat het enige was waar hij goed in was.

'Nee. Mij een goed gevoel geven.'

Zijn ogen verwijdden zich een beetje toen ze dat zei, zijn uitdrukking was zo oprecht verrast dat Hazel zich afvroeg hoe hij zichzelf echt zag. Wist hij niet hoe charmant hij was? Besefte hij niet dat hij iedereen om hem heen gelukkiger maakte door gewoon zichzelf te zijn?

Ze zou het hem moeten vertellen, maar hij boog zijn hoofd en kuste haar al, zich met kleine liefkozingen een weg zoekend langs haar hals, een nieuwe zin over haar huid blazend.

'Ik ga je een nog beter gevoel geven.' Hazel kreunde. Daar twijfelde ze niet aan.

Hij maakte de knoopjes van haar blouse een voor een los, waarna ze werd beschenen door de zachte gloed van de verlichting en er een grijns verscheen op zijn gezicht.

'Hier zal ik nooit genoeg van krijgen.'

Die uitspraak ging behoorlijk diep, toch? Wilde hij hiermee doorgaan als de tijd van de afspraak verstreken was? Wilde zij dat?

De vragen verdwenen in het niets toen ze Noahs tong op haar huid voelde, die haar decolleté had gevonden en langzaam naar beneden ging. Haar tepels werden hard onder haar beha en ze kon niet anders dan haar rug krommen en kreunen.

Zij voelde precies hetzelfde. Dat ze hier nooit genoeg van zou krijgen.

Maar dat was gek. Zo hoorde het niet te zijn. Dit was niet volgens de afspraak.

Noahs grote handen bewogen zich over haar rug, streken over haar blote huid en hielden haar stevig vast terwijl hij haar kuste. Zijn gezicht was vandaag bedekt met ruwe stoppels, die langs Hazels wangen, lippen en nek schraapten. Het licht branderige gevoel leidde haar af van haar gepieker. Hij rook naar een zonnige dag, frisse lucht en vrijheid.

Hij was zomer en zij was herfst. Hij was avontuur en zij was gezelligheid. Maar op dit moment, op de grens tussen de twee seizoenen, in de beperkte plaats die ze hadden gecreëerd, pasten ze perfect bij elkaar.

'Lieve hemel, Hazel, je bent zo vervloekt perfect.' Zijn handen volgden de lijnen van haar middel, de volheid van haar borsten. Ze kuste hem, proefde zijn woorden. Ze wilde die voor altijd bewaren.

Toen weerklonk er geschreeuw vanuit de vergaderruimte onder hen en ze verstijfden. De realiteit van waar ze waren en de mogelijkheid om betrapt te worden, waren weer terug.

Noah grinnikte, laag en diep. 'Een stadsdrama.'

Hazel mopperde. 'Het is ook altijd wat.'

Hij hield haar blik vast met een donkere en hongerige blik, alsof het hem geen reet kon schelen wat er beneden gebeurde. Toen kuste hij haar opnieuw, hevig, intens en alsof de tijd begon te dringen.

Hij slaagde erin haar broek met één hand los te maken, de andere was verstrikt in haar haar. Hij kuste haar, zijn tong verstrengeld met de hare terwijl hij een hand in haar broek stak, plotseling hevig verlangend dicht bij haar te zijn.

Ze was al vochtig toen zijn vingers over haar gevoelige vlees streken en ze kreunde. Hij hield haar stevig vast en trok zachtjes aan haar haar, waardoor ze even sterretjes zag. Zijn vingers waren precies daar waar ze die nodig had. Zijn lippen lagen bezitterig op haar mond en het enige wat Hazel kon doen was daar staan, trillend op haar benen in de vergeten opbergruimte van het stadhuis. Ze klampte zich vast aan Noahs schouders en haar hoogtepunt naderde zo snel dat ze dacht dat ze niet meer op haar benen kon staan.

'Noah,' bracht ze hijgend uit, terwijl ze haar mond van de zijne haalde. 'Ik...' Ze drukte haar voorhoofd tegen het zijne en hij grijnsde ondeugend naar haar.

'Kom voor me, Hazel. Hier. Waar iedereen ons zou kunnen betrappen.' Zijn stem was laag, diep en prikkelend en zijn blik brandde bijna dwars door haar heen.

Haar hoogtepunt kwam snel en ongenadig en ze beet op haar onderlip om een kreet in te houden. Haar benen trilden, maar Noah sloeg een arm om haar middel en hield haar staande, terwijl ze nog een beetje naschokte. Hij trok zijn hand langzaam tussen haar benen vandaan en likte zijn vingers af. Hazels ogen verwijdden zich toen ze dat obscene gebaar zag.

Zijn lage gegrinnik zorgde voor een trilling door haar lichaam. 'Je bent een vrouw van verrassingen... Het idee elk moment betrapt te kunnen worden. Ik wist niet dat je dat leuk vond.'

'Ik wist van veel dingen niet dat ik die leuk vond.'

Hij drukte een kus op haar slaap. 'Gelukkig kunnen we dat allemaal uitzoeken.'

Hazels hand gleed tussen hen in, naar de plaats waar zijn opwinding tegen de voorkant van zijn spijkerbroek drukte. Ze maakte zijn broek los en Noahs gekreun weerklonk luid door de ruimte. 'Sssst...' fluisterde ze, hem vastgrijpend.

'Mijn hemel, Haze, ik kan niet stil zijn als je dat doet.'

Ze grijnsde naar hem. 'Je moet wel.' Ze drukte haar mond op de zijne en dempte zijn gekreun met haar kussen terwijl ze hem streelde. Ze wist nu waar hij van genoot, na deze week van experimenteren, snel en een beetje ruw. Zijn handen gleden over haar lichaam terwijl ze hem aanraakte, hij kneep in haar borsten en haar achterste, hij trok aan haar haar. Hij bewoog zijn heupen naar voren naarmate hij dichterbij kwam, zijn bewegingen werden grilliger.

'Hazel, ik ben er bijna...'

Ze zakte op haar knieën en nam hem in haar mond, wat hen beiden verraste.

'Weet je het zeker?' vroeg Noah, terwijl hij stil bleef staan. Zijn stem klonk verstikt en rauw.

Hazel knikte en krulde haar tong om zijn opwinding heen, waardoor Noah kwam. Het schorre geluid uit zijn keel was niets meer dan een hijgende ademtocht. Zijn handen gingen naar haar gezicht, een duim streelde haar wang. In een week van primeurs voegde Hazel er nog een aan toe. Ze slikte.

Noah trok haar omhoog. 'Hazel, dat hoefde niet... Dat was... Ik bedoel...' Hij liet zijn voorhoofd tegen het hare rusten en ze kon zichzelf er niet van weerhouden te glimlachen.

Voor het eerst in haar leven voelde ze zich sexy en krachtig, zelfs hier, op dit moment, in deze bizarre kleine opslagruimte. Misschien had ze haar leven niet hoeven veranderen, misschien had ze alleen maar moeten veranderen hoe ze haar leven zag. Hoe ze zichzelf zag.

Op dit moment, in de twinkelende lichtjes van de oude bomen, met Noah hijgend tegen haar aan, vond ze zichzelf behoorlijk sexy. 'Vond je het fijn?'

'Hazel.' Hij sloeg zijn armen om haar heen. 'Ik vond het echt heel fijn.'

Ze kuste het puntje van zijn neus. 'Mooi. Ik ook.'

Noah schudde zijn hoofd lichtjes. 'Dit is de meest verrassende zomer van mijn leven.'

Hazel lachte. 'Dat geldt voor mij ook.'

'Je bent een bijzondere vrouw, Hazel Kelly.'

'Ja, misschien wel.'

Hoofdstuk twintig

De brouwerij was charmanter dan ze had gedacht. Het was klein en rustiek, met een gezellig interieur en genoeg zitplaatsen aan verschillende rijen houten picknicktafels. Er hingen lampjes in de omringende bomen en de muziek die uit de speakers galmde was een mix van country, folk en rock. De lucht rook naar hop en overrijpe appels en de zon was net ondergegaan, waardoor alles in een violette gloed baadde.

‘Hoe ben je bij dit tentje terechtgekomen?’ De gelegenheid was nieuw en heette Marlow & Maeve’s. Het was er al behoorlijk druk.

‘Mac had wat van hun nieuwe bier gekocht om in de pub te serveren en ik drink het altijd graag.’ Noah glimlachte naar haar over zijn glas bier heen. ‘Toen ik erachter kwam dat ze een dergelijk tentje gingen openen, dacht ik dat het de perfecte plek voor een date zou zijn. En toevallig leidden jouw aanwijzingen ons precies hierheen.’ Hij knipoogde naar haar.

Toevallig.

Waren het wel haar aanwijzingen geweest? Of waren het die van Noah? Hazel had geen idee meer hoe het zat. Zou hij nou echt degene zijn die de aanwijzingen achterliet, zoals Annie gezegd had? En wat hield dat dan in? Het was nu 3 september, wat betekende dat ze nog precies vijfentwintig dagen tot haar verjaardag had. Wat had dit alles haar gebracht?

Een paar leuke uitstapjes.

Meer waardering voor de zomer. Veel momenten van genot.

Ze had haar eigen seksualiteit ontdekt.

Ze had gevoelens gekregen voor de sexy visser.

Verdorie. Dat laatste was echt een probleem.

'Wat is er, Haze? Is de cider niet lekker?'

Noahs haar was de afgelopen weken wat gegroeid en stond vandaag aan één kant een beetje overeind. Hazel wilde het gladstrijken, maar ondanks alles wat ze met elkaar hadden gedaan, leek dat gebaar veel te intiem en ze was meteen weer van haar stuk. Waar was ze in hemelsnaam mee bezig?

'Wat?' Hazel keek naar haar glas. 'Nee, het is prima. Best lekker, eigenlijk.'

'Waarom trek je er dan zo'n gezicht bij?'

'Wat voor gezicht?'

'Alsof de cider je persoonlijk heeft beledigd.'

Ze lachte en pakte een van de zakken chips die ze tussen hen in hadden neergelegd. De brouwerij had bier, cider en snacks. Ze koos voor *salt and vinegar*, en de zilte, zurige smaak prikkelde haar zintuigen.

'Er is niks aan de hand.'

'Leugenaar.' Hij grijnsde.

'Ik...' Ik vind je gewoon veel te leuk voor mijn eigen bestwil en ik zie nu al op tegen het einde van deze regeling, dacht ze. 'Ik denk gewoon dat ik de eerste lekkerder vond.'

Ze hadden nog een paar weken te gaan en ze zou het niet verpesten door Noah een opgelaten gevoel te geven vanwege haar nieuwe, ongemakkelijke gevoelens. Gevoelens zouden vervagen. Toch? Het kwam gewoon door al die geweldige orgasmes dat haar oordeel vertroebeld was.

Juist.

'Wil je dat ik een andere voor je haal?'

Hazel schudde haar hoofd, ze wilde geen cider meer, en ook

niet de belachelijke gedachten waardoor ze niet optimaal van haar roekeloze zomer kon genieten.

'Nee, het is prima zo.'

Noah trok een wenkbrauw op en pikte de chips, maar protesteerde niet.

Het terras liep vol toen het donkerder werd. Groepjes mensen genoten pratend en lachend van hun drankjes. Kinderen renden tussen de bomen en de volwassenen door. Stelletjes zaten op de comfortabele stoelen rond kleine vuurtjes. Onder de tafel raakten Noahs benen verstrengeld met die van haar.

Hoewel het overdag warm was geweest, koelde het in de avond snel af nu de zon onder was. Hazel streek met haar handen over haar blote armen en wreef erover om het wat warmer te krijgen. Ze wenste dat ze een plaatsje bij een vuurkorf hadden bemachtigd.

Het zou hier in de herfst nog leuker zijn, dacht ze. Ze kon zich voorstellen dat alle in flanel gehulde inwoners van Dream Harbor met plezier een kort ritje zouden maken om te genieten van de verkleurende bladeren en een goede cider.

'Koud?' vroeg Noah, terwijl hij zijn hoody al openritste.

'O, nee, ik voel me prima.'

'De leugentjes vliegen me om de oren, Haze,' zei hij met een plagerige glimlach. Hij liep naar haar kant van de tafel en drapeerde de trui over haar schouders. Hij was groot en warm van zijn lichaam en Hazel kon het niet laten om zich er lekker in te nestelen.

Het was volkomen absurd, maar geen enkele jongen, of man, had haar ooit zijn trui of jas of zelfs maar een sjaal gegeven om haar warm te houden. Dat ze zich zo intens gelukkig voelde nu ze die van Noah had, was gewoon absurd.

Hij wreef over haar rug en ze kreeg het warm door de wrijving en zijn nabijheid.

'Beter?'

Hazel glimlachte naar hem als de verliefde idioot die ze was.

'Veel beter.' De nerdy tiener in haar slaakte een irritant gilletje in haar hoofd. De knapste man uit het stadje had haar zijn trui gegeven en ze kon het nauwelijks bevatten. Gelukkig was ze een volwassen vrouw en was ze vanbuiten volkomen rustig. Dat dacht ze in ieder geval. Ze kon haar eigen gezicht natuurlijk niet zien.

Noah sloeg een arm om haar heen toen hij zijn bier opdronk en Hazel leunde tegen hem aan. Er liep hier ongetwijfeld ergens een Dreamer rond, waardoor er flink geroddeld zou worden, maar het leek haar echt niet te kunnen schelen.

Hoewel ze voortdurend bezig was met wat mensen van haar dachten, stoorde het geroddel over haar en Noah haar helemaal niet.

Misschien omdat je hem echt leuk vindt en hij jou ook leuk lijkt te vinden, klonk het in haar hart, en waarom zou je niet willen dat de hele stad het weet?!

Mijn hemel, dat innerlijke stemmetje werd echt irritant.

'Je krijgt deze hoody trouwens nooit meer terug.'

Noah lachte. 'Oké, beschouw het maar als een HENEZ-souvenir.'

Hazels dromerige wat-is-het-fijn-om-verliefd-te-zijn-gedachten stokten. Een souvenir. Een souvenir om later terug te denken aan iets wat eindig was, zoals een vakantie.

'Ja. Precies.' Ze dronk haar cider op en concentreerde zich op het ingewikkelde kunstwerk op het blikje in plaats van op Noahs woorden en zijn armen en zijn veel te comfortabele trui.

Dit was tijdelijk. Daar draaide alles om, toch? Hazel wist het niet eens meer. 'Hé, mag ik je iets laten zien?'

Hazel keek op en zag dat Noah er ongewoon onzeker uitzag.

'Tuurlijk.'

'Leuk, laten we dan gaan.'

Ze verzamelden hun afval en liepen over het grind terug naar Noahs auto. Hazel klampte de te grote mouwen van zijn hoody en het belangrijke feit dat dit alles tussen hen gewoon een roekeloos pleziertje was krampachtig vast.

‘Eh... tada?’ Noah deed de kleine lantaarn op batterijen die hij bij de deur had staan aan en verlichtte de kleine ruimte.

‘Noah, waar zijn we? Huh, woon je hier?’ Hazel keek naar hem op en ze zag er zo klein en lief uit in zijn hoody dat hij weg moest kijken, anders zou hij haar misschien kussen en zijn hele plan vergeten om haar te vertellen over, nou ja, zijn hele plan.

‘Soms.’ Hij lachte. ‘Vertel het niet aan je vader. Misschien is dit een beetje illegaal.’

Hazels wenkbrauwen gingen omhoog. ‘O, het is volkomen illegaal.’ Ze stonden in zijn gedeeltelijk gerenoveerde strandhuisje, het huisje waar hij niet voor had betaald, waar hij geen toestemming voor had gekregen om aan te werken of in te wonen... Misschien was het een vergissing om haar hierheen te brengen.

Dit was alweer zo’n impulsief idee. Net als van school gaan, van huis weglopen, een relatie aangaan met deze vrouw. De vrouw die hem op dit moment aanstaarde alsof hij gek geworden was, en misschien zelfs een crimineel.

Shit. Hij had haar hier niet naartoe moeten brengen. Hij had net alles wat ze hadden en zijn krankzinnige plan in één domme zet van tafel geveegd. Was het te laat om nog terug te krabbelen? Er gewoon een leugentje van te maken?

‘Het is prachtig,’ zei ze, zijn gedachten onderbrekend.

‘Vind je?’

‘Natuurlijk. Noah, het is hier prachtig. Heb jij dit allemaal gedaan?’ Ze streek over het aanrechtblad dat hij in de kitchenette had geïnstalleerd. Haar blik dwaalde door het kleine huisje en hij volgde haar terwijl ze al het werk in zich opnam dat hij had gedaan. De vloeren die hij had opgeknapt, het plafond dat hij had hersteld nadat hij het dak had gerepareerd, de muren die hij had geverfd, de ramen die hij had vervangen. Ze nam de lantaarn mee en liet het licht op zijn werk schijnen. Noah was nooit goed geweest in stilzitten en dit kleine huisje was zijn hobby geworden in zijn vrije tijd. Het zag er eigenlijk best goed uit, als hij eerlijk was.

En nu hij de blik op Hazels gezicht zag, leek het ineens nog mooier.

'Eh... ja. Eigenlijk wilde ik de rest ook op gaan knappen. En het dan misschien verhuren aan vakantiegangers...'

Haar ogen lichtten op. 'Noah, dat is een geweldig idee. Mensen zouden hier echt van genieten. Het is net alsof er een klein stukje geschiedenis weer tot leven komt. We kunnen opzoeken wie ze heeft gebouwd en wanneer, en waar ze in het verleden voor zijn gebruikt. Dan kunnen we op elk huisje een klein plaatje met informatie plakken!' Ze liep rond terwijl ze sprak, langs de stoel die hij op de rommelmarkt had gevonden en de matras die hij had volgestapeld met extra kussens die hij had gevonden tijdens zijn laatste bezoek aan de woonwinkel. Kussens die hij voor haar had gekocht toen hij zich haar in zijn bed voorstelde.

Ze maakte haar rondje af en stond uiteindelijk weer voor hem in de kleine keuken, waar hij naast de voordeur was blijven staan, luisterend naar haar enthousiasme, naar haar gebruik van het woord 'wij' als ze het had over toekomstige ideeën voor de huisjes.

Ze glimlachte. Stralend, gemeend. Zijn idee beviel haar.

'Denk je dat het een goed idee is?'

'Het is een geweldig idee.' De bezorgde rimpel verscheen weer tussen haar wenkbrauwen. 'Al zijn er wel wat obstakels te overwinnen. De voornaamste is dat deze oude hutten eigendom zijn van de gemeente.'

'Oké.'

'Je zou het op een bijeenkomst van de stad moeten bespreken.'

Noah haalde een hand door zijn haar, denkend aan wat er op de laatste stadsvergadering was gebeurd. Hitte schoot door zijn lichaam bij de herinnering aan Hazel die op haar knieën voor hem had gezeten. Hazel dacht er waarschijnlijk ook aan, want haar wangen werden rood en haar ogen werden groot. 'Je wilde blijven.'

Hij schudde zijn hoofd. 'Nee, ik wilde heel graag met je mee.'

'Noah.'

'Hazel.'

Ze fronste haar wenkbrauwen en zette haar hand op haar heup. 'Je had het me moeten vertellen. We hadden kunnen blijven.'

Hij wierp haar een arrogante grijns toe, in de hoop te verbergen hoe onzeker en paniekerig hij zich voelde bij de gedachte zijn idee aan de hele stad te moeten presenteren. 'Ik denk dat we daar veel meer plezier hadden dan wanneer we waren gebleven.'

Hazel hapte niet. Ze tuitte haar perfecte lippen. 'Je moet het in ieder geval met de burgemeester bespreken.'

'Je vader.'

'Ik noem hem graag de burgemeester als het over zaken gaat.'

Noah verbeet een glimlach. 'Natuurlijk.'

'Ik meen het. Je moet met hem praten. Het is een heel goed idee, Noah. Je hebt hier prachtig werk geleverd en als je ermee doorgaat, denk ik dat het echt geweldig zou kunnen zijn voor de stad en voor jou... en...'

Ze zweeg toen hij haar gezicht in zijn handen nam. Hij moest haar kussen, hij moest haar laten ophouden al die mooie en wonderlijke woorden uit te spreken, want hij kon ze niet allemaal in zich opnemen. Hij moest het tempo eruit halen. Hij wilde ze een voor een horen, zodat hij ervan kon genieten. Hij wilde ze op zijn vensterbank leggen als geheime schatten.

Hazel Kelly dacht dat hij iets moois had gemaakt.

Voor het eerst in lange tijd voelde hij zich geen mislukkeling. En even had hij het gevoel dat hij een vrouw als Hazel waardig kon zijn.

Hij wilde voor altijd in dat moment blijven. Dus kuste hij haar, lang, traag en lief. Tot het veranderde en niet meer lief was, maar eerder overging in een wanhopig verlangen en Hazel zacht kreunde tegen zijn lippen en haar vingers stevig om zijn schouders klemde.

Hij wilde haar naar het bed toe trekken, hij wilde haar in al die kussens leggen en haar overal kussen. Hij wilde haar proeven. Hij wilde haar benen om zijn heupen voelen terwijl ze tot elkaar kwamen. Ze trok zich plotseling terug. 'Wacht.'

Noah stopte met bewegen. Zijn handen waren nog steeds verstrengeld in haar krullen en zijn gedachten liepen nog steeds vijf stappen vooruit op wat ze deden. 'Wat is er?'

'Je kunt zo niet te werk blijven gaan.'

'Hoe bedoel je?'

'Door me af te leiden. Wanneer we het over iets serieus hebben.'

'Dit is ook serieus.' Hij boog zijn hoofd om haar opnieuw te kussen, maar ze onttrok zich aan zijn aanraking.

'Je loopt gewoon weer weg.'

Haar woorden deden pijn. 'Je denkt echt dat je me kent, hè, Hazel?'

'Ik wil gewoon een gesprek voeren zonder dat jouw...'

'Mijn wat?'

'Zonder dat jouw lichaam me afleidt.'

Hij wist dat zijn glimlach gemeen was, hij wist dat hij alleen maar uithaalde omdat hij een minuut geleden nog zo gelukkig was geweest en hij zich nu voelde alsof hij weer helemaal niets te bieden had, maar hij kon zich niet inhouden.

'Daarom ben je toch hier? Ik zou je een leuke tijd geven voordat je dertig wordt. Dat is wat je van me wilde.'

Haar gezicht betrok en hij had geen idee hoe het ineens zo mis had kunnen gaan.

'Dan moeten we misschien stoppen.' Hazels woorden klonken luid in de kleine ruimte en voelden definitief. Paniek schoot door hem heen bij het idee dat hij haar kwijt zou raken. Dat dit zou eindigen voordat hij haar had kunnen overtuigen om bij hem te blijven.

Hij moest iets rechtzetten, het terugspoelen, dit probleem oplossen voordat ze wegliep.

'Ik wil niet stoppen.' Niet bepaald een boeiend argument, maar Hazel bleef toch even staan op haar weg naar de deur.

Ze draaide zich weer naar hem toe. 'Het spijt me.'

Noah knipperde met zijn ogen. Waarom bood zij haar excuses aan terwijl hij zich hier als een klootzak gedroeg?

'Het spijt me als ik je dat gevoel heb gegeven, dat ik je alleen maar gebruikte voor... voor fysieke dingen. Dat was niet mijn bedoeling. Het is gewoon... Ik dacht dat je dat liever had en ik wilde je geen ongemakkelijk gevoel geven, maar ik heb het verpest.' Ze glimlachte flauwtjes. 'Laten we als vrienden uit elkaar gaan, oké? Voordat we het erger maken.'

Vrienden? Opeens was dat het pijnlijkste woord in de Engelse taal.

'Hazel, nee, luister naar me. Het spijt me. Ik gedraag me als een hork. Deze zomer was geweldig. Tijd met jou doorbrengen is geweldig.'

Ze liet een ongelovig lachje horen. 'Je hoeft niet tegen me te liegen, Noah.'

Hij stapte naar haar toe, maar raakte haar niet aan. Hij zou zijn lichaam niet inzetten. Niet in deze kwestie. Hij wilde het duidelijk tegen haar zeggen.

'Ik heb genoten van de tijd die ik met je heb doorgebracht, Hazel Kelly. Ik heb van alles genoten.'

'O ja?'

Hij stak zijn hand uit en streek een krul achter haar oor. 'Ja, absoluut.'

Haar glimlach werd breder.

'En het spijt me. Ik ben nogal onzeker over dit plan en reageerde me op jou af, wat echt het slechtste is wat iemand kan doen.'

'Dat is waar,' zei ze.

Hij kwam dichterbij en nam haar gezicht weer in zijn handen. 'Ik zal met je... met de burgemeester praten.'

'Goed. Maar je moet het niet voor mij doen. Doe dit voor jezelf, Noah.'

Haar vermogen om hem recht in het hart te raken, verraste hem nog steeds. 'Je bent een wijze vrouw, Hazel Kelly.'

Ze haalde haar schouders op. 'Dat komt omdat ik veel ouder ben dan jij.'

Hij lachte. 'Gelukkig vind ik oudere vrouwen erg aantrekkelijk.'

Ze hief haar hoofd op om hem een kus op zijn mond te geven, maar slechts een vluchtige. 'Ik moet gaan.'

'Weet je het zeker?'

Hij zag dat ze de voor- en nadelen afwoog; haar gedachten waren van haar gezicht af te lezen. Hij had vanavond beslist een fout gemaakt en waarschijnlijk had ze hem vergeven, maar blijkbaar niet genoeg om te blijven en zich tussen zijn kussens te nestelen. 'Ja, ik weet het zeker.'

'Oké, ik breng je thuis.'

'Bedankt.'

'En, eh...' Hij schraapte zijn keel. 'De aanwijzingen?'

Hazel glimlachte flauwtjes. 'Ik laat het je weten als er nieuwe zijn.'

Het was gênant hoe opgelucht hij zich voelde door haar woorden. Hij wilde niet dat zijn tijd met Hazel al voorbij zou zijn. Hij zou deze gekke zomer proberen te rekken, zolang als hij kon.

Zolang ze dat toe zou laten.

Hoofdstuk eenentwintig

De boekhandel rook naar kaneel, boter en vanilleglazuur. Het was zondag: de dag van de *cinnamon buns*. Er waren veel mensen. Het was grijs en regenachtig geworden, waardoor er abrupt een einde was gekomen aan de kortstondige zomerhitte, en nu liep het hele stadje opeens uit voor Jeanies koffie en *cinnamon buns* in de boekhandel, terwijl ze op zoek gingen naar hun volgende boek.

Hazel probeerde zich geen zorgen te maken over het feit dat iedereen met zijn plakkerige vingers aan haar boeken zat. Ze had Melinda gewaarschuwd dat een kleverige, met glazuur bedekte lekkernij onbedoelde gevolgen zou kunnen hebben, zoals onverkoopbare boeken, maar haar baas wilde daar niets over horen.

Melinda wilde *cinnamon buns*, dus kocht ze die. Hazel had een deal gesloten met Annie voor een kleine wekelijkse bestelling van verse *cinnamon buns* en het hele stadje liep elke zondag uit om er een te bemachtigen in de boekhandel.

Ze moest toegeven dat het bevorderlijk was geweest voor de zaken. De meeste mensen vertrokken met een zoete lekkernij en een boek. Bovendien rook de winkel heerlijk. En Annie schoof haar altijd een warm broodje toe onder de toonbank om tussendoor lekker van te snoepen. 'Hoi, Hazel.' Logan had een tas met kaneelachtige lekkernijen in de ene hand en het nieuwste boek in de romanceserie die Jeanie las in de andere. 'Hoi. Heeft Jeanie het vanmorgen druk?'

'Ja, maar ze kan niet zonder haar *cinnamon buns.*' Hij hield het lekkers met een glimlach omhoog. Hij zag er gelukkig uit. Hij was nog steeds dezelfde Logan, maar dan met een nieuwe glans. Dat was leuk. Ze was blij dat hij Jeanie had gevonden. Of zij hem, beter gezegd.

'Annie had het over aanwijzingen in boeken...'

Hazel rolde met haar ogen. In dit stadje kon je geen geheimen bewaren. Maar het kon haar niet echt schelen dat Logan het wist. Hij zou het aan niemand vertellen. Hij keek achterom, maar er stond geen rij bij de kassa. Iedereen zat rond de tafel die ze achterin hadden neergezet voor de *cinnamon buns.* Alex en Lyndsay waren er vanmorgen ook. Hazel keek naar haar collega's en zag dat de laatste schaal bijna leeg was.

'Ja, het was vreemd, maar nu is het al meer dan een week rustig op dat front, dus... ik denk dat het voorbij is. Wat het dan ook was.' Ze probeerde de teleurstelling uit haar stem te weren, maar aan de manier waarop Logans wenkbrauwen omhooggingen, wist ze dat het haar niet lukte.

'En... Noah?'

'Wat is er met Noah?'

Logan schraapte zijn keel en wipte van de ene voet op de andere. 'Ik wilde alleen maar zeker weten... Ik bedoel... Heeft hij...?'

'Of hij me bezoedeld heeft voor het huwelijk? Ik denk dat je te veel Regency-romans leest, Logan.'

Logan fronste en ze kon haar lach niet inhouden. Ze wist niet wat er met Noah aan de hand was. Ze had hem niet meer gezien sinds ze een soort van ruzie hadden gehad bij hem thuis. Misschien had ze hem te vaak op zijn gedrag aangesproken.

Als Noah degene was geweest die de aanwijzingen had achtergelaten, dan was hij daar nu mee gestopt. En als hij niet de dader was, dan was er ook niemand anders geweest, en ze leek geen andere manier te kunnen bedenken om hem te zien. Dus had ze hem niet geappt. Een week lang. En ze vond het best om te doen alsof ze zich daar prettig bij voelde.

'Dat bedoelde ik niet. Ik wilde alleen maar zeker weten dat het goed met je gaat.'

Ze glimlachte naar hem, haar dierbare oude vriend die alleen maar bezorgd om haar was. 'Het gaat goed met me, bedankt.'

Hij knikte, en ze zag aan zijn houding dat hij opgelucht was. 'Oké, goed.'

'Negen dollar vijfennegentig.'

'Wat?'

'Voor het boek.'

'O ja, pardon.'

Hij betaalde en Hazel gaf hem de bon. 'Veel leesplezier,' zei ze met een grijns, maar Logan fronste alleen.

'Het is niet voor mij.'

'O, doe niet alsof je ze niet leest als Jeanie niet kijkt.'

De blos die boven Logans baard verscheen, maakte haar duidelijk dat ze helemaal gelijk had. 'Ze zijn erg leerzaam.'

Hazel lachte. 'Dat geloof ik graag.'

'Tot later, Haze.'

'Doei. Vraag Jeanie of ze na sluitingstijd even langs wil komen. O, en komt Bennett nog?'

Logan bleef even staan voordat hij de deur uit liep. 'Ja. Hij gaat boven het café wonen.' Logans glimlach werd breder. 'En Jeanie logeert bij mij.'

'En de ring die Nana je heeft gegeven?'

De glimlach werd een grijns. 'Aan het eind van het jaar heeft ze die om haar vinger.'

'Opschepper.'

Hij haalde zijn schouders op. 'Als je het weet, weet je het.'

Hazel knikte terwijl hij de deur opendeed en vertrok. Als je het weet, weet je het.

Wat wist Hazel nu eigenlijk? Nou, op dat moment wist ze dat ze gelukkig werd van regenachtige dagen en kleffe zoete broodjes. Ze wist dat ze het leuk vond om hier te werken, ook al dacht ze soms van niet.

Ze wist dat ze sexy was. Dat was iets nieuws, iets wat ze leuk vond.

Haar gedachten dwaalden af naar dat intermezzo in de opbergruimte, naar die dag op het strand, naar die kus in het bosbessenveld. Maar dit keer dacht ze niet aan Noah, maar aan hoe moedig en gepassioneerd ze was geweest, hoe zij de touwtjes in handen had genomen.

Het besef dat haar op de avond van de bijeenkomst van de stad had overvallen, was de dagen erna nog sterker geworden. Ze had geen nieuw leven of een nieuw persoon nodig. Ze moest zichzelf en haar leven gewoon in een ander licht zien.

In de romantische gloed van wat stoffige oude kerstbomen, het late middaglicht van een leeg strand of de knipperende lichtjes van het reuzenrad. Dan was Hazel leuk. En interessant. Misschien was Noah bij haar geweest toen ze het besefte en misschien had híj het in haar naar boven gehaald, haar ervan overtuigd dat ze begeerlijk was, maar Hazel kon dat gevoel gewoon vasthouden, zelfs als hun wegen zouden scheiden.

Over twee weken was ze jarig en eindelijk voelde Hazel zich er klaar voor om de dertig te omarmen. Het was tenslotte maar een getal.

Maar zelfs al geloofde ze dat nu echt, ze kon haar blik niet afwenden van de afdeling romantiek en de boeken die netjes op de planken stonden. Stel je voor. Want hoewel ze wist dat ze interessant en sexy kon zijn zonder Noah, wist ze ook hoe leuk het was met hem aan haar zijde. En ze kon het niet helpen dat ze nog wat meer tijd met hem wilde doorbrengen.

Veel meer tijd.

Ze haalde nog een stukje van haar *cinnamon bun* af en stopte het snel in haar mond voordat Kaori naar de toonbank kwam. De suiker deed meteen zijn werk.

'Goedemorgen, Hazel,' kwetterde Kaori.

'Goedemorgen. Alles kunnen vinden?'

'Zeker weten!' Kaori legde de stapel boeken die ze had uitgezocht op de toonbank. 'Ik kon het niet laten. Er lagen deze week zoveel goede boeken!'

'Nou, ik heb je suggesties in overweging genomen.'

'Dat zie ik. En de leesclub is je dankbaar.' Kaori streek glimlachend een plukje van haar steile, korte haar achter haar oor. 'O, dit boek wil ik trouwens niet.' Ze pakte het bovenste boek van de stapel. 'Het is beschadigd.'

Hazels hart sloeg een slag over toen ze naar het boek keek. In het midden zat een bladzijde met een ezelsoor. Toen ze opkeek, knipoogde Kaori naar haar.

'Heb jij... dat gedaan?'

De vrouw legde een hand op haar hart, alsof ze erg beledigd was. 'Dat zou ik nooit doen!'

Hazel snoof. 'Nou, wie dan wel?' Ze legde het boek onder de toonbank naast haar *cinnamon bun*. Dat kwam later wel.

Kaori haalde haar schouders op en keek om zich heen in de drukke winkel. Alex en Lyndsay ruimden de dienbladen en papieren zakken op, een bord met de aankondiging dat de broodjes op waren hing nu voor aan de tafel. 'Het had iedereen kunnen zijn. Ik denk dat het grootste deel van de stad er vandaag was.'

Hazel fronste. Het grootste deel van de stad, behalve een bepaalde visser met kastanjebruin haar.

'Wie verdenk je?' vroeg Kaori, terwijl ze samenzweerderig naar voren leunde.

Hazel concentreerde zich op het scannen van de stapel boeken, die ze vervolgens in Kaori's tas stopte. 'Ik weet het niet.

Maar het moet stoppen. Zo gaan er veel goede boeken verloren.'

'Hm-hm,' zei Kaori met samengeknepen lippen. 'Het is wel een leuk mysterie, hoor.'

'Het is misdadig.'

Een klein lachje ontsnapte aan Kaori, voordat ze weer serieus keek. 'Helemaal waar.'

Hazel kneep haar ogen samen en keek naar de voorzitter van de leesclub. Deze vrouw wist meer dan ze liet blijken, wat betekende dat iedereen meer wist dan hij of zij liet blijken, wat betekende dat Hazel zich weer eens buitengesloten voelde. Ze haatte dat gevoel.

'Maak je geen zorgen, Hazel,' onderbrak Kaori haar gedachten. 'Het is vast allemaal leuk bedoeld.'

'Ongetwijfeld.'

'Tot woensdag!' Kaori slingerde haar tas met boeken over haar schouder.

'Tot dan. Bedankt voor de aankopen!' Hazel dacht er net op tijd aan Kaori op een professionele manier gedag te zeggen, zozeer werd ze in beslag genomen door de nieuwe aanwijzing onder haar toonbank en door wie die had achtergelaten en waarom, en of dit inhield dat ze Noah weer een appje kon sturen...

Ze had beloofd het hem te laten weten als ze nog een aanwijzing had gevonden.

Hazel brak haar beloftes niet.

Het werd snel rustiger in de winkel toen de broodjes eenmaal op waren en Hazel greep de kans om een blik in het boek te werpen. Misschien zou de gemarkeerde zin deze keer wat meer duidelijk maken. Misschien zou de dader zichzelf onthullen.

De kiel van het schip sneed door de golven en Arabella's krullen dansten om haar gezicht. Ze voelde een zoute nevel op haar gezicht en de wind speelde met haar rokken. Ze had het gevoel dat ze vloog.

Nou, bekijk het.

Ze keek op van de pagina, half verwachtend dat Noah naar

haar zou grijnzen, maar van de glimlachende visser ontbrak ieder spoor. Ze vermoedde dat hij iemand anders had ingeschakeld om de aanwijzingen achter te laten. Een bepaalde bemoeizuchtige voorzitter van een leesclub, bijvoorbeeld. Of misschien zelfs zijn beste vriend, Logan?

Terwijl ze daar stond met het boek in haar hand en haar maag zich al omdraaide van de opwinding die ze voelde bij het vooruitzicht om Noah weer te zien, kwam Hazel erachter dat het haar niet kon schelen hoe deze aanwijzing hier was gekomen. Het feit dát die er was, was genoeg. Ze pakte haar telefoon en stuurde snel een berichtje naar haar HENEZ-partner, vurig hopend dat hij nog zin had in meer avonturen.

Hoofdstuk tweeëntwintig

Noah las de nieuwste fantasyroman die Hazel hem had getipt toen zijn telefoon op zijn bed begon te trillen.

Hazel.

Hazel, de vrouw die hij de afgelopen week een beetje had vermeden maar aan wie hij constant had gedacht. Natuurlijk wilde hij haar zien. Vorige week had hij bijna iedere dag de neiging gehad de boekhandel binnen te lopen, maar toen alles wat anders was gelopen, dacht hij dat Hazel misschien wat afstand tussen hen wilde. Misschien was wat afstand, een kleine adempauze, wel goed.

Nu haar naam echter op zijn scherm verscheen, realiseerde Noah zich dat hij een volslagen idioot was geweest en dat hij dolblij was met haar berichtje. Hij wilde helemaal geen afstand tussen hen, geen enkele.

Nog een aanwijzing! Kan ik op je rekenen?

Ja, natuurlijk!

Misschien had hij nonchalanter moeten reageren. Misschien had hij langer dan een halve seconde moeten wachten met zijn reactie. Het kon hem niet schelen. Als Hazel in de buurt was, reageerde hij nu eenmaal niet cool.

Het enige wat hij terugkreeg was een smiley, dus hij ging ervan uit dat ze aan het werk was. Niet dat dat het makkelijker maakte om te wachten op haar volgende berichtje.

Hij sloeg zijn boek weer open en verloor zichzelf in het verhaal. Deze epische fantasyromans leken een kalmerende uitwerking op hem te hebben. Als hij in het verhaal zat, verdween alles om hem heen. Als je hem een jaar geleden had verteld dat hij regelmatig boeken van vijfhonderd pagina's zou lezen, zou hij het nooit geloofd hebben. Maar hij was gek op deze verhalen. Wat begon als een slap excuus om Hazel te zien, was uitgegroeid tot iets echts.

Als het op niets uit zou lopen, had hij dankzij zijn crush op haar een nieuwe hobby gekregen, een manier om zijn geest tot rust te brengen en zijn lichaam te kalmeren. Het was fijn om hier op een regenachtige dag in zijn joggingpak te liggen, helemaal opgeslokt door een andere wereld. Als school zo was geweest, dan had hij die beslist wel afgemaakt.

Maar het was een nogal onbereikbare wens om wiskunde te leren van een weerwolf.

Hij had een paar hoofdstukken gelezen toen zijn telefoon ging. Hij had het al verwacht, maar toch sloeg zijn hart een slag over bij de gedachte dat het Hazel zou kunnen zijn.

Dat was niet zo. Het waren wel zijn twee een-na-favoriete mensen om mee te praten.

'Oom Noah!'

'Hallo, dames.' Hij leunde tegen zijn nieuwe stapel kussens. De gezichten van zijn nichtjes vulden het scherm.

'Jullie zien er vanmorgen bijzonder uit.' Cece droeg een tiara in haar donkere haar en had felroze lippenstift op haar lippen. Ivy zag er daarentegen zombie-achtig uit; haar gezicht was griezelig wit gepoederd, compleet met nepbloed dat uit de hoek van haar mond druppelde.

'We proberen vast onze halloweenkostuums,' informeerde

Cece hem terwijl ze haar kroontje rechtzette. 'Ik vind dat van Ivy te eng.'

'Halloween hoort eng te zijn! Toch, oom Noah?'

'Ik denk dat je er alle kanten mee op kunt.' Hij nam niet de moeite om te zeggen dat het nog anderhalve maand duurde tot Halloween. Hij wist dat deze twee Halloween erg serieus namen en het passen van kostuums begon al vroeg. Hij wist ook dat hij deze kostuums waarschijnlijk elke feestdag na Halloween te zien zou krijgen.

Ivy fronste en hij moest een glimlach onderdrukken vanwege de chagrijnige kleine zombie.

'Kom je binnenkort op bezoek?' De meisjes rommelden met de telefoon en even zag hij alleen maar het plafond, maar Cece's vraag kwam luid en duidelijk door.

'Ja! Kom je met Halloween?' Ivy's gezicht verscheen weer op het scherm met een smekende blik in haar grote blauwe ogen.

Verdorie. Hoe kon hij nee zeggen tegen die kleine meisjes?

'Meisjes, jullie weten dat oom Noah het erg druk heeft.'

De stem van zijn zus klonk ergens op de achtergrond. Ze waren dit weekend bij Rachel. Hij wist dat zijn zussen op zondag om de beurt oppasten, zodat ze allebei regelmatig even de deur uit konden.

De manier waarop Ivy knikte, alsof ze best wist dat hij toch niet op bezoek zou komen en zij er al vrede mee had, deed hem pijn.

'Misschien met Thanksgiving.' De woorden ontsnapten hem voordat hij ze kon tegenhouden.

'Echt waar?!' gilde Cece. 'Hoor je dat, mama? Oom Noah komt voor Thanksgiving en dan kun je hem alles vertellen over de baby in je buik!'

Noah vertrok zijn gezicht. Hij kon het nu niet meer terugdraaien.

'Oké, laat me alsjeblieft met je oom praten.' Weer zag hij flarden van Rachels huis, van het leven van de zus die hij zelden zag door zijn eigen koppigheid.

'Hé, Rach.'

Ze fronste. Een goed begin. 'Geef ze alsjeblieft geen valse hoop, Noah.'

'Hemel. Geef me de kans om je echt teleur te stellen voordat je boos op me wordt.'

Ze slaakte een diepe zucht, kijkend naar het plafond, alsof ze kracht van boven vroeg. 'Kijk, Noah. Er zijn hier twee kleine meisjes die van je houden, en eerlijk gezegd ben ik te misselijk door deze zwangerschap om het voor je op te lossen.'

'Gefeliciteerd, trouwens.'

'Bedankt.' Ze kneep in haar neusbrug, zoals ze altijd deed als ze hoofdpijn voelde opkomen. 'We wilden het je binnenkort vertellen, er zijn alleen wat complicaties, dus we wilden niet op de zaken vooruitlopen...'

'Complicaties?' Noahs hart zonk hem in de schoenen.

'Ja, we wisten eerst niet zeker of het... of we...' Ze wuifde met haar hand voor het scherm langs om zijn zorgen weg te nemen, maar plotseling waren de donkere kringen onder haar ogen duidelijk zichtbaar, en was de frons tussen haar wenkbrauwen dieper. 'Het gaat nu allemaal beter. Ik hoop alleen dat ik geen bedrust hoef te houden.'

'Bedrust?' bracht hij uit. 'Verdorie, Rach.'

Ze glimlachte flauwtjes en Noahs hart brak. Zijn sterke, schijnbaar onoverwinnelijke zus leed pijn en hij zat hier alleen maar aan zijn eigen onzin te denken.

'Kom gewoon thuis met de feestdagen, oké? Ik weet niet wat je jezelf op de mouw hebt gespeld, dat iedereen boos op je is of teleurgesteld in je is of wat dan ook. Het enige waar we om geven ben jij.'

Eerst de gezichtjes van zijn nichtjes en nu dit?

'Shit, Rach. Je weet hoe papa zich voelde toen ik met school stopte. En toen ik de zaak verliet...' Al zijn excuses leken zwakjes in het licht van wat zijn zus doormaakte.

'Ja. Hij wilde gewoon het beste voor je. Maar je moet het loslaten. Dat heeft hij ook gedaan. En met de zaak gaat alles goed, bedankt voor het vertrouwen.'

'Zo bedoelde ik het niet.' Hij wist dat zijn zussen geweldig werk leverden met de zaak, maar hij wist ook dat zijn ouders boos waren over zijn beslissing, dat ze jarenlang hadden verwacht dat al hun kinderen samen aan hun imperium zouden werken.

Die dromen had hij in rook op doen gaan.

Noah had wel met zijn ouders gesproken sinds hij was vertrokken, maar er was altijd een onderstroom van teleurstelling voelbaar geweest, het idee dat ze verwachtten dat hij eerst zijn shit op orde kreeg. Maar misschien had hij het mis? Misschien wilden ze gewoon dat het... goed met hem ging.

'Denk er maar eens over na, Noah. Ik wil niet dat je nieuwe nichtje of neefje je alleen kent als een gezicht op een scherm, oké?'

Hij knikte, de plotselinge emotie bij de gedachte aan een nieuw klein mensje in hun familie benam hem de adem. 'En als je een gast mee wilt nemen voor Thanksgiving... dan kunnen we ruimte maken.'

'Welke gast zou ik moeten meenemen?'

Rachel probeerde onschuldig te kijken, maar ze was altijd al een vreselijke leugenaar geweest. 'De meisjes zeiden dat je de laatste keer dat ze je belden een logeerpartijtje had. Sorry daarvoor, trouwens.'

Noah haalde zijn schouders op. 'Het is geen probleem.'

'Hoe dan ook, als het serieus is met dat logeertype, is diegene welkom.'

'Het is niet serieus.'

Rachel trok een donkere wenkbrauw op. Zijn zussen hadden

allebei donker haar. Hij was de enige die het rode haar van de familie van hun vader had geërfd. ‘En waarom niet?’

Hij snoof. ‘Ik doe niet aan serieus, Rach.’

Op de een of andere manier had ze als zijn oudere zus nog steeds het griezelige vermogen om hem te doorzien. ‘Dat zou wel kunnen. Je zou het serieus kunnen laten worden met deze persoon.’

‘Ze is een vrouw.’

‘Maar deze vrouw dan. Hoe denkt zij erover?’

Hoe zij erover dacht? Hij dacht dat hij dat wist, maar momenteel was hij nergens zeker van.

Hij haalde zijn schouders op. ‘Ze wil gewoon wat ongedwongen plezier, net als ik.’

Rachel fronste opnieuw, en dit keer vormde zich een diepe frons tussen haar wenkbrauwen.

‘Iets wat ongedwongen is, kan ook serieus worden. Je weet dat Patrick en ik eigenlijk ook alleen een onenightstand hadden.’

‘Dat hoefde ik niet te weten.’

‘Nou, ik ga niet in detail treden!’

Noah lachte en het voelde goed. Het voelde goed om weer met zijn zus te kletsen.

Misschien zou hij echt met Thanksgiving naar zijn familie gaan. Misschien zou hij niet de hele tijd nadenken over hoe hij het in de loop der tijd verpest had.

Misschien zou hij Hazel meenemen.

‘Ik zal erover nadenken. Over het meenemen van een gast, bedoel ik.’ Rachel glimlachte. ‘Geweldig. Dat maakt deze emotionele, zwangere vrouw echt blij.’

De volgende woorden verlieten zijn mond voordat hij erover kon nadenken. ‘Misschien kan ik ook wel eerder komen.’

Rachels ogen werden groot. ‘Eerder?’

‘Ja, ik bedoel, ik heb nog een paar weken vistochten geboekt staan, maar dan kan ik misschien langskomen en even helpen… nou ja, tot je je beter voelt.'

De opgeluchte glimlach die op het gezicht van zijn zus verscheen, bezegelde de deal. Hij moest echt naar huis.

'Noah, dat zou… geweldig zijn.'

'De meeste dingen die jij doet, kan ik toch niet doen.'

'O, dat weet ik,' zei ze lachend. 'Maar het lukt ons wel om je aan het werk te zetten. Nu Patrick nog op missie is, zou je een enorme hulp zijn.' Ze veegde een traan weg met de achterkant van haar hand en schudde haar hoofd. 'Sorry. Emotioneel door de zwangerschap.'

'Geeft niets.' Noah zat zelf ook in een emotionele achtbaan. Waar had hij net mee ingestemd?

Gegil op de achtergrond trok Rachels aandacht. 'Jeetje, het klinkt alsof je moet gaan.'

Ze sloeg haar ogen weer ten hemel. 'Mam komt zo om het over te nemen, maar wens me in de tussentijd succes.'

'Veel succes. Tot snel.'

Rachel schonk hem nog een zwakke glimlach voordat er een klap weerklonk en ze snel ophing om op onderzoek uit te gaan.

Noah leunde weer achterover in zijn kussens. Rachels woorden dwarrelden door zijn hoofd. Hield hij zichzelf voor de gek? Was het onzin dat zijn familie hem niet meer wilde zien, omdat hij niet aan hun verwachtingen voldeed?

Nee, hij wilde niet naar huis totdat hij zichzelf en iedereen had bewezen dat zijn keuze de juiste was, dat school, zijn ouderlijk huis en het familiebedrijf verlaten het juiste was om te doen.

Hij wilde succesvol zijn als hij door die deur liep. Maar misschien was dat ook allemaal onzin. Misschien moest hij gewoon naar huis gaan, naar de familie die van hem hield. Misschien hielden ze echt van hem, ook al had hij alleen maar een oude boot en een paar gekke ideeën. Zou Hazel dat ook kunnen?

Zijn familie had hem nodig. Hij kon niet van zich afschudden hoeveel stress en angst op het gezicht van zijn zus te lezen waren geweest toen ze over de zwangerschap had gesproken. Hij had haar nog nooit zo zien kijken, zelfs niet toen hij hoog in de appelboom in hun tuin vast was komen te zitten terwijl zij oppaste, of toen die uitzonderlijke storm de stroom van hun vriezers uitgeschakeld had en honderden kilo's bevroren vis verloren dreigden te gaan, of toen Kristen aankondigde dat Ivy's vader niet zou blijven.

Rachel was nooit bang. Behalve nu. En als Noah iets kon doen om dat te verhelpen, moest hij dat zeker proberen. Hij wist alleen niet wat het voor hem en Hazel zou betekenen.

Het was veel om te verwerken. Te veel om in één keer te verwerken.

Dus maakte hij een verstandige keuze en pakte zijn boek, getroost door het feit dat hij in ieder geval geen sluimerende magische krachten had of de neiging om in een wolf te veranderen.

Hij zou nog één hoofdstuk lezen en dan zou hij zijn zaakjes regelen.

Hoofdstuk drieëntwintig

Het was nog vroeg toen Hazel haar kleine Prius de parkeerplaats van de jachthaven op reed. De zon scheen, maar de lucht was nog steeds zo zachtroze als een suikerspin. Het was een dinsdag in september en de dokken waren relatief verlaten. Iedereen die hier tijdens de zomer had verbleven, was vertrokken voor de herfst echt begon en de lokale bewoners met boten waren aan het werk of lagen nog in bed. Het was rustig toen ze haar tas van de passagiersstoel pakte en naar het water liep.

Het leek een zonnige dag te blijven, maar de lucht was koud door de wind die vanaf het water kwam en Hazel was blij dat ze een sweatshirt aanhad. Nou ja, technisch gezien was het Noahs sweatshirt. Ze wist niet of dat raar was, maar het was gewoon haar nieuwe favoriet. Precies groot genoeg en het voelde gewoon knus. En het rook naar Noah en de zomer. Niet dat ze hem dat aan zijn neus zou hangen.

Een boottocht was het toppunt van avontuur. Voor Hazel in ieder geval, want die was zeker niet van plan om binnenkort een berg te beklimmen. Maar ze was trots op zichzelf omdat ze met dit uitstapje had ingestemd.

Het ging erom dat ze uit haar comfortzone stapte. Dat had niets te maken met de sexy visser die vanaf de steiger naar haar zwaaide.

Ha, maak dat de kat wijs, dacht ze. Nog anderhalve week tot haar dertigste verjaardag, ze zou zichzelf niet meer voor de gek moeten houden. Ze wilde gewoon bij Noah zijn. Dat was de waarheid. Ze wilde Noah ook na haar verjaardag, na het einde van HENEZ, nog blijven zien. Ze wilde hem voor altijd.

Maar hoe hij erover dacht was nog steeds... vaag.

Daarom had ze na dit kleine avontuur de intentie om met hem te praten als volwassenen onder elkaar en gewoon eerlijk te zijn. Dat was haar plan tenminste. Misschien. Ze had nog steeds niet alles op een rijtje kunnen zetten. Wat als hij helemaal niet wilde? Wat als hij zich aan hun oorspronkelijke afspraak wilde houden en Hazel voor schut stond? Wat als Noah het wel prima vond om dit alles binnen een week af te sluiten en Hazels avontuurlijke zomer eindigde met een gebroken hart?

Dat was niet echt wat ze in gedachten had gehad toen ze aan dit hele gedoe begon.

'Hé! Daar ben je.' Noah begroette haar met zijn kenmerkende grijns.

Hazel drukte haar bezorgdheid weg en dwong zichzelf te glimlachen. 'Wat, dacht je soms dat ik niet zou komen opdagen?'

Zijn glimlach werd breder. 'Nee. Ik ben gewoon blij je te zien.'

Hazel voelde vlinders in haar buik fladderen, iets waarvan ze een paar weken geleden nog had gedacht dat het fysiek onmogelijk was. 'Ik ben ook blij om jou te zien.'

Ze werd onzeker door zijn blik. Waren een hoody en jeans niet geschikt voor op de boot? Ze had geen bootschoenen zoals je in de folders zag die haar moeder nog altijd kreeg, dus ze had gewoon haar witte canvas sneakers aangedaan.

'Je draagt mijn trui.'

O ja. Natuurlijk.

'Die zit lekker.'

'Hm. Dat herinner ik me nog vaag.'

'Wil je hem terug?' Ze begon de rits al open te maken toen Noah haar tegenhield.

'Nee, ik vind het leuk om je erin te zien.'

'Echt?'

'Natuurlijk. Het bevredigt een diepe mannelijke drang om iedereen te laten zien dat je van mij bent.' Zijn glimlach was plagerig en ondeugend. Hij maakte een grapje, maar een klein deel van haar, een deel dat ze nooit aan iemand zou laten zien, wenste dat het waar was. Ze wilde dat ze van hem was, maar evenzeer dat hij van haar was, om op gelijke voet met hem te blijven. Die gedachten duwde ze echter weg en in plaats daarvan veinsde ze verontwaardiging. 'Ugh, in dat geval...' Haar vingers gingen terug naar de rits.

Noah lachte, en het geluid deed wat meeuwen in de buurt opschrikken. 'Ik maak een grapje. Je ziet er schattig uit.'

'O. Nou.' Hazel haalde haar schouders op, ook al sloeg haar hart een slag over bij Noahs woorden.

'Dit is de Ginger.' Hij maakte een zwierig gebaar naar de boot die naast hen lag, met de naam op de zijkant. Deze leek veel op de andere boten in de jachthaven, in Hazels ogen in ieder geval. Hij was wit, met donkerblauwe randen, een paar comfortabele bankjes, een stuurwiel en twee motoren aan de achterkant. Een typische boot, wat haar betrof, maar Noah keek naar haar alsof hij haar aan zijn baby voorstelde.

'Dat had ik nu niet verwacht,' zei ze plagerig, terwijl ze naar zijn koperkleurige haar keek, dat glinsterde in het zonlicht.

Hij streek met zijn hand door de grove lokken, waarbij één kant omhoog bleef staan. Hazel bracht haar hand omhoog en streek het glad. Noah pakte haar bij haar pols en trok haar dichterbij.

'Ik heb je gemist.'

'Je had best langs kunnen komen.' Ze had het niet zo bedoeld, ze had zichzelf er bijna van overtuigd dat het haar niets kon schelen dat hij een week weg was, maar blijkbaar begon het eerlijk-zijn-over-alles nu.

'Je hebt gelijk. Ik dacht alleen dat je wat ruimte wilde.'

'Nee.'

Noah glimlachte om haar directe antwoord en streek met zijn neus langs de hare. 'Mooi, ik ook niet.'

'Mooi.' Hij kuste de woorden van haar lippen en ze glimlachte naar hem.

'Nou,' zei hij, terwijl hij hun kus beëindigde. 'Ben je klaar voor je vaaravontuur?'

Hazel keek naar de boot die dreigend in het water dobberde. Hij was niet erg groot. Hazel had in haar hele leven precies twee keer op een boot gezeten. Eén keer een cruise die ze met haar vaders en moeder had gemaakt voor hun zestigste verjaardag. De andere keer was een tochtje met de veerboot naar Martha's Vineyard met Annie voor een meidenweekend.

Die boten waren groot geweest. Groot genoeg om... stevig aan te voelen. Veilig. Deze boot zag eruit alsof hij hevig zou schommelen.

'Eh... ja?'

'Je klinkt niet erg zeker.'

'Ik ben er ook helemaal niet zeker van.'

Hij kuste haar opnieuw, zeker en snel. 'Vertrouw me, Haze. Het wordt leuk.'

'Hm.'

'Kom op.' Hij pakte haar hand en trok haar naar de boot. Hij had er duidelijk zin in en zijn enthousiasme sloeg bijna op haar over. Als ze niet een beetje bang was geweest, was ze misschien ook enthousiast geweest.

'Hier, geef me je tas.' Hij pakte de grote strooien tas uit haar hand en zijn ogen werden groot. 'Wat zit hierin? Stenen?'

'Nee.'

Hij bleef haar met een geamuseerde blik bestuderen, wachtend tot ze verder zou praten.

'Vooral snacks, en een fles water en een paar boeken.'

Zijn wenkbrauwen gingen omhoog. 'Heb je boeken meegenomen?'

'Ja.'

'Meerdere?'

'Natuurlijk.'

'Natuurlijk. Waarom eigenlijk?'

Hazel zuchtte. 'Om te lezen. Je weet wel, voor het geval we even een pauze nemen.'

Noah grijnsde. 'Er staat geen pauze gepland, dat kan ik je verzekeren.' Zijn blik gleed over de bovenkant van de tas en zijn gezicht lichtte plotseling op van blijdschap. 'O, wacht, je hebt boek drie van de Wolf Brothers-serie meegenomen!'

'Het is net binnengekomen.'

'Gelukkig!' Hij haalde het boek uit de tas en klemde het met één arm tegen zijn borst. 'Het vorige deel eindigde met een cliffhanger en ik wilde dolgraag weten wat er met de zieneres is gebeurd.'

Hazel grijnsde. 'Dus we nemen toch nog pauze vandaag?'

Noah knikte terwijl hij het boek omdraaide en de achterkant las. 'O ja, dat kan niet anders.' Hij kneep in haar hand en keek naar haar op. 'Bedankt, Haze. Dit is geweldig.'

'Graag gedaan.' Dat meende ze ook. Toen ze zag hoe enthousiast Noah reageerde op deze serie, kreeg ze het gevoel dat ze misschien meer gemeen hadden dan ze in eerste instantie had gedacht. Dat ze misschien wel een goed stel waren. Tot nu toe was alles goed tussen hen.

'Oké, ik zal je een rondleiding geven.' Hij stapte in een vloeiende beweging de boot op, reikte Hazel een hand en hielp haar aan boord. De oceaan was vandaag relatief kalm, maar de bodem was rotsachtig, waardoor het water nooit helemaal glad was, en dat voelde Hazel meteen toen ze aan boord stapte.

'Wat als ik zeeziek word?' vroeg ze, terwijl Noah haar tas in de cockpit opborg. Cockpit? Heette zoiets op een boot net zoals in een vliegtuig? Dat zou ze nog moeten uitvinden.

'Dat zal niet gebeuren,' zei hij. 'Ik heb tabletten tegen wagenziekte en gembersnoepjes meegenomen. Die werken altijd.'

'Hm.'

Noah spreidde zijn armen. 'De uitgestrekte zee wacht op ons, Hazel! Vind je dat niet spannend?'

'Het is de uitgestrektheid die me zorgen baart, eerlijk gezegd. En de haaien.'

'Er zijn geen haaien op de boot, Haze.'

'Wat als ik overboord val?'

'Dat gebeurt niet.'

'Hm.'

Hij kwam naar haar toe en sloeg zijn armen om haar heen. Het was koud, dus ze liet het toe. En ze vond het fijn om zijn armen om haar heen te voelen. Dat ook.

'Vertrouw me, oké? Ik zal je beschermen. Beloofd.'

Ze hief haar gezicht op naar het zijne. 'Ik vertrouw je wel. Er kan gewoon zoveel fout gaan.'

'Ja, maar denk eens aan alle manieren waarop het goed zou kunnen gaan.'

Hadden ze het nog steeds over dit boottochtje of over alles wat er tussen hen gebeurde? Hazel wilde geloven dat het goed zou gaan, echt waar. Maar er was een reden dat ze vijftien jaar lang hetzelfde had gedaan, dezelfde baan had gehad en dezelfde vrienden had gehouden. Hazel hield van vertrouwd, en op de een of andere manier besefte ze dat pas weer toen ze op deze schommelende boot stond, in de armen van deze man, die niet bepaald een veilige keuze was. Uiteindelijk zou ze gekwetst kunnen worden.

Maar een avontuur was nooit echt vertrouwd terrein, toch?

Uit je comfortzone stappen was per definitie ongemakkelijk.

Als de afgelopen weken haar iets hadden geleerd, was het wel dat er goede dingen voortkwamen uit een ietwat ongemakkelijk gevoel, uit af en toe een risico nemen.

Uit vertrouwen in deze man.

'Oké. Trossen los.'

Noahs glimlach deed zijn hele gezicht oplichten. Hij gaf haar een kus op het puntje van haar neus en vervolgde de rondleiding door het bootje.

'Oké, eerst wat algemene boottermen. De voorkant van de boot is de boeg en de achterkant is de achtersteven.'

Hazel knikte.

'Rechts is stuurboord en links is bakboord.'

'Oké.'

'En dit is het stuurwiel.'

'Het stuur?'

'Op een boot heet dat een stuurwiel.'

'Chic.'

Noah lachte. 'Zeker.'

'Krijg ik straks een ondervraging?' vroeg ze, terwijl ze met haar hand over het stuurwiel streek.

'Misschien.'

'Daar slaag ik wel voor.'

'Ik had niet anders verwacht.'

'Wacht, zei je niet dat je op deze boot woonde toen je hier net aankwam? Hoe dan?' Hazel keek sceptisch naar de bankjes. Een man van Noahs formaat zou daar beslist niet lekker op kunnen slapen, en hij zou bovendien volledig zijn blootgesteld aan de elementen.

'Ik heb het beste deel voor het laatst bewaard.' Hij grijnsde schalks en trok toen aan een ring bij het stuurwiel. Plotseling zag ze een klein luik dat naar een woonruimte leidde.

'Een geheim luik!' Ze tuurde naar beneden in het compartiment en zag daar een bed, een klein eenpitsstel en nog twee banken. 'Wauw, het is net de binnenkant van een camper.'

‘Ja, het is niet veel, maar voor een korte tijd is het prima. Ik heb een sportschoolabonnement genomen en daar gedoucht. Maar op een gegeven moment werd het toch te krap.’

‘Dat wil ik wel geloven.’ Hazel keek weer naar Noah en zag hem aan een paar belangrijk uitziende knoppen draaien. Ze keek hem aan en genoot ervan hem in zijn element te zien. Hij was erg serieus bezig met alle voorbereidingen, een kant van hem die ze zelden had gezien. Ze kon begrijpen waarom mensen hem vertrouwden als tourleider.

‘Klaar?’ vroeg hij, toen hij zag dat ze naar hem staarde.

‘Zo klaar als ik ooit zal zijn.’

Noah knipoogde naar haar, en de speelse opwinding keerde terug op zijn gezicht. Hij deed het luik naar de kajuit benedendeks dicht. Hij maakte de boot los van de steiger en ze waren op weg naar onbekende oorden.

Of naar de kust van Dream Harbor.

Maar waar ze ook naartoe gingen, ze vond het wel een beetje eng en heel spannend.

Het was in ieder geval het perfecte avontuur om hun extraordinaire zomer mee af te sluiten.

De reis verliep een tijdje soepel. Hazel staarde voortdurend naar hem terwijl hij de boot bestuurde en Noah moest toegeven dat hij dat echt leuk vond. Het werd koeler, Hazel deed haar capuchon op, wat hem herinnerde aan die dag op het strand en de dingen die ze hadden gedaan, de dingen waar ze over hadden gepraat.

Hij had een grapje gemaakt toen hij zei dat de aanblik van haar in zijn trui hem het gevoel gaf dat ze van hem was. Al had hij het ook een beetje gemeend. Hij vond het geweldig om haar erin te zien. Als een kleine aankondiging aan de wereld dat ze echt iets hadden. Alsof ze op de middelbare school zaten en zij iedereen liet weten dat ze bezet was.

Het was belachelijk, maar het was waar.

Ze zag er zo vreselijk schattig uit, zoals ze daar zat, haar wangen roze van de lucht, haar ogen helder. Hij wilde haar altijd bij zich hebben. Dicht bij zich.

Hij schudde zijn hoofd. 'Wat heb je voor snacks in die tas?' vroeg hij, zodat hij die gedachten uit zijn hoofd kon zetten. Vorige week wist hij niet eens meer zeker of Hazel überhaupt nog met hem wilde omgaan en nu dacht hij er weer aan om voor altijd samen te zijn. Hij moest het hoofd koel houden.

Vooral als hij echt zijn zus zou gaan helpen. Over een week zou hij weg zijn.

'Ik heb scones meegenomen van Annie en...'

Noah glimlachte terwijl ze door haar grote tas rommelde. 'Scones? Gaan we een theekransje houden?'

Hazel keek op met een frons, maar hij zag de pretlichtjes in haar ogen. 'Je kunt me losweken van de boekhandel, Noah, maar mijn scones laat ik me echt niet ontnemen.'

Hij lachte en Hazel glimlachte naar hem.

'Ik heb ook chips, granolarepen, studentenhaver, pretzels...'

'Chips!' Hij onderbrak haar voordat ze nog meer kon opnoemen. Hazel gooide hem een zak toe.

Hij liet de boot even dobberen terwijl ze aten, genietend van de late ochtendzon. Hazel lag uitgestrekt op de bank tegenover hem, nam kleine hapjes van de scone en nipte aan de thee uit haar thermosbeker.

'Nou, doe eens alsof ik een klant ben,' zei ze na een tijdje, starend over het water. 'Hoe pak je dat aan?'

'Nou...' Noah legde zijn armen achter zijn hoofd en leunde achterover in zijn stoel. '...in dat geval zouden we een bepaalde tijd hebben afgesproken bij het boeken van de tour.'

'Tuurlijk, natuurlijk.' Ze keek hem nu aan. Haar grote ogen namen hem zoals altijd in zich op. Ze keek hem aan alsof hij misschien niet tekortschoot. Hazel was de enige persoon in zijn leven wier blik hem niet het gevoel gaf dat ze te hoge verwachtingen koesterde.

Het was vreselijk verslavend. Dat gevoel dat je misschien wél goed genoeg was.

'Juist.' Hij schraapte zijn keel. 'Daarna zou ik je meenemen naar de beste visplekjes, afhankelijk van de tijd van het jaar en wat je wilt vangen, natuurlijk.'

'Worden mensen boos als ze niets vangen?' vroeg ze.

'Soms, maar ik probeer ervoor te zorgen dat het een leuke dag is, zelfs als we niets vangen.'

Hazel knikte en keek weer uit over het water. Er doemden wolken op aan de horizon, die schaduwen over de golven wierpen.

'Wil jij even varen?' vroeg hij en Hazel keek hem weer aan met haar grote verbaasde ogen.

'Is dat onderdeel van het pakket?' vroeg ze met opgetrokken wenkbrauwen.

Hij grinnikte. 'Alleen voor jou.'

Ze grijnsde en stond op van haar plek, terwijl ze de kruimels van haar schoot veegde.

'Wat als ik ergens tegenaan vaar?'

'Haze,' zei hij lachend. 'Wat zou je nou kunnen raken?'

'Daar zou je nog van opkijken.'

Hij trok haar dichterbij. 'Volgens mij komt het wel goed met jou.' Hij trok haar op zijn schoot en sloeg zijn armen om haar middel. Ze was warm en zacht en rook naar wat Annie dan ook op die scones had gedaan. Zoet en een beetje pittig, zoals Hazel zelf ook was. 'Handen aan het stuurwiel,' instrueerde hij.

'Dit voelt als een slap excuus om mij op je schoot te krijgen,' gromde ze, maar hij kon de glimlach in haar stem horen.

'Het werkte anders wel,' fluisterde hij in haar oor en ze huiverde.

'Aye, aye, kapitein.' Ze legde haar handen op het stuurwiel en zocht een nog betere houding. Noah kreunde en ze lachte, precies beseffend wat ze met hem deed. Hazels ronde achterste op zijn schoot was de beste afleiding die er was. 'Haze,' bracht hij uit en ze ging opnieuw verzitten, een beetje tegen hem aan. Waarom was hij een week bij deze vrouw weggebleven? Als dit de laatste keer was dat hij bij haar zou zijn, moest hij niet langer tijd verspillen.

Hij drukte een kus achter haar oor en hield zijn armen om haar middel terwijl zij de boot bestuurde. Hij genoot van haar nabijheid.

Als het niet zo'n perfecte dag was geweest, als Hazel niet zo lekker tegen hem aan had gezeten, dan had hij misschien meer aandacht aan het weer besteed.

Hij was van plan geweest om voor het einde van de middag weer aan land te zijn. De noordoostenwind zou hen niet raken. De voorspelling was dat die vooral ten zuiden van Dream Harbor zou blijven. Dat had hij nog gecheckt. Hij had de hele ochtend naar de satelliet gekeken. Maar nu waren ze hier, verder van huis dan hij van plan was geweest, en de wolken stapelden zich in razend tempo op. De zachte bries van eerder was veranderd in een harde, koude wind.

De satelliet gaf niet meer aan dat de noordoosterstorm langs hen heen zou razen. Sterker nog, nu trof de rand daarvan precies hun huidige route naar huis.

'Shit,' mompelde hij.

'Wat is er?'

Hazel had het besturen van de boot gelaten voor wat het was en lag opgerold onder de deken die hij haar had toegeworpen toen de wind aantrok. Haar grote bruine ogen keken hem aan en er verscheen een bezorgde frons tussen haar wenkbrauwen. Verdorie.

Hij had gezegd dat ze hem moest vertrouwen en hij verpestte het enorm. Hij schoot weer tekort.

'Het weer verandert.'

'Ik neem aan dat dat niet betekent dat het zonniger gaat worden.'

'Eh... nee, niet echt.' Hij streek door zijn haar en probeerde wanhopig te bedenken wat hij kon doen. Het water was al woelig, de witte toppen van de golven sloegen tegen de zijkanten van de boot.

Waar kwam die verdraaide storm ineens vandaan? Hij had er zo op vertrouwd dat die aan hen voorbij zou gaan. Toen had hij zich laten afleiden. Hij had gefaald. Alweer.

Er waren zoveel manieren waarop dit fout kon gaan.

'Noah...' Er klonk angst in haar stem door, wat hij verschrikkelijk vond.

'Hazel.' Ze had haar gezicht naar het water gekeerd en haar handen stevig om de metalen stang geklemd naast het bankje waarop ze zat. 'Hazel, kijk me aan.' Zijn stem was zo streng, zo serieus en zo anders dan zijn gebruikelijke toon dat ze haar hoofd naar hem toe draaide.

'Ik heb het onder controle, oké? Ik heb een plan.' Ze knikte, terwijl ze hem met vaste blik aankeek. 'Beloofd,' zei hij.

'Oké.' Haar antwoord ging bijna verloren in de wind. Toch hoorde hij het. Haar stem klonk zacht maar zeker. Vol vertrouwen. Ze vertrouwde hem nu met veel meer dan haar leuke zomer.

'Doe dit aan.' Hij gooide haar een zwemvest toe en haar ogen verwijdden zich. 'Gewoon een voorzorgsmaatregel.'

Het regende inmiddels en haar bril zat onder de druppels, maar verborg de angst in haar ogen niet toen ze het zwemvest aantrok en vastmaakte.

'En niet vergeten: als je haaien ziet, geef ze dan gewoon een klap op hun kieuwen.'

Er ontsnapte haar een lichte kreun van angst.

'Ik maakte een grapje! Het spijt me echt, Hazel. Het was gewoon een grapje. Het komt wel goed, oké? Ik weet een plek waar we de storm kunnen uitzitten, ja?'

Ze knikte. Stilletjes. Zonder hem lik op stuk te geven. 'Dan kun je misschien eindelijk wat lezen, oké?'

Ze glimlachte een beetje en dat was alles waar hij op dat moment tijd voor had. Hij moest deze verdraaide boot omkeren en hen in veiligheid brengen. Nu.

Hoofdstuk vierentwintig

Wind, die haar natte krullen tegen haar gezicht sloeg.

Regen, die haar jeans en die stomme canvas sneakers doorweekte.

Eindeloze grijze golven met witte koppen.

Donkere wolken die door de lucht raasden, alsof de storm haast had, op het punt stond om tekeer te gaan.

Noahs knappe gezicht stond grimmig en vastberaden terwijl hij de boot bestuurde.

Daar concentreerde Hazel zich op. Op Noahs gezicht. Niet op haar koude voeten, haar natte haar, het heftige schommelen van de boot of de gedachten aan hoe verschrikkelijk koud de zee nu wel niet moest zijn, hoe angstaanjagend het zou zijn om in dat donkere water te vallen.

Hazel droeg de gigantische regenjas die Noah haar had toegeworpen toen het begon te regenen en ze trok de capuchon verder over haar haar. Ze zaten onder de kleine overkapping van de stuurhut, maar de wind dreef de regen zijwaarts. Bij de open zijkanten van de boot had de wind vrij spel. Het reddingsvest dat ze om haar middel had vastgemaakt, zat strakker bij elke diepe, paniekerige ademhaling.

Noahs gezicht. Kalm, resoluut, bekwaam. Ze keek naar hem, staarde alsof alles goed zou komen als ze haar ogen maar op hem gericht hield. Dan zouden ze wel in veiligheid zijn. Hij keek haar aan en knipoogde. Knipoogde. Ook al droop het water over zijn gezicht, ook al had hij zijn handen stevig om het stuur geklemd, hij knipoogde naar haar.

'We zijn er bijna,' riep hij boven het geluid van de wind en de motoren uit. Toen zag Hazel het. Er verscheen een eilandje aan de horizon, slechts een grijze vlek tegen de grijze lucht. Maar hoe dichterbij ze kwamen, hoe meer het eruitzag als echt land, een veilig plekje.

Hazel huilde bijna toen ze het zag.

Ook op Noahs gezicht stond opluchting te lezen toen ze dichter bij de rotsachtige kust van het kleine eiland kwamen. Golven beukten woest tegen de grote rotsblokken.

'Er is een steiger aan de andere kant van het eiland,' zei hij, terwijl hij dicht langs de kust voer, maar niet zo dicht dat hij de rotsen raakte. Ze wist zeker dat er onder de golven nog meer verborgen lagen. Het gebied rond Dream Harbor stond niet bekend om zijn zachte zandstranden. Het zand dat ze hadden was grof en ruw en de rest van de kustlijn was rotsachtig.

Ze volgden de kustlijn en wonderbaarlijk genoeg nam de wind af toen ze de andere kant van het eiland naderden.

'Minder wind aan de lijzijde,' zei hij, terwijl hij zelfverzekerd naar haar grijnsde.

Een oude steiger kwam boven het wateroppervlak uit en Hazel was meteen sceptisch. Die zag er niet eens stevig genoeg uit om een kano aan vast te leggen, laat staan deze boot. Zouden ze hier blijven liggen of zouden ze gewoon weer de oceaan op worden geslingerd?

'Hij is sterker dan hij eruitziet,' zei hij, haar gedachten lezend. 'Hij ligt er al jaren.'

'Dat helpt niet echt.'

Een nieuwe vlaag van opluchting trok over Noahs gezicht bij Hazels woorden en ze besefte dat ze al een tijdje niets meer had gezegd. Hij glimlachte naar haar.

'Hou je goed vast.'

Noah draaide aan het stuurwiel en zorgde ervoor dat de boot draaide, zodat die evenwijdig aan de steiger kwam te liggen, maar door de storm wist Hazel niet of het wel zou lukken. Hij zette de boot in zijn achteruit om hem af te remmen, zoals hij haar eerder op de dag had uitgelegd, maar door de wind en de golven naderden ze de steiger nog steeds snel.

'Misschien geeft het een flinke tik,' zei hij, met zijn blik gericht op de steiger.

Hazel hield zich stevig vast aan de reling en zette zich schrap voor de klap.

Ze lagen scheef en Noah begon de boot recht te draaien, zodat hij mooi langs de steiger zou komen, maar de wind bracht hen steeds weer uit koers. Hazels maag draaide zich om, binnen in haar kolkte het net zo hevig als het water onder hen.

Wat als dit niet zou lukken?

Wat als ze deze oude steiger kapotmaakten?

Wat als ze in het koude water zou omkomen?

De boot sloeg tegen de steiger, waardoor Hazel uit haar donkere gedachten werd gerukt en bijna van het bankje viel.

'Sorry!' schreeuwde Noah over de wind heen. Hij hield de boot stabiel naast de steiger, maar de romp sloeg dreigend tegen het oude hout.

'Hou dit vast.'

'Moet ik het stuurwiel vasthouden?!'

'Gewoon stilhouden.'

Hazel stond met trillende benen op en nam het stuurwiel over, want wat kon ze anders doen? Noah haastte zich uit de stuurhut en pakte het touw om de boot aan de steiger vast te maken. De boot golfde wild heen en weer, leek weg te willen van de steiger, en een angstaanjagende seconde lang dacht Hazel dat Noah in het water zou vallen.

Maar hij wist een van de pijlers van de steiger te bereiken en zich vast te grijpen. Hij trok, de boot kwam naast de steiger te liggen en hij legde die vast met een touw om een oude metalen klamp op de steiger. Toen deed hij hetzelfde met de achterkant van de boot.

Als het al sexy was om een man te zien fileparkeren, dan was het nog specialer om hem in een storm een boot te zien aanmeren. Hij haastte zich terug naar waar Hazel als bevroren stond, met haar handen nog strak om het stuurwiel.

'Goed gedaan, schipper.' Hij kuste het puntje van haar neus en Hazel knipperde met haar ogen.

Ze sloeg haar armen om zijn hals en hij lachte verrast.

'Je hebt ons gered,' bracht ze hijgend uit.

'Die storm valt best mee. Ik heb het weleens erger meegemaakt.'

'Noah!' Ze trok zich terug, vervuld van oprechte verontwaardiging. 'Je hebt ons geréd!'

Hij haalde zijn schouders op en zijn glimlach werd breder. 'Nou ja, als je anderen wilt vertellen dat ik je heb gered, heb ik daar geen problemen mee.'

'Ik ga dit verhaal aan iedereen vertellen.'

Hij lachte zachtjes. 'Oké, Haze.'

'Oké.' Ze keek om zich heen. 'En wat doen we nu?' De wind was aan deze kant van het eiland minder, maar de regen striemde nog steeds tegen de zijkant van de boot en maakte de inzittenden nat. De boot schommelde nog steeds flink.

'Nu moeten we het uitzitten.'

Hazels wenkbrauwen schoten omhoog. 'Hier? Op de boot?'

Noah grijnsde. 'Ja.'

'Maar... is er hier dan niemand? Om ons te helpen?'

'Nee. Dit eiland is al minstens tien jaar verlaten. Het leven op een eiland als dit is zwaar. De meeste mensen kunnen het niet aan.'

‘O. Shit.’

‘Het hoogtepunt van de storm is voorbij. Kijk maar.’ Hij hield zijn telefoon omhoog en liet haar de weersatelliet zien, die hij de hele dag had gecheckt. ‘Dat is de storm. En wij zijn hier. Zie je hoe snel het overwaait? Het komt wel goed.’

‘Hmm.’

Hij grinnikte en pakte haar hand. Ze realiseerde zich dat die ijskoud was, al een tijdje, maar ze was te druk bezig geweest met overleven om er aandacht aan te besteden. Nu ze relatief veilig waren, een beetje in ieder geval, was ze koud en stijf. ‘Kom op, hoog tijd om je op te warmen.’

Noah opende het goed gecamoufleerde luik dat hij haar eerder had laten zien en wees naar de paar treden die naar het benedendek leidden.

‘Na jou.’

Hazel vond het niet leuk om nog dieper de boot in te gaan terwijl die zo hevig deinde, maar ze vond het ook niet leuk om bovendeks te blijven en het gevoel te hebben dat haar oren eraf vroren, dus ging ze de trap af.

Er was weinig plaats om te staan in de hut. De meeste ruimte werd ingenomen door een bed dat de vorm had van de voorkant van de boot, een soort afgeronde driehoek, twee kleine banken aan het voeteneind van het bed en een klein kastje met het eenpitsstel.

‘Trek die natte spullen gewoon uit en gooi ze onder de bank. Klap de andere bank maar open, daar ligt droge kleding die je aan kunt trekken,’ instrueerde Noah met zijn hoofd door het luik. Toen deed hij dat dicht om de regen en wind buiten te houden. Hazel trok snel een joggingbroek aan waarvan ze de pijpen vijf keer moest omrollen om haar voeten eruit te laten komen, een even groot T-shirt en een sweatshirt. Ze schopte haar natte kleren onder de andere bank en kroop toen op het bed om ruimte te maken voor Noah, zodat hij naar beneden kon komen.

Even later stak hij zijn hoofd door het luik. 'Alles goed?'

'Ja, kom gauw. Je vat nog kou daar.'

Hij kwam naar beneden en lachte terwijl hij het luik dichtdeed. 'Oké, je klinkt als een omaatje.'

Hazel wist een lachje tevoorschijn te toveren, ook al deinde de boot nog steeds sterk. 'Dat was ook mijn bedoeling.' Er was een dakraam boven het bed, maar ze kon niets anders zien dan de regen die erop kletterde. Rondom brandden wat lampjes in de kleine hut.

Noah trok zijn natte shirt uit. Hij had de natte jas die hij aanhad al bovendeks laten liggen, en Hazel had nauwelijks tijd om op adem te komen voordat ook zijn spijkerbroek uit was. Hij stond aan het voeteneind van het bed, alleen gekleed in zijn boxershort en de gevlochten armbanden om zijn pols. Zijn haar was nat en leek donkerbruin in het schemerdonker. Hij pakte een handdoek van de bank met het opberggedeelte eronder en streek ermee over zijn haar, waardoor het op sommige plekken overeind bleef staan.

Ze zag hoe de spieren in zijn armen en rug zich spanden terwijl hij bewoog, en ze herinnerde zich hoe hard hij gewerkt had om haar te redden, om haar veilig te houden.

Ze slikte moeizaam. 'Ik draag al jouw kleren.'

Hij wierp haar een scheve grijns toe. 'Dan zul jij mij warm moeten houden.' Hij kroop naast haar op het bed en ze tilde snel de deken op om hem eronder te laten. Zijn huid voelde koel aan toen hij zijn armen om haar heen sloeg en ze hem terugknuffelde, met haar gezicht in de holte van zijn nek.

'Ik denk dat dit misschien een beetje te avontuurlijk voor me was.'

'Welnee,' zei hij tegen haar kruin. Zijn adem deed haar krullen ruisen. 'Je hebt het geweldig gedaan.' Hij sloot zijn armen om haar heen. 'Zul je nu eens stoppen jezelf te onderschatten, Haze?'

Ze trok zich ver genoeg terug om zijn gezicht te zien. Zelfs in het schemerdonker was hij blij; de manier waarop hij naar haar keek verwarmde haar hart.

'Jij bent Hazel Kelly. Slim.' Hij gaf haar een kus op haar wang. 'Grappig.' Een kus op haar andere wang. 'Lief.' Het puntje van haar neus. 'En zo sexy als maar kan.' Haar lippen waren zacht en warm. Ze zuchtte en liet haar lichaam tegen het zijne ontspannen. Zelfs de storm leek tot rust te komen.

'Je had mij niet nodig om je te helpen dat allemaal te ontdekken,' zei hij.

'Misschien niet. Maar ik ben wel blij dat je er was.'

'Ja?'

'Ik vind je echt leuk, Noah.'

'Ja?'

Ze glimlachte, trok hem dichter naar zich toe en voelde hem zelfs door de wijde kleren heen op haar aanraking reageren.

'Hm. Heel erg.' Zo erg dat ze zich afvroeg of 'leuk' nog wel het juiste woord was, of dat Hazels gevoelens voor Noah ergens tussen de dronken avond tussen de bosbessen en deze gekke storm van leuk naar iets veel diepers waren gekatapulteerd.

Iets waar Noah zeker niet voor had getekend.

Iets wat ze voorlopig nog even voor zichzelf zou houden, totdat ze weer voet aan de grond had en deze enge situatie tot een goed einde was gekomen. Het had waarschijnlijk iets te maken met haar recente bijna-doodervaring. 'Ik vind jou ook echt leuk, Hazel Kelly.'

'Ja?' Ze vond het niet echt erg dat hij dat zei. Als zij van leuk vinden naar... iets anders was overgegaan... dan gold dat voor Noah misschien ook?

Noah grijnsde. 'Ja.' Hij rolde hen om zodat hij boven op haar kwam te liggen. 'Erg leuk.' Hij legde zijn lippen op haar huid toen hij dat zei. 'Maar als ik het je echt duidelijk wil maken, moet dit eerst weg.'

Hij trok aan de gigantische broek die ze droeg en ze lachte. 'Je zei dat ik deze aan moest trekken!'

'Dat was tijdens een ridderlijk moment.'

'En wat voor moment is dit?'

'Het moment dat ik alleen nog maar wil dat je dat ding uittrekt.'

Het was alsof zijn stem haar nek kietelde en Hazel giechelde. Ze hielp hem, wurmde zich eruit en trok het sweatshirt over haar hoofd. Haar bril ging ook meteen mee. Noah redde die uit haar haar en legde hem op het kleine plankje aan de zijkant van de boot.

'Dit is echt slim ingericht,' zei ze toen hij haar weer naar zich toe trok.

'Ja, het is niet slecht.'

'Dus met deze boot heb je al je avonturen beleefd?'

'Een heleboel, in ieder geval.'

'Wat is het gekste wat je ooit hebt gezien?'

Ze had een been over zijn heup gelegd en hij trok haar dichterbij met zijn handen op haar achterste. 'Eh...'

Hij dacht erover na, maar zijn ogen waren donker en zijn wangen blozend, alsof hij aan heel andere dingen wilde denken. Alsof hij heel andere dingen wilde doen in plaats van kletsen.

'Ooit was ik in Maine aan het kamperen, en ik weet zeker dat ik daar een weerwolf zag.'

Hazel lachte. 'Welnee, dat is helemaal niet waar.'

'Noem je mij een leugenaar, Hazel Kelly?' Hij duwde zijn hoofd tegen haar hals en zijn tanden schraapten over haar huid.

Ze haalde diep adem. 'Weerwolven bestaan niet.'

'Misschien niet. Maar ik heb er wel een gezien.'

'Hoe weet je dat het geen gewone wolf was?'

'Omdat hij enorm was.' Noahs handen zochten zich een weg over haar lichaam, net als zijn mond. 'En zijn ogen gloeiden.'

Hazel snoof, maar ze kon zich niet goed genoeg concentreren

om te protesteren, niet nu Noahs vingers over haar buik gingen, langs de aanzet van haar borsten. Hij kreunde tegen haar lippen.

'Nou, ik ben blij dat je het hebt overleefd, zodat je het nog na kunt vertellen.'

'Hm... ik ook,' gromde hij, laag en diep, terwijl hij met één hand haar borst omvatte en met de andere in haar billen kneep. Hij drukte zijn opwinding tegen haar verlangende intiemste plekje. Als de storm buiten nog steeds woedde, was ze zich er niet meer van bewust.

'Jouw lichaam, Haze.' Hij kreunde. 'Dat doet van alles met me.'

Haar lach was hees en kwam hortend en stotend uit haar keel, terwijl zijn duim over haar tepel streek. Steeds weer opnieuw, totdat ze alleen dat nog maar voelde. Ze kon er nog steeds nauwelijks bij, dat haar lichaam deze man opwond, maar toch geloofde ze het. Ze geloofde hem.

'Zijn er ook condooms aan boord?' vroeg ze en Noah bleef stil.

'Haze.' Zijn stem was schor, omfloerst van verlangen. 'Dat hoeft niet... Ik bedoel, ik weet dat je dat normaal gesproken niet doet...'

'Wat doe ik normaal gesproken niet?'

Hij trok zich een stukje terug zodat ze elkaar aankeken en zijn hand gleed van haar borst naar veiliger gebied op haar buik.

'Ik weet dat je normaal gesproken geen vrijblijvende seks hebt en ik weet dat je nieuwe avonturen wilt beleven, maar dit is meer dan zomaar een pleziertje en ik weet dat we niet echt... Ik bedoel, we zijn geen...'

Hazels hart zonk haar in de schoenen toen Noah struikelde over zijn woorden. Het was te pijnlijk, te gênant. Ze zou hem het niet laten zeggen, zou hem niet hardop laten toegeven dat het niet serieus was, dat dit tussen hen niets voorstelde.

Ze bracht hem tot zwijgen met een kus. 'Het is oké,' zei ze, ook al was dat niet zo. 'Ik weet wat dit is. Vrijblijvend, gewoon voor het plezier. Maar ik wil dit met jou.'

Noah keek haar aan en bestudeerde haar gezicht. Als ze niet zo close waren geweest, als ze hem de afgelopen maand niet zo goed had leren kennen, had ze misschien de teleurstelling op zijn gezicht niet opgemerkt. Maar nu zag ze die wel. Die was er, maar verdween meteen weer om plaats te maken voor een sexy grijns.

'Dan is het goed, ja, ik wil dit ook.'

'Oké, mooi.'

Hij hield haar blik nog even vast voordat hij haar kuste. Hij kuste haar tot ze vergat waarom ook zij teleurgesteld was, tot het haar niet meer kon schelen waarom hij haar kuste, als hij dat maar deed.

Het was de laatste week van haar jonge jaren, en ze zou ervan genieten.

Na haar verjaardag had ze nog tijd genoeg om liefdesverdriet te hebben.

Vandaag had ze een storm op zee overleefd en nu lag ze in bed met de meest sexy man die ze ooit had mogen aanraken.

Haar roekeloosheid won.

Hazels warme lichaam was verstrengeld met het zijne, zijdezacht en mooi, maar Noah kon alleen maar denken aan de blik op haar gezicht toen hij zei dat vrijblijvende seks niet nodig was... dat dit niets voorstelde.

Dat was een leugen.

Hazel was alles.

Samen zijn met Hazel voelde alsof je je helemaal in je favoriete boek verloor, alsof je de zon op je gezicht voelde, alsof je de eerste slok nam van een perfecte kop koffie. Als Noah echt had gedacht dat hij haar uit zijn hoofd kon zetten door haar twee maanden te helpen, tijd met haar door te brengen, haar te proeven, haar aan te raken, was hij een grotere idioot dan hij zich realiseerde.

Zijn verliefdheid op de sexy boekverkoopster was alleen maar uitgegroeid tot een diepe vriendschap en seksuele obsessie ineen.

Hij had niet meer alleen een oogje op Hazel Kelly, hij was tot over zijn oren verliefd op haar.

Even had hij gedacht dat zij datzelfde voor hem voelde. Dat die kleine blik van teleurstelling op haar gezicht misschien betekende dat zij ook meer wilde.

Maar toen had ze gezegd dat ze dit gewoon voor het plezier deden. Ze had hem net zo goed overboord kunnen gooien.

'Gaat het?' mompelde ze, terwijl haar lippen langs zijn hals gleden.

'Ja. Het gaat uitstekend.' Hou je hoofd erbij, Noah, dacht hij. Dit is waar je goed in bent. Hij zou zijn overdreven gevoelens voor deze vrouw dit moment met haar niet laten verpesten. Hij had meer dan één fantasie gehad waarin Hazel hier in dit bed de hoofdrol speelde en hij was niet van plan dat aan zich voorbij te laten gaan.

Als hij maar bij haar kon zijn, ook al was het op deze manier.

Misschien was hij daardoor een idioot, maar dan was hij in ieder geval een idioot met een vrijwel naakte Hazel in zijn armen. Wat hij prima vond.

Ze droeg nog steeds zijn shirt en hij streek met zijn handen over het zachte materiaal, voelde het warme gewicht van haar borsten door de stof heen. Haar tepels drukten tegen de voorkant van het shirt en hij keek naar haar, in niets anders gekleed dan haar slipje en zijn witte shirt dat bijna doorschijnend was geworden door het vele dragen.

'Perfect,' verzuchtte hij en ze glimlachte naar hem met blozende wangen.

Hij boog zijn hoofd en nam een tepel in zijn mond, waarbij hij de stof met zijn tong vochtig maakte. Hazel kreunde en kronkelde. Hij streek met zijn hand over haar andere borst en plaagde haar door het shirt heen. De dunne stof maakte de hele ervaring op de een of andere manier nog spannender, waardoor zijn verlangen groter werd.

'Noah,' zei ze kreunend. Hij zou de smekende klank van zijn naam die over haar lippen kwam nooit meer vergeten.

'Wat wil je, Haze?'

'Meer.'

Hij grinnikte terwijl zijn hart een slag oversloeg. Hij wilde haar alles geven. Hij wilde alles voor haar zijn. Maar hij wist nog steeds niet eens of dat was wat ze wilde en hij zou na haar verjaardag meteen naar huis vertrekken. Hoe kon hij alles voor haar zijn als hij weg zou gaan?

Hij duwde de gedachte weg terwijl hij haar shirt optilde en zijn tong over haar tepels liet gaan. Ze snakte naar adem, haar vingers gingen naar zijn haar, trokken eraan, om hem dicht bij haar te houden. Hij vond het heerlijk.

Hij zoog en likte tot Hazel heftig bewoog. Haar zachte smekende kreuntjes werden steeds luider, maar nu kon niemand ze horen, om hen heen was alleen de open zee en een verlaten eiland.

Laat haar schreeuwen.

De gedachte schoot door hem heen, heet en heftig.

Hij draaide zijn tong rond haar tepel en trok zich toen terug. Hazels hoofd kwam van het bed.

'Waar ga je naartoe?' vroeg ze, lief en verontwaardigd.

Noah lachte boven haar buik. 'Ik heb veel plannen.'

Hazels hoofd zakte toen hij bij haar effen katoenen slipje kwam. Hij kon niet uitleggen waarom dit ondergoed hem tot waanzin dreef, maar toch was het zo.

Hij trok het slipje over haar heupen en langs haar volle dijen. Hazel schopte het van haar voeten en gooide het opzij.

Hij greep haar vast en spreidde haar benen voor hem, alsof ze een lekkernij was, zijn eigen persoonlijke schat. Toen hij haar proefde, ontsnapte hem een gebroken gekreun. Hij duwde elke gedachte weg aan de verstrijkende tijd en aan het feit dat hij zonder haar verder zou moeten en zocht een plaatsje tussen Hazels dijen.

'Noah,' bracht ze hijgend uit toen zijn tong haar weer vond.

'Is dit goed?'

'Ja,' zei ze hijgend. 'Ja, ja, ja…' De ja's bleven maar komen terwijl hij haar met brede halen plaagde.

Hij hield haar dijen stevig vast en hield haar op haar plaats.

Hij had hier altijd van gehouden. Van seks. Van zijn partners genot bieden. Met Hazel was het anders. Hij wilde hier voor altijd blijven, luisterend naar haar kreunende kreetjes.

'Noah, alsjeblieft. Meer.'

Meer. Alles.

Hij bracht een vinger in haar hete, gladde zachtheid, stotend terwijl hij bleef zuigen. Haar hielen drukten in de matras, haar heupen bewogen tegen hem aan.

Hij verving zijn mond door zijn duim, cirkelde rond die ene plek, waardoor ze altijd klaarkwam. Hij wist hoe hij het moest doen; alleen hij wist dat over Hazel Kelly.

'Kom voor me, Haze. Je hoeft niet stil te zijn. Laat je maar gaan.'

Ze hief haar hoofd op en keek hem aan met wijd opengesperde ogen en roze wangen. Hij kon bijna niet geloven dat hij haar zo mocht zien. Zo puur.

'Ik ben er bijna. Alsjeblieft, Noah.'

Hij voegde nog een vinger toe, in een trage, vloeiende beweging. Hazel kreunde. Ze hield zijn blik vast en ademde zwaar, totdat Noah zijn hoofd weer naar beneden boog en likte en zoog totdat Hazel luid genoeg kreunde om het beetje wind dat er nog stond te overstemmen.

'Noah!' Ze schreeuwde zijn naam naar het plafond van de krappe ruimte. 'Noah, o, hemel, Noah…'

Haar lichaam trilde nog na, haar benen beefden. Hij likte haar zachtjes, plaagde haar met meer genot totdat ze hem uiteindelijk wegduwde, hem smeekte te stoppen, zeggend dat ze het niet meer kon verdragen. Toen pas stopte hij. Toen hij haar alles had gegeven, kroop hij pas weer omhoog over haar lichaam, haar rode huid kussend.

'Meer,' zei ze toen hij haar weer aankeek.

Hij kon een grijns niet onderdrukken. Hij gaf haar een kus op het puntje van haar neus voordat hij de condooms opzocht die hij op een van de kleine plankjes had weggestopt. Een zeeman moest altijd voorbereid zijn.

'Zeker weten?' vroeg hij terwijl hij het condoom omdeed.

'Hmhm.'

'Ik wil het je horen zeggen, Haze.'

Ze slaakte een licht geërgerde zucht. 'Ja. Ik weet het zeker.' Ze trok hem naar zich toe, met haar vingers strak om zijn arm. 'Kom hier.'

Ze sloeg haar benen om hem heen en hij was bij haar binnen voordat hij het moment volledig in zich op kon nemen, voordat hij zich kon voorbereiden op hoe het zou voelen om zo samen te zijn met Hazel. Het deed er niet toe. Hij zou zich toch niet hebben kunnen voorbereiden.

Hij gleed langzaam naar binnen en hij was er zeker van dat het nog nooit zo had gevoeld. Waar kwam dat door? Was het Hazels zachte zucht waaruit misschien wel opluchting doorklonk toen hij helemaal in haar was? Zijn bedpartners hadden vast wel vaker gezucht. Maar niet zo. Nooit zo.

Waren het Hazels dijen die zich om hem heen klemden, haar volle borsten of haar wilde krullen? Was het de manier waarop ze hem vertrouwde of het feit dat ze zich volledig overgaf aan het moment? Hij wist het niet. Hij wist helemaal niets toen hij in haar bewoog, waarbij elke beweging alle rationele gedachten deed vervagen.

'Noah,' zei Hazel hijgend.

'Is dit goed?'

'Ja.' Ze hield haar hoofd even op, hem fixerend. 'Het is gewoon… Meestal kom ik niet zo. Ik bedoel tijdens dit… gedeelte. Ik wil niet dat je… beledigd zult zijn.'

Noah hield even op met bewegen, en zijn voorhoofd zakte naar dat van Hazel. 'Beledigd?'

'Het… het voelt echt goed, maar ik kom meestal niet tot…'

'Ik snap het.'

'Sorry. Is het dan minder fijn voor jou?'

Minder fijn voor hem? Verdorie, deze vrouw bracht hem tot waanzin. Hij kon geen enkele plek bedenken waar hij nu liever zou zijn.

'Je hoeft geen sorry te zeggen. Voor zoiets mag je nooit sorry zeggen.' Hij klonk barser dan hij wilde, maar hij was samen met de vrouw van zijn dromen en hij voelde zich vreemd boos op iedereen met wie ze ooit naar bed was geweest. Het was erg verwarrend, om het zachtjes uit te drukken.

'Laten we iets anders proberen, oké?' vroeg hij, zijn toon verzachtend.

'Oké.'

Hij trok zich terug en draaide zich om zodat hij op het bed zat. Zijn hoofd raakte het lage plafond, maar het ging net. 'Kom hier.'

Hazel ging op zijn schoot zitten. 'Normaal doe ik het niet zo. Deed ik het niet zo, bedoel ik.'

Noah slikte de scherpe woorden in die hij Hazels vorige vriendjes wilde toebijten. 'Misschien voelt dit fijner voor jou.'

Hazel liet zich op hem zakken en Noah kwam bijna bij het zien van Hazels hand die om hem heen was geslagen en hem naar binnen leidde.

'O.' Haar ogen werden groter.

'Zie je wel,' zei hij met een grijns. Hij legde zijn handen op haar heupen en bewoog haar naar voren.

Haar ogen werden groter. 'O!'

'Ja, zo.'

Ze bewoog deze keer zelf, een laag gekreun echode tussen hen in. 'Holy shit, Noah.'

'Beter zo, lief meisje?' gromde hij en ze hield even stil om zijn blik vast te houden. Een prachtige blos trok over haar wangen bij het horen van het koosnaampje.

'Veel beter,' bracht ze ademloos uit, weer bewegend.

'Goed zo. Beweeg maar zoals jij dat fijn vindt,' mompelde hij in haar oor en ze versnelde. Ze bewoog weer en elke beweging zorgde voor een rilling van genot. Hij was omringd door haar, haar geur, haar gladde huid, haar zijdezachte lichaam. Hazel, Hazel, Hazel.

Hij nam een tepel in zijn mond en Hazel kromde haar rug. Ze hield zijn hoofd tegen haar aan en hij zoog terwijl ze hem bereed.

'Fuck, fuck, fuck,' fluisterde ze.

'Zo, ja,' zei hij, en hij liet haar alleen maar even los om dat te kunnen te zeggen voordat hij haar andere tepel in zijn mond nam.

Haar vingers hadden zich vastgegrepen in zijn haar, haar dijen klemden zich om zijn heupen.

Hazel schreeuwde.

Hazel schreeuwde een reeks vieze woorden, die Noah nog nooit uit haar mond had horen komen.

Hazel mompelde zijn naam.

Noah kwam heviger dan ooit.

De regen tikte nog steeds zachtjes tegen het dakraam, maar de wind was nu helemaal gaan liggen. Noah had gezegd dat ze terug konden zeilen wanneer ze er klaar voor was.

Maar toen pakte hij zijn boek en strekte zich uit op het gekreukelde bed, terwijl hij naar Hazel grijnsde. Ze had Noahs warme sweatshirt weer aangetrokken. Hazel pakte ook haar boek en kwam naast hem liggen.

Een uur later zaten ze nog steeds te lezen, Hazels hoofd rustte nu op Noahs buik, zijn vingers speelden met haar haar. De hut was donker, verlicht door een paar kleine lampen en het schemerige licht van buiten. Haar huid was plakkerig van de zilte lucht en… andere dingen, en haar haar was een rommeltje, maar Hazel kon zich eigenlijk niet herinneren wanneer ze zich voor het laatst zo tevreden had gevoeld.

'Onmogelijk,' mompelde Noah boven haar en ze verbeet een glimlach. Dat had hij de hele middag al gedaan. Kleine kreten van verbazing en opwinding terwijl hij las. Het was bijna net zo sexy als alle dingen die hij met haar had gedaan voordat ze begonnen met lezen.

'Wat?! Onmogelijk,' giechelde Hazel.

'Sorry. Stoor ik je?' vroeg hij.

Hazel rolde om zodat ze naar hem kon kijken. Zijn grove haar stond aan één kant overeind en hij droeg niets anders dan een wit onderhemd en een boxershort. Zijn tatoeages dansten terwijl hij zijn armen bewoog om zijn boek opzij te leggen.

'Je stoort me helemaal niet. Ik vind het leuk. Ik bedoel, ik vind dit leuk.'

Hij grijnsde en het leek meteen veel lichter in de hut.

'Ik ook.'

'Ik denk dat dit mijn favoriete dag was.'

Noah rolde om zodat hij ook op zijn zij lag, zijn gezicht dicht bij het hare. 'Van al onze HENEZ-avonturen?' vroeg hij met een glimlach. 'Die waarbij we bijna omkwamen?'

'Omkwamen?! Je zei dat je alles onder controle had!'

Noah lachte. 'Ik maak een grapje! Ik had alles onder controle.'

Hazel fronste en hij kuste haar neus. Dat was het moment dat ze het zich kon voorstellen. Ze kon zich veel meer dagen als deze voorstellen. Nou ja, misschien met minder bijna-doodervaringen. Maar wel dagen waarop ze samen op avontuur gingen en de dag afsloten met lezen in bed. Het was zo verschrikkelijk perfect dat het pijn deed.

'Nee, ik bedoelde gewoon mijn favoriete dag. Ooit.' Ze hield zijn blik vast en zag hoe zijn glimlach serieus werd. Haar maag draaide zich om, veel erger dan tijdens de storm.

Hij streek een krul uit haar gezicht. 'Dat geldt voor mij ook.' Zijn stem was laag en schor, alsof die woorden zoveel meer betekenden. Misschien bedoelde hij wel: jij bent ook mijn favoriete persoon. Ook al mijn favoriete dagen waren met jou.

'Dat geldt voor mij ook,' herhaalde ze en ze bedoelde: ik vind dat ook, ik wil dit met jou blijven doen. Ik wil meer dan alleen maar vrijblijvende pleziertjes met jou. Ik wil alles.

Noah boog zich voorover en gaf haar een kus.

Ze hoopte dat dat betekende dat hij ook alles wilde.

'Ik moet je iets vertellen,' zei hij en Hazels hart sloeg een slag over van opwinding. Dit was het. Dit was het moment.

'Oké,' zei ze buiten adem. Eindelijk zouden ze het uitspreken. Ze zou Noah vertellen wat ze echt voor hem voelde en hij zou het haar vertellen. Ze zouden niet meer hoeven raden. Ze zouden niet meer hoeven piekeren. Ze konden dit. Vrijblijvende pleziertjes waren vermoeiend. Hazel was klaar voor serieuze tevredenheid.

'Ik ga een tijdje weg.'

'Weg?' Wat? Nee, dat kon niet kloppen, dacht ze. Ging hij weg? Dat was niet wat Noah haar moest vertellen. Dat kon niet. Ze begreep het verkeerd.

'Nou ja, naar huis, eerlijk gezegd. Om, eh... een handje te helpen.'

'O.' Naar huis. Noah ging naar huis. Hij vertrok net zo abrupt als hij was gekomen. Van het ene op het andere moment werd Hazels hoop weggeblazen door de wind. Alles wat ze had willen zeggen, verdween. De liefdesverklaring die op het puntje van haar tong had gelegen, trok zich snel terug achter de veilige grenzen van haar hart. Ze had duidelijk alles verkeerd begrepen.

'Na je verjaardag.' Hij keek haar aan terwijl hij sprak, wachtend op haar reactie.

Hazel slikte. Ze zou zichzelf nu echt niet voor schut gaan zetten. De afspraak had een einddatum gehad. Dat had ze geweten.

'Dat is, eh... wel goed, toch?'

Noah fronste hevig. 'Ik bedoel... Het leek me wel kunnen. Mijn zus heeft wat hulp nodig met dingen en ik ben bezig met de laatste vistochten van deze zomer, het leek me een goed moment om naar huis te gaan.'

'Oké. Tuurlijk. Logisch.' Hazel probeerde te glimlachen, maar haar gezicht was verstijfd. Het was een goed idee voor Noah. Hij zou naar huis moeten gaan. Zijn familie had hem nodig. Dit alles tussen hen was tijdelijk. Het was allemaal volkomen logisch, maar dat maakte het niet minder pijnlijk.

'Kijk, Haze, ik...'

'Ik ben blij voor je, Noah. Het zal echt goed voor je zijn.' Ze kroop langzaam van hem weg; plotseling kon ze zijn nabijheid niet meer verdragen. 'Zullen we nu weer teruggaan?' vroeg ze, te luid, te vrolijk, voor het moment. Maar ze wilde Noah niet met een schuldgevoel opzadelen. Hij probeerde wel te verbergen hoezeer de problemen met zijn familie hem raakten, maar Hazel zag het. Hij miste ze en als hij eindelijk bereid was om naar huis te gaan en het weer goed te maken, zou zij hem zeker niet tegenhouden. Ze kon hem niet daar houden.

Misschien was dit hoe het moest eindigen. Noah knipperde met zijn ogen. 'Ja, ik denk het ook.'

'Bedankt dat je deze dag zo gedenkwaardig hebt gemaakt,' fluisterde ze.

'Graag gedaan,' zei hij, maar zijn glimlach was allesbehalve vrolijk.

Hoofdstuk vijfentwintig

'Laten we de feiten nog eens doornemen,' zei Annie met haar benen languit op de bank in Hazels kantoor.

Jeanie zat aan de andere kant met Casper op haar schoot. De kleine kat bezocht de boekhandel vaak en Hazel ontdekte hem regelmatig op een verstopplekje tussen de stapels boeken.

'Moet dat?' Hazel zat achter haar bureau met een kop thee van Jeanie in haar handen en een half opgegeten muffin uit Annies bakkerij voor zich. Ze was gezwicht en had haar vriendinnen verteld over wat er op Noahs boot was gebeurd en de weken die eraan vooraf waren gegaan, waar ze de afgelopen twee dagen onafgebroken aan gedacht had.

De storm, de seks, het vertrek van Noah... Het was allemaal een verwarrende en misselijkmakende mix van emoties in haar buik geworden. Het was zo geweldig geweest en toen was het... dat helemaal niet. Hij had niet gezegd dat hij voorgoed zou vertrekken, maar hij had ook niet gezegd dat ze dat wat er ook tussen hen speelde moesten doorzetten.

Dus nu verkeerde ze in het ongewisse en moest ze Annies theorieën over het hele gebeuren aanhoren.

'Ja.'

Hazel kreunde.

'Bewijsstuk A.' Annie stak een vinger op. 'Noah is al minstens een jaar verliefd op je.'

'Dat is geen bewijsstuk. Hooguit een vermoeden,' gromde Hazel, maar Annie stak haar tong uit en ging verder.

'Die man heeft het afgelopen jaar meer boeken gekocht dan wie dan ook in het stadje. Dat is je bewijs.'

Jeanie keek Hazel meelevend aan. Annie was niet te stuiten als ze zo was.

'Bewijsstuk B.' Weer een vinger in de lucht. 'Iemand begint je boeken te beschadigen op het moment dat Noah hier toevallig binnenkomt en aanbiedt je te helpen.'

'Zo ging het eigenlijk niet.'

Annie ging gewoon door en stak een derde vinger in de lucht. 'Bewijsstuk C. Hij redt je leven en doet je wereld schudden op zijn grondvesten op zijn eigen boot, een boot die specifiek genoemd werd in de laatste aanwijzing!'

'De boot werd niet bij naam genoemd.'

'Hij laat die aanwijzingen achter, Haze, hij heeft echt een oogje op je. Dat is duidelijk. Overduidelijk! Ik heb je dit weken geleden al gezegd. Soms ben je zo slim, maar soms...'

'Dat hij een oogje op me heeft, is niet hetzelfde als dat hij...' Hazel slikte de rest van die gevaarlijke zin in, maar het was al te laat. Annie had haar ogen opengesperd en zelfs Jeanies donkere wenkbrauwen kwamen tot aan haar haarlijn.

'Hazel Jasmine Kelly...'

'Dat is niet mijn tweede naam.'

'Ben je verliefd op die sexy visser?'

'Nee.'

'Hazel Marjorie Kelly...'

'Ook dat is niet mijn tweede naam.'

'Het is wel zo! Je bent verliefd op hem geworden.'

'Ik heb mijn best gedaan dat niet te doen!'

'O, Hazel.' Annie schudde haar hoofd, maar Jeanie schoot haar meteen te hulp. 'Ik vind het geweldig, Haze.'

'Luister maar niet naar haar, zij is verblind door de onmetelijke liefde van die chagrijnige boer van haar.'

'Bah.' Hazel trok haar neus op.

'Ik ben niet verblind. Ik weet gewoon hoe geweldig het kan zijn,' zei Jeanie tussen het lachen door.

Annie gromde en zakte terug op de bank. Casper greep de kans om tegen haar aan te kruipen. Hij spinde vrolijk terwijl Annie hem tussen zijn oren kriebelde.

'Jij bent degene die zei dat ik het moest doen,' hielp Hazel haar herinneren.

'Ik bedoelde dat je gewoon met hem de koffer in moest duiken, ik heb er zelfs nog bij gezegd dat je niet verliefd op hem moest worden.'

'Ik heb echt mijn best gedaan,' zei Hazel opnieuw, terwijl ze een grote hap van haar muffin nam. Die smaakte naar pompoenkruiden en was erg lekker. 'Ik had gewoon niet verwacht dat hij zo... attent zou zijn.'

'Hoezo, attent?' vroeg Jeanie.

'Alsof hij altijd aan me denkt. Of het nu gaat om manieren om me gelukkig te maken, me op mijn gemak te stellen of me...' Haar wangen gloeiden.

'Of je klaar te laten komen? Ik zei het toch! Jullie zijn allebei volkomen verblind door orgasmes,' zei Annie. Casper sprong van haar schoot en slenterde de deur uit toen ze rechtop ging zitten.

'Een attente man is goed,' zei Jeanie. Het was fijn om een bondgenoot te hebben.

'Ja, toch?'

'Natuurlijk. Ik denk dat hij je echt leuk vindt, Hazel.' Jeanie glimlachte over haar mok heen en misschien waren ze allebei verblind door orgasmes, al leek dat niet de slechtste manier om door het leven te gaan.

'Iedereéén vindt jou leuk,' zei Annie fronsend.

'Eh, bedankt.'

Annie schudde haar hoofd, waardoor er wat blonde plukjes haar ontsnapten uit haar warrige knot. 'Dat klonk onaardiger dan ik wilde, maar ik bedoelde dat het niet anders kan dan dat hij je leuk vindt. Wie zou jou nou niet leuk vinden? Je bent slim, mooi en lief.'

'Ah, bedankt, Annie.'

Annie fronste nog steeds. 'Ik... Hij is wel een beetje een vrouwenverslinder, Haze. En hij is zo jong! Is zijn prefrontale cortex überhaupt al wel volledig ontwikkeld?'

'Dat zit wel goed als je vijfentwintig bent.'

Annie snoof. 'Ik wil gewoon niet dat je gekwetst wordt.'

'Maar...' Jeanie leunde naar voren, klaar om tegen Annie in te gaan. 'Als hij al die aanwijzingen achterlaat, doet hij wel een hoop moeite, toch? Ik bedoel, als hij zo goed is in het versieren van vrouwen, waarom zou hij dan zoveel moeite doen voor Hazel?' Jeanies glimlach werd breder. 'Omdat hij verliefd op haar is,' zei ze zangerig.

'Jullie twee zijn echt erg,' gromde Hazel, maar toch voelde ze vlinders in haar buik bij het horen van Jeanies woorden. Had ze gelijk? Als hij haar alleen maar in bed wilde krijgen, was dit wel een erg omslachtige aanpak. Als je zoveel moeite deed om aanwijzingen achter te laten, dan was je behoorlijk toegewijd, toch?

Toen herinnerde ze zich het deel van hun bootavontuur dat ze had geprobeerd te verdringen. 'Het maakt toch niet uit, want hij vertrekt na mijn verjaardag.'

'Wat?!' Jeanies glimlach verdween.

'Hij vertelde me dat hij terug naar huis gaat om te helpen met het familiebedrijf.'

Jeanie fronste. 'Voor hoelang?'

'Dat heeft hij niet gezegd.'

'Dus misschien is het tijdelijk?'

Hazel keek naar Annie, wetend dat haar beste vriendin het haar recht in haar gezicht zou vertellen. 'Eh, ik denk dat dat wel kan...' gaf Annie toe. 'Hij gaat waarschijnlijk gewoon een paar maanden helpen of zoiets.'

Nu was ze meer in de war dan ooit. Als Noah de persoon was achter de aanwijzingen, waarom zou hij er dan daarna vandoor gaan? Had ze het verkeerd begrepen? Kwam hij terug?

'Ik denk nog steeds dat hij erachter zit. Wie zou het anders kunnen zijn?' vroeg Jeanie.

'Wat moet ik nu dan doen?' Hazel zakte terug in haar stoel. Een vreemde mix van opwinding en teleurstelling vocht om voorrang. Hoe was het mogelijk dat haar zomerse avontuur zo'n ingewikkelde puinhoop was geworden? Het leek bijna alsof ze het had zien aankomen, maar helemaal niets had gedaan om het te stoppen. Sterker nog, ze was er helemaal voor gegaan.

En daar zat ze dan, verdrietig en verward. Annie haalde haar schouders op.

'Hij moet een manier hebben bedacht om een mooi einde te maken aan al die aanwijzingen,' zei Jeanie. 'Een soort grande finale. En dan zal hij je zijn liefde verklaren!'

'Oké, oké.' Annie wuifde met haar hand, alsof ze Jeanies romantische ideeën niet wilde horen. Hazel verbeet een glimlach. 'Laat je niet meeslepen. Dit is niet een van je liefdesromans. We hebben het over Noah.'

'Zegt de vrouw die *When Harry Met Sally* minstens vijftig keer heeft gekeken.'

'Dat is gewoon een klassieker,' zei Annie, maar Hazel onderbrak hun discussie.

'Denk je dat Noah niet in staat is tot een grande finale?' Ze maakte zich niet druk om aanwijzingen of grandes finales, maar Annie wist wat ze eigenlijk echt vroeg. Dacht zij dat Noah serieus was, dat hij haar echt wilde? Dacht zij dat hij bij haar zou blijven?

'Ik weet het niet, Haze. Maar ik hoop het echt.'

'Ik ook.' Noah had haar steeds verrast. Toen ze hem rekruteerde voor dit avontuurtje van twee maanden had ze verwacht dat hij leuk en misschien een beetje roekeloos zou zijn. Ze had niet verwacht dat hij zo lief, aardig en sexy zou zijn. Nou ja, dat was niet helemaal waar, want ze had geweten dat hij sexy was. Ze had niet verwacht dat hij haar wereld zoveel mooier zou maken.

Ze had niet verwacht dat ze zoveel over zichzelf zou leren door alleen maar bij hem te zijn.

Ze was niet van plan geweest om zo roekeloos ver te gaan.

En ze had zeker niet verwacht dat ze verliefd zou worden.

'Heb wat vertrouwen, dames,' zei Jeanie terwijl ze opstond van de bank en zich uitrekte met haar armen boven haar hoofd.

'Jij hebt makkelijk praten,' zei Annie.

'Heb je Mac de laatste tijd nog gesproken?' vroeg Jeanie plagerig toen de twee het kantoor verlieten.

'Hoe durf je?!'

Jeanies lach was tot in het kantoor te horen. Hazel stond op en volgde hen naar de voorkant van de winkel. Alex stond achter de kassa met een liefdesroman in de hand.

'Hé, Hazel. Dit boek heeft een ezelsoor. Wat moeten we ermee?'

Jeanie en Annie bleven tegelijkertijd stilstaan.

'Een aanwijzing!' Jeanies ogen straalden van opwinding.

De drie renden naar de toonbank, maar Hazel was zo snel als de wind. 'Geef maar aan mij!'

Alex nam het tafereel verbaasd en geamuseerd op. 'Oké...'

'Sla open. Sla open!' Jeanie stond naast haar te springen.

'Jullie doen nóg vreemder dan normaal,' zei Alex, ook meekijkend. Hazel sloeg het open op de pagina met het ezelsoor. Het was een dagboekaantekening en de enige gemarkeerde regel was de datum.

28 september.

Hazels verjaardag.

In de kantlijn was iets geschreven.

Macs pub. 19:00, neem je vriendinnen mee.

'Een grande finale,' zei Annie hijgend.

Jeanie klapte in haar handen. 'Ik zei het toch!'

'Vreemd,' mompelde Alex.

Hazel haalde diep adem en probeerde haar draaiende maag weer rustig te krijgen.

Ze werd over vier dagen dertig.

Het leek erop dat iemand een feestje voor haar gaf.

Was het te vroeg om een verjaardagswens te doen die te maken had met de identiteit van de gastheer?

Hoofdstuk zesentwintig

Hazels bericht kwam op het perfecte moment binnen. Noah had dringend behoefte aan afleiding. Hij was in de bibliotheek van Dream Harbor en probeerde de juiste formulieren voor een bouwvergunning, voor het vaststellen van een historische locatie, voor het opzetten van een petitie om een bedrijf te mogen runnen op het strand en andere zaken uit te printen waarvan hij niet eens zeker wist of hij ze nodig had.

Hij had hulp nodig.

Hij zou erom moeten vragen.

Hij was ongelooflijk koppig op dat gebied, dus checkte hij in plaats daarvan zijn telefoon.

Vandaag kreeg ik weer een aanwijzing.

O?

Yep.

Noah wachtte. Hij tikte met zijn vingers op de tafel totdat de oudere vrouw tegenover hem naar hem begon te staren. 'Sorry,' zei hij geluidloos.

Ga je me nog vertellen wat er stond?

Hij zag steeds dat ze aan het typen was en vervolgens weer stopte.

Volgens mij was het een uitnodiging voor een verjaardagsfeestje.

Cool. Mag ik je date zijn?

De reactie kwam deze keer sneller.

Tuurlijk.

Mooi. Ik kan niet wachten.

Steeds weer zag hij dat Hazel aan het typen was, maar er verscheen niets, waardoor hij zich afvroeg wat Hazel typte en verwijderde. Zag zij net zo op tegen haar verjaardag als hij? Wilde ze dat het na het feest voorbij zou zijn?

Hij moest met haar praten. Echt praten.

Hij moest al zijn kaarten op tafel leggen. Maar niet via een paar appjes.

Wat Hazel ook had getypt en verwijderd, ze verstuurde het niet. Een paar minuten later kreeg hij de details voor haar verjaardag en dat was het. Hij was weer alleen, tot over zijn oren in het papierwerk en de ontwerpplannen voor de andere vissershuisjes.

Het was net als school, maar dan erger. Erger, omdat hij het al zo vaak had verknoeid en dat dit keer geen optie was. Erger, omdat hij zichzelf ervan had overtuigd dat hij dit nodig had om Hazel te bewijzen dat hij haar tijd waard was. Als Hazel hem wilde, zou hij terug zijn in Dream Harbor zodra Rachel zich beter voelde. Als Hazel hem wilde, zou hij een miljoen van deze kleine huisjes opknappen, ongeacht al het papierwerk.

Hij zuchtte en haalde een hand door zijn haar. Hij zou liever aan de huizen werken, timmeren en schilderen en echt iets doen. Voor dit soort shit was hij juist weggelopen, maar op de een of andere manier was hij weer precies op hetzelfde punt aangekomen, gefrustreerd door papierwerk.

Als hij zijn school had afgemaakt…

Als hij naar de universiteit was gegaan…

Als hij had geprobeerd om daadwerkelijk iets van zijn ouders te leren…

Als hij niet zo'n mislukkeling was geweest…

Zo'n nietsnut…

Hij stond plotseling op, zo plotseling dat de vrouw tegenover hem met een verbaasde frons opkeek.

'Sorry,' fluisterde hij opnieuw, terwijl hij zijn papieren bijeen griste en zijn telefoon pakte. Hij moest hier weg. Hij had een pauze nodig. Hij had bijna geleerd om dat stemmetje in zijn achterhoofd, dat altijd zo kritisch was, dat hem zo lang van huis en zijn familie had weggehouden, te blokkeren. Maar soms hoorde hij het ineens weer.

Vroeger had hij gedacht dat het de stem van zijn vader was, maar de laatste tijd klonk hij steeds meer als die van hemzelf.

Hij baande zich een weg naar buiten door wat alleen maar omschreven kon worden als een kudde peuters die naar hun voorleesuurtje gingen. Het was vandaag fris, de herfst begon de zomerhitte te verdrijven. Een paar bomen begonnen zelfs al gele bladeren te krijgen. Ook het aantal vistochten dat hij gepland had staan, werd minder. Over een week zou hij weer thuis zijn en op Rachels bank slapen. De verandering van het weer maakte hem altijd melancholisch, maar dit jaar was dat gevoel nog sterker. Het einde van de zomer, het einde van lange, hete dagen, het einde van zijn tijd met de sexy boekverkoopster. Hij wilde niet geloven dat dat laatste waar was.

De wandeling naar huis bedroeg ruim anderhalve kilometer, maar hij was blij dat hij zijn auto bij de jachthaven had laten staan.

Hij had de wandeling, de frisse lucht en de kans om zijn hoofd leeg te maken nodig. Hij probeerde zijn gedachten te ordenen onder het lopen en ging na wat hem allemaal nog te doen stond. De lijst was lang en dat maakte het er niet minder stressvol op. Hij zag er ook tegen op om na zo'n lange periode weer naar huis te gaan.

Maar toen hij dichter bij het water kwam en de zilte lucht opsnoof, voelde hij zich beter. Hij voelde zich zelfs nóg beter toen hij de kleine huisjes op het strand zag, vooral het exemplaar dat hij al had opgeknapt. Dat zag er echt goed uit. Als het lukte met die bureaucratische rompslomp, zou hij er misschien echt een succes van kunnen maken.

Zijn telefoon ging zodra hij thuis was.

Hij nam op, verwachtend de gezichten van zijn nichtjes op het scherm te zien. Hij had niet verwacht geconfronteerd te worden met zijn ouders en zussen. Paniek overviel hem. De baby.

'Eh... hoi. Gaat het wel goed daar?'

'Rachel zei dat je misschien even thuis zou komen helpen,' zei zijn moeder, die meteen de koe bij de hoorns vatte. Haar stem klonk hoopvoller dan hij verdiende.

'Eh... ja. Dat ben ik van plan.'

'Ik zei het toch al. Dat wordt dokken.' Rachel stak haar hand uit en Kristen stopte er een briefje in.

'Heb je erom gewed?!' vroeg Noah.

'Natuurlijk. Niemand geloofde me.'

'Om hoeveel geld?'

'Twintig dollar.'

'Heb jij erom gewed dat ik niet zou komen, Kristen?'

Zijn zus haalde haar schouders op. 'Nee, het ging alleen over of je het überhaupt had gezegd. Als je echt thuiskomt, dan staat er veel meer op het spel.'

'Meisjes, wat verschrikkelijk,' zei hun moeder vermanend. Zijn zussen rolden tegelijkertijd met hun ogen.

'Je kunt er beter niet op wedden dat je broer niet thuiskomt. Hij zou zijn nichtjes die hem aanbidden nooit in de steek laten. Of zijn grote zus, als die hem nodig heeft. Of zijn moeder. Is het niet, Noah?'

'Wow, mam. Overdrijf je niet een beetje?' zei Kristen.

'Altijd,' zei hun moeder, en Rachel lachte.

'Jezus, mam,' mompelde Noah.

'Ik waardeer het niet als je de naam van de Heer op zo'n respectloze manier gebruikt, Noah James.'

Hij snoof. 'Sorry.'

'We moeten deze tijd gewoon niet als vanzelfsprekend beschouwen. We weten niet hoelang je vader en ik hier nog zullen zijn...'

'Mam!' Kristens gezicht was vervuld van afschuw. 'Dat gaat echt te ver.'

'Wel een sluwe zet,' zei Rachel. 'Nou, hij is al zo lang niet thuis geweest...'

De drie vrouwen praatten nu met elkaar, elk met ideeën over hoeveel schuldgevoelens ze Noah nog aan moesten praten om hem thuis te krijgen. Het feit dat ze hem nog steeds aan de lijn hadden, negeerden ze compleet. Zijn vader keek Noah zwijgend aan.

'Hoi, pap.' Hij had zijn vader maar een paar keer gesproken sinds hij het huis uit was. Eigenlijk hadden ze alleen wat plichtmatige gesprekjes gevoerd die zijn moeder had geregeld. En elke keer was de lucht zwaar geweest van onuitgesproken woorden, van de teleurstelling waarvan Noah zeker wist dat zijn vader die koesterde.

'Hoi, Noah. Hoe gaat het?'

Noah haalde zijn schouders op, maar richtte zich toen op. Hij was geen zeventien meer. Hij was geen kind meer dat zijn ouders vertelde dat hij van school ging. Hij was niet meer de twintiger die hen vanaf de kust van Virginia belde om te zeggen dat hij niet terug zou komen.

'Het gaat goed. Ik had erg veel vistochten deze zomer. Er kwamen veel groepen mijn kant op door mond-tot-mondreclame.'

De oudere man knikte. 'Goed om te horen.'

'Ja, zeker.' De papieren wogen zwaar in zijn hand. Hij wilde zijn vader meer vertellen. Hij wilde hem alles vertellen over zijn nieuwe plannen. Misschien kon hij die ouwe zelfs om hulp vragen bij al dat vervloekte papierwerk. Maar hij kreeg de kans niet.

'Ik ben trots op je,' zei zijn vader. Alle drie de vrouwen waren plotsklaps stil.

'Eh... waarom dan?' Noah liet zich in zijn enige stoel vallen en legde de papieren op zijn schoot.

Zijn vader schraapte zijn keel. 'Gewoon... Op jou. Ik ben... gewoon trots op je. Op de man die je bent geworden, en zo.' Hij schraapte zijn keel weer. Zijn vader was nooit streng of overdreven hard tegen hen geweest in hun kindertijd, maar zolang achtereen over zijn gevoelens praten was... op zijn zachtst gezegd ongebruikelijk.

Noah slikte. 'Eh, dank je.'

'Ik wilde het gewoon gezegd hebben. Voor het geval je daar... onzeker over was.'

Noah knikte, want dat was het enige waar hij op dat moment toe in staat was. Hoe was het mogelijk dat zelfs op deze leeftijd de goedkeuring van zijn vader nog zoveel betekende? Hij wist het niet, maar het was zo.

'O. Ja. Misschien, eh... was ik daar inderdaad onzeker over.' Noah schraapte zijn keel. 'Dus, eh... bedankt voor de opheldering.'

Zijn vader knikte opnieuw, maar de ogen van zijn moeder stonden vol tranen. 'Zie je wel!' zei ze met samengevouwen handen. 'Was dat zo moeilijk?'

'En wat mij betreft, pap?' Kristen sloeg haar armen om de schouders van hun vader, vanaf de plek waar ze zat, achter hem.

'Ben je ook trots op mij?' vroeg ze plagerig. 'Volgens mij heb je me dat recent niet meer verteld.' Rachel gaf hem een duwtje van de andere kant en hun vader gromde goedmoedig.

'Ik ben trots op al mijn irritante nakomelingen. Zo. Is dat genoeg?'

'Prachtig.' Kristen kneep hem zachtjes.

'Bedankt, pap,' zei Rachel lachend.

Nu was hun moeder aan de beurt om met haar ogen te rollen. 'Jullie gedragen je allemaal belachelijk.'

Terwijl Noah daar zat en zag hoe zijn zussen en ouders elkaar plaagden, kon hij de appeltaart van zijn moeder bijna ruiken. Hij hoorde in gedachten het geluid van de voetbalwedstrijd vanuit de woonkamer. Hij zag voor zich hoe zijn nichtjes wild rondrenden, terwijl zijn zwager tevergeefs probeerde ze in toom te houden.

Voor het eerst in lange tijd stond Noah het zichzelf toe om heimwee te voelen. Hij had het zo lang genegeerd, weggestopt en ontkend – hij was er altijd in geslaagd om een vreemde in zijn bed te hebben op feestdagen die je anders met familie doorbracht – dat het gevoel nu overweldigend was. Het spoelde over hem heen, sterk en heftig als een plotselinge vloedgolf.

'Shit, Noah! Huil je?' Kristens stem was luid genoeg om de rest van het gekibbel van zijn familie te overstemmen.

'Wat?' Hij veegde snel zijn ogen af. 'Nee, joh. Waarom zou ik huilen?'

'Omdat je van ons houdt en ons mist!' krijste zijn zus triomfantelijk.

'Hou je mond,' zei hij, maar hij kon de glimlach op zijn gezicht niet onderdrukken. Hij hield van deze belachelijke mensen en hij had zijn koppige trots veel te lang in de weg laten zitten.

Misschien was thuiskomen toch niet het ergste wat er kon gebeuren.

Hoofdstuk zevenentwintig

Macs pub was verdacht verlaten voor een donderdagavond, zeker wanneer je wist dat er een verjaardagsfeestje gehouden werd. Afgezien van een paar vaste gasten aan de bar was de eetzaal leeg. Behalve het tafeltje in de hoek, waar Annies gekakel en Hazels stem te horen waren toen Noah binnenkwam.

Hij had ermee ingestemd om Hazel hier te ontmoeten, ook al had hij aangeboden haar op te halen. Ze hadden elkaar niet meer gezien sinds de dag op zijn boot en hij had de afgelopen twee dagen aan niemand anders gedacht. Zijn hersenen waren sindsdien non-stop bezig geweest met Hazel. Het gevoel van haar lippen, de manier waarop ze eruitzag in zijn kleren, haar lach, de wijze waarop ze hem vertrouwde, en hemel, vooral zoals ze smaakte. Hij had nauwelijks kunnen functioneren, alleen met behulp van veel koffie en twee koude douchebeurten per dag.

Ze waren allebei echter druk geweest. Hij had diverse onverwachte tours aan het einde van het seizoen, plus al het papierwerk voor zijn huisjesverhuurplannen, en Hazel was druk bezig geweest met al haar nieuwe griezelboeken, zoals ze die noemde. Verder leek het hem gewoon niet gepast om zomaar iemands zaak binnen te stappen en hem of haar de liefde te verklaren. Hoewel het bij Logan wel had gewerkt…

Zelf had hij Hazel echter gewoon aangeboden om haar naar het feest te brengen. Hij had gehoopt dat ze onderweg konden praten, maar Hazel gooide roet in het eten. Ze had erop gestaan om hem daar te ontmoeten. Dus al zijn belangrijke verklaringen moesten wachten tot na het feest. Hij keek om zich heen terwijl hij op weg was naar de tafel. Op dit moment was er helemaal geen feest.

'Hoi, allemaal.'

'Hoi, Noah!' Jeanie glimlachte. 'We hadden het net over je.'

'Oei.' Zijn blik viel op Hazels stralende gezicht en ze grijnsde naar hem.

'Hazel vertelde ons net tot in detail hoe je haar leven hebt gered,' zei Annie met een opgetrokken wenkbrauw. 'Het was behoorlijk aangrijpend.'

Noahs glimlach werd breder en hij hield Hazels blik vast. 'O, dat. Ja, dat was een mooie dag.'

Hazel kleurde hevig en Noah wist zeker dat hij Logan hoorde kreunen, maar hij keek zijn vriend niet aan.

'Volgens Hazel waren er golven van zeker zes meter en hevige rukwinden,' voegde Jeanie eraan toe.

'De boot schommelde gevaarlijk en je maakte water!' zei Annie. 'Hazel viel bijna overboord, tussen de haaien. Dat zou gebeurd zijn als jij de boot niet net op tijd had weten aan te meren.'

Annie en Jeanie vielen bijna over elkaar heen van het lachen.

'Misschien heb ik een beetje overdreven,' zei Hazel terwijl ze haar schouders ophaalde.

'Een beetje maar,' zei Noah lachend. 'Je zou een goede visser zijn.'

Hazels glimlach was breed en stralend. Ze werd op haar verjaardag omringd door haar vrienden en Noah wist dat de missie van HENEZ was volbracht. Als er verder niets van deze avond terechtkwam, wist hij in ieder geval dat hij Hazel het avontuurlijke einde van haar jonge jaren had gegeven waar ze naar had verlangd.

'Tijd voor nog een rondje,' zei Hazel, die meteen opstond. 'Noah, wil je me helpen?'

'Ik weet zeker dat hij je met heel veel dingen wil helpen!' riep Annie toen ze wegliepen.

'Mijn hemel,' mompelde Hazel. 'Voor Annie kunnen we beter water meenemen.'

Noah grinnikte. Hij tikte haar op de arm en boog zich naar haar oor toe om er iets in te fluisteren. 'Gefeliciteerd, Haze.'

Ze keek naar hem op met blozende wangen. 'Bedankt.' Ze droeg een rode jurk die haar rondingen perfect benadrukte en was afgewerkt met een verleidelijke rij kleine witte knoopjes aan de voorkant. Ze zag er prachtig uit, geweldig, perfect. Dat zou hij haar moeten vertellen. Ooit was hij hier goed in geweest. Hij was alleen vergeten wanneer dat was.

Amber stond achter de bar. 'Nog een rondje, alsjeblieft,' zei Hazel tegen haar. 'En nu ook een drankje voor Noah.'

'Tuurlijk.' Amber grijnsde een beetje, alsof ze zich herinnerde dat hij vroeger anders was en dat ze nu precies wist wat er in hem was veranderd. En waardoor dat kwam.

Ze leunden tegen de bar terwijl ze wachtten op de drankjes en er waren zoveel dingen die Noah wilde zeggen dat de woorden allemaal in zijn keel bleven steken. Zou hij nu meteen moeten zeggen dat hij per ongeluk verliefd op haar was geworden omdat ze zo aardig, lief, mooi en grappig was en zo vreselijk perfect voor hem? En dat hij hoopte dat ze ooit ook van hem zou kunnen houden, hoewel hij een onverantwoordelijke idioot was? Of was dat meer iets waar hij naartoe zou moeten werken? Zou hij eerst gewoon moeten vragen hoe het met haar ging? Zou hij moeten zeggen dat hij haar gemist had? Of moest hij haar vragen naar het boek dat ze nu aan het lezen was?

Terwijl hij met zichzelf aan het debatteren was over waar hij moest beginnen, begon Hazel te praten.

'Ik wilde je zeggen dat ik het al weet,' zei ze, en haar wangen werden nog roder.

'Eh... Wat?' Wist ze het al? Ze wist het! Wist ze dat hij smoorverliefd op haar was? Hij zag geen schok of zelfs afkeer op haar gezicht, dus dat was in ieder geval iets.

'Ik bedoel, ik weet dat jij het was en ik vind het echt lief en ik weet niet precies wat je verder nog van plan bent vanavond, maar weet gewoon dat ik het echt waardeer en...' Een bezorgde rimpel verscheen tussen haar wenkbrauwen op het moment dat tot Noah doordrong wat ze zei. De uitdrukking op zijn gezicht moest zijn verwarring hebben verraden.

Hazels gezicht betrok. 'Shit. Ik dacht... Shit.'

O nee, dacht hij. O nee, nee, nee...

'Haze, wacht, luister–'

'Nee, het is mijn schuld. Ik heb te snel een conclusie getrokken. Ik had moeten beseffen dat jij het niet geweest kon zijn, omdat je zei dat je wegging.'

'Ik ga niet weg. Ik bedoel, ik ga wel weg, maar alleen voor een paar maanden, en...'

'Geen probleem, Noah, je hoeft niet te doen alsof.' Ze trok zich van hem terug, haar glimlach vervaagde en hij vond het vreselijk. Hij moest het rechtzetten.

'Haze, laat me het even uitleggen.'

Hij pakte haar hand vast, maar juist op dat moment liepen haar vaders, een vrouw met twee honden in dezelfde truitjes, de hele leesclub van Dream Harbor, de collega's van Hazel uit de boekhandel, George van de bakkerij en nog een half dozijn andere bewoners die Noah niet herkende het café binnen.

De burgemeester hield een gigantische bundel ballonnen vast. Frank had een taart bij zich.

De honden droegen ook vlinderdassen.

De leden van de leesclub schreeuwden: 'Gefeliciteerd!'

Het was haar feestje. Hazel had gedacht dat híj het voor haar georganiseerd had. Ze had gedacht dat hij deze hele zomer voor haar had gepland, maar in werkelijkheid had hij helemaal niks gedaan.

Shit.

Noah zag de emoties snel achter elkaar over Hazels gezicht flitsen. Schok, verwarring, verrassing, en hij zag ook een flits van teleurstelling, teleurstelling in hem. Toen toverde ze een gelukkige glimlach tevoorschijn.

'Pap, mam, Frank! Wat is dit?'

'Gefeliciteerd, Hazelnootje!' Burgemeester Kelly straalde toen hij naar Hazel toe liep. 'Daar hebben we je mooi te pakken, hè? Het is net een omgekeerd verrassingsfeestje!'

'Heb ik jóú verrast, bedoel je?' vroeg Hazel.

De burgemeester fronste. 'Nee, nee, dat bedoelde ik niet.'

Hazel lachte. 'Geintje, pap. Ik snap het. Dit is geweldig. Dank je wel.'

Burgemeester Kelly gaf Noah de tros ballonnen, zodat hij zijn dochter kon knuffelen. Noah stond daar als bevroren, met de ballonnen voor zijn gezicht. Hazels woorden bleven maar door zijn hoofd malen.

'Vond je onze aanwijzingen leuk?' vroeg haar vader terwijl hij zich terugtrok.

Hazels blik schoot naar Noah voordat ze weer naar haar vader keek. 'Dus jij was het?' vroeg ze en Noah haatte de onderstroom van pijn die hij erin hoorde. Teleurstelling. Gêne.

'Ja. Nou, ik heb wel wat hulp gekregen. Een paar leden van de leesclub hielpen me met het uitzoeken van de boeken en die lieve nieuwe werknemer van je, Lyndsay, was ook erg behulpzaam. Zij verstopte ze voor ons.' Burgemeester Kelly straalde. 'Het leek ons een leuke speurtocht voor je.'

'Het leek je vader een leuk idee.' De vrouw met de honden kwam dichterbij om Hazel ook een knuffel te geven. 'Ik was bang dat je boos zou zijn over je inventaris.'

'Bedankt, mam.'

'Ik vergoed de boeken natuurlijk!'

'Dat begrijp ik, pap.'

'Het kwam allemaal voor in een droom die ik had, al ging die ook over een schat en over piraten.' Pete schudde zijn hoofd. 'Hoe dan ook, ineens kreeg ik dit geweldige idee voor die speurtocht.'

'Dat weten we nu wel, Pete.' De vrouw, Hazels moeder, klopte hem liefdevol op zijn arm. 'En kijk eens hoe goed het uitgepakt is.'

Noah wilde zeggen dat het helemaal niet goed was uitgepakt, maar dat zou niets uitmaken. Hoewel Hazel er, afgaande op haar gezicht, precies hetzelfde over dacht.

'Bedankt, Frank.' Hazel gaf de andere man ook een knuffel. De twee honden liepen nu rondjes om Noahs benen. Hoewel ze piekfijn gekleed waren, hadden ze geen manieren en snuffelden ze hevig aan Noahs schoenen, opgewonden reagerend als ze iets bijzonders opmerkten. Hij zat vast tussen de honden en de ballonnen.

De rest van de gasten verzamelde zich nu om de jarige te feliciteren en cadeautjes op de bar te leggen. Mac was van achteren gekomen en hielp Amber met de bestellingen van de drankjes. En Hazel kwam steeds verder bij hem vandaan te staan.

Amber nam de ballonnen van hem over. Hij keek haar aan en zag dat ze met een veelbetekenende grijns de ballonnen aan de bar vastbond.

'Je bent erg gek op haar, hè?'

Hij liet zich op de dichtstbijzijnde kruk zakken. De honden hadden een ander slachtoffer gevonden om aan te snuffelen. 'Ja.'

'Heb je het verpest?'

Hij streek door zijn haar. 'Misschien. Ik weet het nog niet precies.'

'Hm.'

'Wat?'

'Noah.' Ze klonk geërgerd.

'Wat?'

Amber zuchtte. 'Het is haar verjaardag. Vertel haar gewoon de waarheid.'

'Goed.' Hij zag hoe Hazel glimlachend haar gasten begroette en bedankte, maar de zweem van verdriet was niet van haar gezicht verdwenen. Hij zag het aan haar glimlach, die wat strak was, en aan de frons op haar voorhoofd. Misschien had hij het nog niet verpest. Misschien had hij het gewoon nog niet echt geprobeerd.

Misschien was het tijd dat hij dat ging doen.

'De waarheid,' herhaalde hij. Maar Amber was al weggegaan om de andere gasten te bedienen. De waarheid was dat hij hield van Hazel Kelly, en het was de hoogste tijd dat hij haar dat ging vertellen.

'Ik dacht al dat je hier zou zijn.'

Hazel keek op van de bank buiten de pub en zag Logan staan. Ze had naar haar voeten zitten staren en wenste dat ze haar tas had meegenomen. Daar zat altijd een boek in voor noodgevallen.

Het geluid van muziek en gelach dreef uit de bar achter Logan en bleef hangen in de stille nacht, zelfs nadat de deur was dichtgegaan. Het was heerlijk koel buiten; een aangename verfrissing na de hitte binnen.

Hazel had in een kring geel licht van de straatlantaarn gezeten totdat Logans gestalte een schaduw over haar heen wierp. Ze voelde zich betrapt.

'Verstop je je op je eigen feestje?' vroeg hij terwijl hij naast haar ging zitten.

'Nee.'

'Haze...' Hij gaf haar een vriendschappelijke por en ze leunde tegen hem aan, zich koesterend in zijn vertrouwde warmte.

Ze zuchtte. 'Ik had gewoon even een kleine pauze nodig.'

'Je weet dat ze het goed bedoelen.'

'Ja.'

'Ze houden van je.'

'Dat weet ik.'

'Volgens mij is de halve stad uitgelopen. Ik ken nog niet eens de helft van de mensen.'

Hazel lachte. 'Nou, sommigen ken ik van krav maga.'

'Ah! Dat maakt veel duidelijk.'

'Wat maakt dat duidelijk?'

'Ik had gemerkt dat je sterker was geworden, als je me een duwtje gaf wanneer ik me als een idioot gedroeg tegenover Jeanie. Je bent nu net een kleine ninja.' Hij gaf haar weer een por en ze glimlachte. 'Waarom ben je hier echt?'

Hazel slaakte nog een zucht en probeerde alle redenen waarom ze zich voor haar eigen feestje verstopte op een rijtje te krijgen. Het waren er namelijk nogal wat. Ten eerste hield ze niet van grote feesten. Die waren te luid en te druk. Bovendien had ze op een feestje nooit het gevoel dat ze iemand echt haar volle aandacht kon geven. Ten tweede was ze nog steeds aan het verwerken dat haar vader degene was geweest die de aanwijzingen voor haar had achtergelaten, die in feite haar complete extraordinaire zomer had georganiseerd. Wat haar uiteindelijk bij de derde reden bracht, de ergste van allemaal, al zou ze dat nooit toegeven: dat dit in feite niet Noahs grote liefdesverklaring aan haar was geweest. Alleen al de gedachte aan Noahs verwarde gezicht vlak voordat haar gasten binnenstormden, was genoeg om Hazels wangen weer te doen gloeien.

Logan zweeg, geduldig, standvastig, terwijl ze nadacht over een manier om het uit te leggen. Uiteindelijk kwam ze alleen maar met: 'Het is gewoon allemaal zo… gênant.'

'Bedoel je het gezang? Ik heb altijd een hekel gehad aan dat toezingen op verjaardagsfeestjes. Iedereen staat daar maar naar je te staren.' Hij huiverde bij de gedachte.

Hazel lachte. 'Dat weet ik nog. Ik herinner me je zestiende verjaardag, toen je direct de kamer uit liep op het moment dat Nana de taart binnenbracht.'

Logan snoof. 'Ik had duidelijk tegen haar gezegd dat ik niet toegezongen wilde worden.'

'Het komt niet door het zingen. Ik weet het niet...' Ze haalde haar schouders op. 'Het is het feit dat de hele stad samenspande en dacht: weet je wie er echt vaker naar buiten moet? Hazel Kelly. We moeten haar aanwijzingen geven om haar uit die boekhandel de wereld in te krijgen. De stoffige, saaie oude Hazel.'

'Hazel Rainbow Kelly.' Logans stem klonk serieus en streng, alsof ze in de problemen zat.

'Als je Annie vertelt wat mijn tweede naam is, vermoord ik je.'

'Ik twijfel er niet aan, maar je moet weten dat niemand in de stad zo over je denkt.'

'Precies,' zei ze, hoewel ze er niet van overtuigd was. Waarom zouden mensen dat niet denken? Ze dacht het zelf ook. In ieder geval tot Noah haar had laten zien dat ze misschien leuker was dan ze zich realiseerde. Daarom had ze die vervloekte aanwijzingen in eerste instantie opgevolgd.

'Je vader wilde dat je wat plezier zou hebben. Een speurtocht voor je verjaardag. Dit gekke stadje heeft hem daarbij geholpen. Dat is alles. Niemand vindt je saai. Zeker Noah niet.'

Hazel trok een gezicht. 'Mijn hemel. Iedereen weet dat hij me geholpen heeft, hè?'

Logan maakte een nietszeggend geluid dat Hazel opvatte als een ja.

Ze kreunde. 'Dat maakt het nog erger.'

Waarom had ze ook tegen Noah gezegd dat ze dacht dat hij dit hele gedoe had gepland toen al die gasten binnen waren gekomen? Als ze haar mond nog dertig seconden had gehouden, had hij de waarheid nooit hoeven weten. Hij had ook nooit hoeven weten dat ze stiekem had gehoopt dat hij het hele gedoe had gepland. Dat ze stiekem had gewenst dat hij diepere gevoelens voor haar koesterde dan alleen een zomerse verliefdheid.

'Hij vindt je leuk.'

'Als een vriendin. Of als scharrel?'

'Nee. Zeker niet. Niet als zomaar een vriendin.' Logan fronste. 'Zeker niet als een scharrel. Hij voelt veel voor je, Haze. Ik heb nog nooit meegemaakt dat hij zo met iemand is. Hij is deze zomer anders. Hij praat nu met je vader over de verhuur van die oude strandhuisjes. Alsof hij al een heel businessplan heeft en zo.'

'Echt waar?'

Logan knikte.

'Misschien ontwikkelt die prefrontale cortex zich dan toch nog.'

'Wat?'

'Laat maar.'

'Ik weet alleen,' vervolgde Logan, 'dat hij heel veel voor je voelt.'

'Maar ik dacht dat hij wegging.'

'Blijkbaar moet zijn zus een paar weken bedrust houden. Hij gaat naar huis om te helpen. Als het uitgebreide plan dat hij aan je vader uitlegt ook maar iets zegt, dan is het wel dat hij zeker terugkomt.'

'O.'

Hazel wist niet wat ze met die informatie aan moest, maar ze was blij dat ze het wist. Dan kon ze er later nog eens over nadenken, als ze wat meer tijd had. Ze wist al dat Noah meer diepgang had dan ze in eerste instantie had gedacht, dus was het dan zo verrassend dat hij romantische gevoelens voor haar kon koesteren?

'O, en Jeanie vindt het echt vervelend dat ze jou ervan heeft overtuigd dat Noah achter de aanwijzingen zat. Je vader had ons niet betrokken bij zijn plannetjes.'

'Ik ben niet boos op Jeanie.'

'Oké. Wees ook niet boos op Noah.'

'Nee, oké.'

'Of op je vader.'

'Natuurlijk niet.'

'Of op de rest van de mensen in dit stadje.'

'Jakkes, juist jij zou me moeten begrijpen, maar jij je zin. Ik ben op niemand boos en ik zal proberen mijn overontwikkelde schaamtegevoelens te overwinnen.'

'Mooi.'

Ze leunde tegen haar geliefde jeugdvriend aan. 'Blijf je nog even bij me zitten?'

'Natuurlijk.'

'Bedankt, Logan.'

'Gefeliciteerd, Rainbow.'

'Ik doe je wat, hoor.'

Hij boog zich naar haar toe en gaf haar een kus op haar kruin. 'Ik hou ook van jou.'

Hoofdstuk achtentwintig

Het was Hazels eerste dag als dertigjarige en ze was te laat. Alex had de winkel vanochtend geopend en Hazel hoefde er pas om twaalf uur te zijn, wat goed uitkwam, aangezien ze vanochtend tot tien uur had geslapen na het grote verrassingsfeest van gisteravond, maar ze liep nog steeds achter op schema. Vooral omdat ze een groot deel van haar ochtend, tussen het douchen en het drinken van thee door, haar telefoon had opgepakt om die daarna meteen weer weg te leggen.

Noah had haar niet geappt. Hij had ook niet gebeld. En ze had niet meer de moed verzameld om met hem te praten op haar feestje. Als Noah van plan was om een einde aan hun verhouding te maken, wilde ze dat gesprek niet op haar feestje voeren. Niemand wilde op zijn verjaardag gedumpt worden.

In plaats daarvan had ze zich omringd met haar gasten en ervoor gezorgd dat ze de hele avond geen moment alleen met hem was.

Zelfs toen ze Noah naar haar had zien staren.

Zelfs toen hij haar een lift naar huis probeerde aan te bieden.

Ze wilde niet dat Noah op haar verjaardag naar excuses zocht. Ze wilde op haar feestje, dat uiteindelijk heel leuk bleek te zijn, niet hoeven horen dat hij haar niet had willen kwetsen en dat ze toch een leuke tijd hadden gehad.

Want hoewel Hazel nu als dertigjarige door het leven ging en eindelijk geaccepteerd had dat ze sexy en leuk was, was ze blijkbaar ook een lafaard. En hoewel haar vrienden allemaal leken te denken dat Noahs gevoelens serieus waren, konden zij niet in zijn plaats spreken. Ze had het al eerder mis gehad met dat hele gedoe met die aanwijzingen, ze wenste het niet nog eens mis te hebben. Niet hierover, niet over Noahs gevoelens voor haar.

Nee, dat had ze allemaal bewaard voor vandaag.

Maar ze was zo lang bezig geweest met erover nadenken, zich er zorgen over maken, vervolgens besluiten hem gewoon te bellen en zich dan weer abrupt voornemen nooit meer met hem te praten, dat ze nu te laat was voor haar werk.

'Sorry, Alex! Ik ben er.' Ze haastte zich naar binnen. Haar werknemer stond achter de toonbank.

'Maak je geen zorgen. Ik heb alles onder controle.'

'Ik had gezegd dat ik er om twaalf uur zou zijn en het is nu bijna halfeen.'

'Hazel, het is geen probleem. Ik had zelfs gezegd dat je vandaag helemaal niet hoefde te komen.'

Dat was waar. Haar werknemers waren geweldig. Maar als ze thuis was gebleven, had ze alleen maar langer gepiekerd over de Noah-situatie en daar zat ze echt niet op te wachten.

Ze bleef even staan bij de toonbank, leunde er met haar heup tegenaan en liet de vertrouwdheid van de boekhandel tot zich doordringen. Het was rustig, maar verschillende klanten snuffelden tevreden tussen de boeken. De voorste tafel was mooi opgemaakt met de nieuwste herfstboeken en Lyndsay had de schattige herfstbanners met kleurrijke bladeren en glinsterende *cinnamon buns* die Hazel op Etsy had gevonden in de winkel opgehangen. De geur van kaneelsuiker hing in de lucht. Die ging nooit helemaal weg, zelfs niet op doordeweekse dagen, alsof de geur in de muren zelf was getrokken. De lage herfstzon scheen door het raam naar binnen en Casper, die op bezoek was, deed een dutje in een zonnestraal.

Alex glimlachte naar haar vanachter de kassa.

Hazel voelde meteen weer hoe geweldig ze het hier vond. Dit was haar plekje en ze was er dol op.

Ze was nooit uit de band gesprongen en dat was prima. Ze was dertig jaar en ze wist wie ze was. Zij was Hazel Kelly, de boekwinkelmanager, theedrinker, boekenlezer, langslaper, huismus. Ze kon ook leuk, flirterig en sexy zijn als ze dat wilde. Soms verveelde ze zich of werd ze onrustig en dat was ook prima, maar Hazel vond het hier over het algemeen heel fijn. Ze was tevreden. Ze kon zich niets meer wensen dan dit.

Want wat had je nog nodig naast goede vrienden, mooie boeken en af en toe een *cinnamon bun*?

Een zekere roodharige visser, dacht ze, maar die gedachte duwde Hazel snel weg. Dat zou ze later wel verwerken. Of helemaal niet meer. Dat wist ze nog niet.

'Heb je een leuke avond gehad?' vroeg Alex.

'Ja, zeker.'

'Je klinkt verrast.'

'Dat was ik ook.' Hazel glimlachte.

'Nou, ik heb me ook vermaakt.' Alex trok ondeugend een wenkbrauw op. 'Joe en ik...'

'Dat meen je niet!'

Alex' glimlach werd breder. Hazels werknemer droomde al jaren van Joe van het Pumpkin Spice Café.

'Jawel.'

'Het was een goed feest.' En dat was het ook echt. Ook al had ze Noah koste wat het kost vermeden, Hazel had gedanst, gelachen en genoten van de liefde van haar familie en vrienden. Uiteindelijk was ze blij dat haar vader haar had overvallen en ze moest zelfs toegeven dat ze blij was met zijn zomer vol aanwijzingen. De laatste twee maanden waren geweldig geweest.

Zelfs als het hier ophield, kon niemand haar dat meer afpakken.

'Nou, ik ben er nu,' zei ze terwijl ze een klopje op de toonbank gaf. 'Ik zal even mijn spullen achter leggen en dan kun je pauze nemen.' Ze haastte zich naar het kantoor om haar jas en tas op te bergen en stuurde snel een berichtje naar Annie, die gisteravond verdacht genoeg ongeveer tegelijk met Mac was verdwenen. Dus óf ze waren met elkaar naar bed gegaan, óf een van hen was vermoord. Hazel vond beide opties even reëel.

Leef je nog?

Zeker

Het antwoord kwam meteen. Annie hield haar telefoon meestal dicht bij zich.

Hoe is het met Mac?

Hoe moet ik dat weten?

Hazel lachte in zichzelf en gooide haar tas, telefoon en jas op de bank. Wat er ook gaande was tussen haar beste vriendin en de barman, ze had er nu geen tijd voor.

Ze keek op en zag een wankele stapel boeken op haar bureau staan. Wat was dit nu weer? Alex zou die boeken nooit op deze manier achterlaten. Zeker niet in een stapel die op het punt stond om te vallen. Hazel fronste.

'Hé, Alex,' riep ze terwijl ze haar hoofd om de deur van het kantoor stak. 'Wat is dit voor stapel boeken?'

'O, die zijn vanmorgen voor je afgeleverd!' riep Alex terug.

'Door wie?'

'Eh… niet echt…' Alex' stem stierf weg. 'Er is een klant, ik ben even bezig!'

Hm. Ze ging terug naar kantoor en bekeek de stapel. Die bestond uit een mix van diverse genres en formaten, midden op haar bureau opgestapeld. Ze pakte het eerste boek van de stapel.

Een pagina met een ezelsoor.

Haar hart begon meteen sneller te kloppen.

Ze sloeg het boek open en zag een gemarkeerde zin.

Ik ontmoette deze zomer een meisje.

Onschuldig. Onschuldig. En toch...

Ze pakte het volgende boek.

De kus bracht hem in extase. Hij had kunnen zweren dat zijn hele lichaam in brand stond.

Een beetje overdreven, maar Hazel kende het gevoel.

Ze pakte nog een boek en ging zo de stapel af. Elk boek had een pagina met een ezelsoor en een zin die gemarkeerd was. Elk boek liet haar hart sneller kloppen. Dit kon niet...

Aantrekkingskracht: zelfstandig naamwoord: de kracht of het vermogen om interesse, plezier of sympathie op te wekken.

Ze legde het woordenboek neer en pakte het volgende boek. Een prentenboek.

'Wil jij mijn beste vriend zijn?' vroeg de vos aan het konijn.

'Maar we zijn zo verschillend,' zei het konijn.

'Dat vind ik juist zo leuk aan jou.'

Een wetenschappelijk tijdschrift:

Volgens een team van wetenschappers onder leiding van Dr. Monica Hunter van Yale University kan romantische liefde worden onderverdeeld in drie onderdelen: lust, aantrekkingskracht en gehechtheid.

De sciencefictionroman die de laatste tijd zo vaak werd gekocht:

Ze bracht hem weer tot leven, reconstrueerde hem tot een betere versie dan het origineel. En hij vóélde zich levend. Hij leefde. Hij was echt.

Het nieuwste deel in de fantasyserie dat Noah op de boot had gelezen:

Woeste zeevogels kwamen aangevlogen, maar hij hield ze tegen. Alles om de prinses te beschermen.

Ze kon het niet helpen dat ze erom moest lachen. Het volgende boek was klein en versleten; het perfecte formaat om mee te smokkelen in een tas. Ze wist niet wanneer haar handen waren begonnen te trillen.

Hij stak zijn hoofd tussen haar dijen en het was hemels.

Hazels wangen gloeiden terwijl ze dat boek snel dichtdeed. Het verbaasde haar in het geheel niet dat er een halfnaakte piraat op de voorkant stond.

Daarna kwam de youngadultroman die vorig jaar plotseling een bestseller was geworden.

Jij bent de enige aan wie ik denk. De enige die ik wil. Jij en ik voor altijd.

Lieve help. Dit was...

Het op één na laatste boek. Weer een damesroman. Hoe kon het ook anders.

Hij realiseerde zich dat hij van haar hield en dat hij waarschijnlijk al die tijd van haar had gehouden. Maar het overviel hem op de een of andere manier, ook al was ze vanaf het begin perfect voor hem geweest.

Hazel greep het boek zo stevig vast dat de pagina's kreukelden.

Bij dit boek stond een berichtje onderaan de pagina. Het was eigenlijk niet echt een berichtje, er stonden slechts een paar woorden.

Deze keer ben ik het,
~Noah.

Het laatste boek was helemaal geen boek, maar een weekplanner.

De datum van vandaag was omcirkeld en in het vakje had iemand met potlood geschreven:

Ontmoet me bij het water. Vanavond. 20.00 uur.

Holy shit.

Nu kreeg ze toch nog de grande finale waar ze op had gewacht.

Noah was zo vaak heen en weer gelopen in het zand dat hij zelfs een kleine greppel had gecreëerd. Misschien kon hij zich daarin begraven als Hazel niet kwam opdagen. Zo zou hij optimaal gebruikmaken van alles wat hij hier bij de hand had.

Nee, het zou prima zijn. Hij zou zich prima voelen. Zelfs als Hazel hem niet wilde. Hij zou... nog steeds in orde zijn. Nou ja, hij zou er behoorlijk kapot van zijn, want hij hield van deze vrouw zoals hij nog nooit van iemand gehouden had en hij was er vrij zeker van dat het vreselijk zou zijn als ze hem zou afwijzen, maar hij zou het wel overleven. Waarschijnlijk.

Hij keek op naar de kleine strandhuisjes. Met wat hulp van Cliff was het hem gelukt om de elektriciteit op orde te krijgen en hij had aan elk huisje twinkelende witte lampjes gehangen. Zelfs het huisje aan het uiteinde, dat op instorten stond, had een snoer witte lampjes. Dat ene huisje zou absoluut meer werk vergen dan de andere, maar hij had gisteravond met burgemeester Kelly gesproken toen Hazel nergens te bekennen was en de man had hem ervan verzekerd dat er mogelijkheden waren.

Hij had niet helemaal duidelijk gemaakt welke dan, maar Pete zei dat hij er zeker van was dat ze eruit zouden komen. Het belangrijkste was dat Noah hem zijn plan had verteld en dat de burgemeester erachter stond.

Noah overwoog zelfs om zijn vader om advies te vragen over het hele gebeuren als hij straks thuis was, wat behoorlijk bijzonder was. Echt bijzonder.

Beweging op het pad naar het strand trok zijn aandacht en Noah stond als bevroren in zijn loopgraaf. Totdat hij zich herinnerde dat het pad geen echt pad was, toen haastte hij zich om Hazel naar beneden te helpen.

'Hoi, Noah,' zei ze toen hij naderde. Zijn hart sloeg een slag over. Ze was zó mooi, zelfs in het donker, alleen haar vorm was al prachtig. Haar krullen hingen vanavond losjes om haar gezicht en een aarzelende glimlach sierde haar lippen.

'Hoi.' Hij moest hier echt snel weer beter in worden. 'Laat me je helpen. Het is nogal verraderlijk.'

Ze pakte zijn hand en hij leidde haar over de stenen naar het zand. Hij wilde haar blijven vasthouden, maar hij wist niet zeker of hij dat wel zou moeten doen, dus protesteerde hij niet toen ze zijn hand weer losliet. Zij keek naar de huisjes en hij keek naar haar.

'Ik heb met je vader gesproken,' zei hij en ze draaide zich naar hem om. De lichten van de huisjes werden weerkaatst in haar brillenglazen. Hij wenste dat hij haar beter kon zien. Waarom had hij deze plek uitgekozen? De wind was aangetrokken en Hazel trok haar vest dichter om zich heen. Noah voelde hoe zijn plan in duigen viel.

'Over de huizen, en hij denkt dat het een succes zou kunnen worden.'

'Dat is geweldig, Noah–'

'Ik heb ook met mijn vader gesproken. Met mijn hele familie, eerlijk gezegd, en ik denk dat ze me misschien hebben vergeven. Ik ga naar huis om te helpen nu mijn zus bedrust moet houden, maar daarna kom ik terug. Ik zou sowieso voor je terugkomen, Haze. Ik had dat moeten zeggen... Ik had zoveel moeten zeggen. O, en je bent uitgenodigd voor Thanksgiving... Als je... Als je wilt... Ik bedoel, als we...'

Hij schudde zijn hoofd en probeerde zijn tollende gedachten op een rijtje te krijgen. 'Ik denk dat we zouden moeten daten. Ik bedoel, niet vanwege de aanwijzingen of zoiets. Ik... ik weet dat ik wat jonger ben dan jij, maar ik denk niet dat dat uitmaakt en ik denk gewoon dat we goed bij elkaar passen...'

'Noah, stop.'

Hij knipperde met zijn ogen, en Hazel kwam weer in beeld. De wind trok aan haar haar en deed haar trui opbollen. Ze had haar armen om zichzelf heen geslagen. Ze had het koud. Hij zou haar mee naar binnen moeten nemen, thee voor haar moeten zetten, haar in bed moeten stoppen en haar nooit meer moeten laten gaan.

'Wat ben je aan het doen?' Haar vraag doorbrak zijn koortsachtige gedachten.

'Eh...' Wat was hij aan het doen? Haar zijn liefde verklaren en het volledig verpesten?

'Waarom probeer je me er nog steeds van te overtuigen dat je het waard bent?'

'Ik...' Noah slikte moeizaam. Was hij daarmee bezig? 'Ik wilde je alleen laten weten dat ik serieus werk aan dingen... aan mezelf. Ik wil... goed voor je zijn.'

Ze was op de een of andere manier dichterbij gekomen zonder dat hij het doorhad, waarschijnlijk omdat zijn hersenen hem volledig in de steek hadden gelaten op dit koude, winderige strand.

'Noah.'

'Ja?'

'Je hebt een gigantische hoed en insectenspray voor me meegenomen.'

'Nou, dat was gewoon gezond verstand.'

'Je hebt een gigantische knuffelpinguïn voor me gewonnen.'

Welke kant ging dit op? 'Dat zou iedereen gedaan hebben.'

'Je hebt me laten inzien dat ik mooi en sexy ben, en je hebt mijn leven gered.'

'Hazel...'

'Noah.' Haar stem was serieus, streng bijna, alsof ze geen tegenspraak duldde. 'Je hebt meer zorg en aandacht aan me besteed dan al mijn eerdere vriendjes. Je bent goed voor me.'

Hij schudde zijn hoofd. 'Ik gaf je gewoon alles wat je verdiende.'

'Je hebt geheime berichtjes voor me achtergelaten in de boeken.' Haar mondhoeken krulden omhoog en hij wilde de vorm van haar lippen met zijn tong volgen. Hij wilde haar vastpakken en haar tegen zich aan klemmen, zijn gezicht in haar haar begraven en haar geur opsnuiven, maar dit was te belangrijk, deze woorden waren te belangrijk.

'Nou, de tweede keer was ik het, ja. Het spijt me...'

'Noah.'

'Ja?'

'Ik hou van je.'

'O.' Het was niet meer dan een zucht, alsof iemand hem een klap in zijn buik had gegeven, een hijgend, verstikt geluid van verrassing. Hazel keek met grote ogen en een kleine rimpel tussen haar wenkbrauwen naar hem op. Ze hield iets tegen haar borst geklemd. Een map? Het kon hem niet schelen. Alleen haar woorden waren belangrijk voor hem.

Hij nam haar gezicht in zijn hand, streek met zijn duim over haar wang en drukte zijn voorhoofd tegen het hare. 'Gelukkig.' Ze lachte, nauwelijks hoorbaar maar schattig. 'Ik hou ook van jou, Haze.'

'Dat is echt waar, toch?'

'Jazeker. Natuurlijk. Ik hou al zo lang van je, Hazel, ik weet niet eens meer wanneer het begon. Ik was bereid om elk boek in die boekhandel te lezen, alleen maar om meer tijd met jou door te brengen.'

Ze glimlachte, langzaam en ondeugend, voordat ze haar mond op de zijne drukte. Hij greep haar vast, sloeg zijn armen om haar heen en tilde haar van het zand. Ze slaakte een verrast kreetje en hij kuste het geluid van haar lippen.

'Wacht!' zei ze. 'Ik heb iets voor je meegebracht. We zijn het aan het verkreukelen.'

Hij zette haar met tegenzin neer en ze hield hem de map die ze vasthield voor. 'Hier.'

'Eh... Dank je.'

Hazel zuchtte geërgerd. 'Je hebt hem niet eens geopend.' Hij opende de map en tuurde in het halfdonker naar de inhoud.

'Het is alles wat je moet invullen en indienen bij de gemeente en de staat. Volgens mij kunnen we een makelaar wel omzeilen en tot een directe koop tussen jou en de gemeente komen, maar dan moet je wel contact opnemen met je bank. Verder denk ik niet dat het een slecht idee zou zijn om een aannemer en een architect in te huren voor de bouwkundige beoordelingen. Uiteraard moeten de huisjes worden geïnspecteerd voordat we dit gaan verhuren...'

'Haze.'

'Ja?' Ze zweeg en knipperde met haar ogen.

'Dank je.'

Ze straalde. 'Graag gedaan. Maar ik wil dat je weet dat ik niet echt om die strandhuisjes geef.'

'Voor iemand die er niet om geeft, heb je er wel veel onderzoek naar gedaan.'

'Nee, ik bedoelde alleen dat het me niet kan schelen of je dit doet of dat je vistochten doet of barman bent bij Mac of wat voor andere plannen je ook bedenkt. Je hoeft me niets te bewijzen, Noah.'

Hij kreeg een brok in zijn keel en slikte. 'O.'

Ze kwam dichterbij en ging op haar tenen staan. Ze gaf hem een kus op het puntje van zijn neus. 'Ja, o. En ik zou dolgraag Thanksgiving met jullie vieren.'

Noah grijnsde. 'Mijn zussen worden helemaal gek.'

Hazel lachte. 'Ik kan niet wachten.'

'Laten we naar binnen gaan.'

'Ja.'

Ze pakte zijn hand en hij leidde haar naar het huisje. Hij had de lichtjes aangestoken alsof het een cadeautje voor haar was. Alsof hijzelf bewijs nodig had dat hij het waard was, bewijs dat hij serieus genoeg was voor Hazel, want zij had het helemaal niet nodig. Zij had alleen hém nodig.

Dat had hij waarschijnlijk zelf ook wel kunnen bedenken.

Het kon hem niet schelen of Hazel morgen de boekhandel achter zich zou laten, al wilde ze de stad uit om circusartiest te worden. Al zou ze haar hoofd kaalscheren of besluiten dat ze wilde gaan rotsklimmen, hij zou mee willen doen. Als hij aan Hazel dacht, dacht hij niet aan haar baan, haar krullen of haar schattige blouses met knoopjes. Hij dacht aan de frisse smaak van bosbessen op zijn tong, aan zilte lucht en regenachtige dagen, aan het perfecte boek. Ze was kussen en geheime glimlachjes. Hazel was alles voor hem. Alleen haar had hij nodig.

En het feit dat zij net zo over hem dacht, was genoeg om hem het gevoel te geven dat hij de hele wereld aankon. Alsof zijn voeten het zand niet eens meer raakten. Hij zweefde achter haar aan met zijn half afgemaakte project en voor het eerst in lange tijd voelde hij zich zelfverzekerd. Het voelde alsof hij goed genoeg was.

Ze deed de deur open en ze tuimelden naar binnen, veilig voor de koude wind en de beukende golven. Ze liet hem niet op adem komen voordat ze hem tegen de gesloten deur drukte. Haar armen lagen om zijn nek en haar lippen op de zijne.

'Ik hou van je,' mompelde ze en hij kon het niet helpen dat hij tegen haar mond glimlachte. Het geluk explodeerde in zijn borst.

'Ik hou ook van jou, Hazel Kelly.'

Ze slaakte een verheugde zucht toen hij haar dichter tegen zich aan trok en elk happy end dat hij ooit had gelezen begreep hij nu. Dit was het.

Gelukkig. Voor altijd.

Daar zou hij voor zorgen.

Hoofdstuk negenentwintig

Noah wierp haar map met documenten op een tafeltje terwijl hij haar naar het bed trok.

'Daar gaan we morgenochtend mee aan de slag.'

'Zoveel kussens,' zei ze plagerig terwijl ze zich op de gezellige stapel liet ploffen.

Noahs wangen werden vuurrood. Geen van de gewaagde dingen die hij tegen haar had gezegd, had ooit zo'n reactie veroorzaakt als deze bekentenis. 'Ze zijn voor jou.'

'Wat?'

Hij kroop naast haar op het bed en trok haar tegen zich aan alsof hij het niet kon verdragen om ook maar iets tussen hen in te hebben, wat goed was, aangezien ze minstens de komende vierentwintig uur tegen hem aan gedrukt wilde worden, in ieder geval totdat dit allemaal echt voelde. Noah was verliefd op haar. Zij was verliefd op hem.

Het was...

Onbegrijpelijk. Ongelooflijk. Onverwacht.

Ook al had ze het misschien moeten zien aankomen. Misschien had ze meteen moeten begrijpen wat Noahs blikken werkelijk betekenden, wat zijn verlangen om tijd met haar door te brengen echt inhield, maar gelooft iemand ooit echt zoiets te zullen meemaken? Dat iemand van je houdt om wie je bent?

Het was perfect. Hazel had het echt niet verwacht.

Maar nu ze het had, zou ze het nooit meer loslaten.

'Ik heb ze voor jou gekocht,' zei Noah terwijl ze met haar vinger de lijn van zijn blozende wangen volgde.

'Heb je kussens voor me gekocht?'

Hij glimlachte, scheef en lief, en Hazel voelde vlinders in haar buik. 'Ik wilde dat je comfortabel zou liggen als we hier ooit zouden belanden.'

'Wauw.'

'Ik ben tot over mijn oren verliefd op je, Haze.'

Ze grijnsde. 'Echt?'

'Helemaal echt.'

'Ik ook op jou.'

Zijn glimlach werd breder. 'Dromen komen echt uit.'

Hazel lachte, zelfs toen haar lichaam warm werd bij de herinnering aan de laatste keer dat Noah dat tegen haar had gezegd. De avond in haar keuken, zij in niets anders dan haar slipje op het aanrecht en hij geknield tussen haar dijen. Een rilling trok over haar ruggengraat en hij klemde haar steviger vast.

'Heb je het koud?'

'Nee. Niet koud. Eerlijk gezegd denk ik dat we allebei te veel kleding dragen.'

Die opmerking deed hem grijnzen als een piraat. 'Mee eens.'

Hazel wurmde zich uit haar trui en gooide hem opzij terwijl Noah zijn shirt over zijn hoofd trok. Haar shirt kwam daarbovenop terecht en toen trok ze hem weer op zich. 'Dat is beter,' zei ze terwijl hij haar hals kuste. De hitte van zijn huid voelde verschroeiend tegen de hare.

'Veel beter,' mompelde hij, en zijn lippen bewogen over haar buik en de aanzet van haar borsten. Hij had haar beha losgemaakt voordat ze het ook maar doorhad. Ze deed hem uit terwijl zijn hoofd naar beneden ging om te likken en te zuigen.

'Je broek,' zei Hazel hijgend terwijl ze aan de taille van zijn spijkerbroek trok.

Hij kreunde toen haar vingers onder de tailleband doken. 'Ik heb het gevoel dat je me opjaagt, Haze.'

'Je broek. Alsjeblieft, Noah,' bracht ze kreunend uit. 'We kunnen het later langzaam doen of hoe je maar wilt, ik heb het nu gewoon zo nodig... Ik heb alleen jou nodig. Nu.'

Zijn blik ontmoette de hare, donker en vastberaden. 'Wil je het zo? Snel?'

Ze knikte en beet op haar onderlip. 'Snel. En hard. Alsjeblieft, Noah.'

Hij slikte. Ze keek naar zijn keel en luisterde naar zijn schorre ademhaling. Een spier in zijn kaak trilde. Ze had hem nog nooit zo kalm, zo rustig gezien, alsof hij eerst diep nadacht voordat hij sprak, voordat hij iets deed.

Hazel wachtte. Ze schaamde zich niet voor haar verzoek, want ze wist dat Noah het in zou willigen en haar zou beschermen. Ze wilde niet dat hij nu voorzichtig met haar omging, ze wilde niet dat het liefjes ging. Ze wilde dat Noah haar tot de zijne zou maken. Ze wilde dat hun tijd samen net zo rauw zou aanvoelen als haar emoties, alsof haar zenuwen zich aan de buitenkant van haar lichaam bevonden en geen zachte aanrakingen nodig hadden.

De afgelopen twee maanden waren een geweldig voorspel geweest, maar nu wilde ze dat Noah haar op deze matras zou drukken en ze hem kon geloven. Dit was echt. Zij was van hem. Hij was van haar. Ze wilde dat hij haar daar eens en voor altijd van overtuigde.

Ze hoopte dat hij het begreep terwijl ze zijn blik vasthield, terwijl ze overvallen werd door liefde, verlangen en nog steeds een klein beetje angst, omdat ze bang was dat dit allemaal zou verdwijnen.

'Je moet het zeggen als ik moet stoppen. Oké? Als je wilt dat ik stop, zeg het dan.' Zijn stem was schor, als golven die op het punt stonden te breken.

Hazel knikte.

'Spreek het uit, Hazel.'

'Oké. Ik zal het zeggen. Beloofd.'

Hij knoopte zijn broek al los en liet die over zijn heupen glijden.

'Jouw broek,' zei hij, en een lichte grijns speelde om zijn lippen. Hazel volgde snel zijn bevel op en trok haar broek uit terwijl ze zag hoe Noahs boxershort de weg van zijn spijkerbroek volgde. Ze trok haar slipje naar beneden, een effen wit exemplaar, terwijl Noah toekeek met een verlangende blik op zijn gezicht.

Deze man wilde haar.

Een sensatie waarvan ze hoopte dat die nooit zou verdwijnen, raasde door haar aderen bij die gedachte.

'Draai je om,' bracht hij moeizaam uit.

Ze deed wat haar werd opgedragen, genietend van het geluid van Noahs zachte gekreun. Hij streek over haar heup. Hij kneep haar even.

'Oké?'

'Ja.'

Ze hoorde hoe hij het condoom uit de verpakking haalde, wachtte tot hij het omdeed en toen lagen zijn handen op haar heupen, haar naar hem toe kantelend.

Ze had zich nog nooit zo blootgesteld, zo kwetsbaar gevoeld.

Ze had nog nooit een ander mens zo volledig vertrouwd.

Noahs hand kwam tussen haar benen, haar nog verder spreidend. Hij plaagde haar een beetje op de plek waar ze al zo vochtig en pijnlijk verlangend was.

'Noah, alsjeblieft.' Ze kon het niet meer aan, haar benen begonnen al te trillen.

Zijn hand was weg, terug op haar heup, en hij gleed in één soepele stoot in haar.

Hij kwam zo… diep.

Hazels adem stokte. Haar hart hield op met kloppen. Haar hersenen werkten niet meer. En toen was Noah overal. Zijn armen om haar heen, zijn benen over de hare, zijn lichaam zo diep in het hare dat ze niet kon ademen.

'Gaat het?' fluisterde hij. Zijn lippen waren op haar schouder en zijn woorden in haar oor.

'Ja,' zei ze hijgend. 'Meer.'

'Hazel.' Zijn stem klonk net zo gebroken als zij zich voelde.

'Meer.'

Hij verstrengelde zijn vingers met de hare en drukte hun handen in de matras. Zijn andere hand lag weer op haar heup, hij hield haar stevig vast terwijl hij zich gedeeltelijk terugtrok en toen weer stootte. Hazels voorhoofd was in een kussen gedrukt en Noahs adem was heet in haar nek.

'Nog een keer,' eiste ze en hij gehoorzaamde. Nog een keer. En nog een keer botste Noah tegen haar aan, de spanning in haar werd steeds heviger. Ze kneep in zijn vingers en hij hield zich bewegingloos, zijn lichaam verstrengeld met het hare. Hij kuste haar schouders en de tederheid daarin vormde zo'n contrast met de meedogenloze stoot van zijn heupen dat Hazel tranen in haar ogen voelde opwellen.

Een snik ontsnapte aan haar lippen.

'Hazel?'

'Ik… Het is gewoon…'

'We stoppen.'

'Nee!' Ze kuste de achterkant van zijn hand wanhopig en eerbiedig. Het was het enige deel van hem dat ze kon bereiken vanuit haar positie, vastgepind op het bed. 'Niet stoppen. Ik... wil dat het echt is. Jij. Dat jij echt bent. Ik hou van je.'

Ze voelde zijn voorhoofd tussen haar schouderbladen drukken.

'Het is echt,' zei hij, en zijn stem klonk net zo kwetsbaar als zij zich voelde. 'Jij en ik. Beloofd.'

Ze knikte, met haar wang tegen een van zijn vele kussens.

'Ik ga je nu laten klaarkomen, oké?'

Hazel lachte aarzelend. 'Oké.'

Noah drukte nog een kus op haar schouder en maakte toen voorzichtig zijn vingers los uit die van haar. Hij trok haar heupen omhoog, veranderde het standje en Hazel voelde het meteen. 'Is het zo goed?'

'Verdorie, ja.'

Noahs gegrinnik was even haar favoriete geluid, totdat het werd gevolgd door zijn gekreun toen hij begon te bewegen. Hazel kreunde ook, haar vingers grepen naar de lakens.

'Raak jezelf aan, Haze.'

En dat deed ze. Ze zou alles doen wat hij zei. Ze wist dat alles wat hij zei haar genot zou brengen.

Ze raakte zichzelf aan terwijl hij in haar bewoog, raakte een plek waardoor haar ogen wegdraaiden en haar tenen zich kromden. Het gevoel was zo hevig dat ze niet wist of ze het zou overleven.

'Doorgaan,' zei hij eisend terwijl zijn vingers zich in haar heupen groeven. Ze gehoorzaamde en ging sneller en harder toen hij hetzelfde deed. Het verlangen bouwde zich op, maar ze was veilig. Veilig bij Noah. Veilig, gewenst en geliefd.

Ze jammerde, de tranen kwamen weer in haar ogen, uit haar keel klonk een snik.

Ze liet zich helemaal gaan toen ze kwam. Ze beefde, huilde en trilde. Noah hield haar vast.

'Noah,' zei ze, kreunend in de kussens, de kussens die hij voor haar had gekocht. Zijn armen waren weer om haar heen, haar lichaam was één met het bed, hun handen verstrengelden zich en Noah kwam tot zijn hoogtepunt met zijn lippen tegen haar schouder gedrukt.

'Hazel.' Hij mompelde haar naam keer op keer, zelfs nadat hij van haar af was gerold. Zelfs nadat hij zich had gewassen en terug naar bed was gekomen, zijn armen om haar heen had geslagen. Hij mompelde haar naam terwijl hij haar kuste en haar vasthield. Alsof hij het ook niet kon geloven.

Maar het was echt waar.

Het was een verhaal dat ze nog lang zouden vertellen. Nou ja, delen ervan, in ieder geval. Sommige zaken waren privé.

Hoofdstuk dertig

Twee maanden later

'Fijne Vriendendag!' Jeanie deed de deur van de oude boerderij open en spreidde haar armen. Noah werd meteen getroffen door de geur van salie en uien, kaneel en gember. Zijn maag knorde. Hazel had vanochtend alleen een kom ontbijtgranen voor hem gehad en onderweg naar huis had hij een halve zak marshmallows leeggegeten. Al waren ze, als hij heel eerlijk was, druk geweest met andere dingen. Verschillende andere dingen, die waren begonnen met het aanvragen van een lening bij de bank en eindigden met Hazel die uitsluitend in haar slipje op haar keukentafel lag. Dus misschien had hij niet alleen van ontbijtgranen en marshmallows genoten…

'Hoi, Jeanie.' Noah liet zich omhelzen door Jeanie en zette snel zijn herinneringen aan de ochtend opzij.

'Welkom terug, Noah!' Ze gaf hem een knuffel en toen was het Hazels beurt.

'Bedankt voor de uitnodiging,' zei Hazel.

'Ik ben zo blij dat jullie er zijn.' Jeanie pakte de wijn van Noah en de rest van de zakken met marshmallows die Hazel had meegenomen aan, en ging hun voor naar binnen. 'Het is zo'n drukke tijd van het jaar, ik ben gewoon blij dat we allemaal bij elkaar kunnen zijn.'

Noah besloot niet te zeggen dat ze elkaar toch al bijna elke dag zagen, vooral nu hij terug was en fulltime bij Mac werkte. Ze liepen voortdurend elkaars winkels in en uit, maar hij wist dat Jeanie het geweldig vond om voor de eerste keer een Vriendendag te organiseren, dus beet hij op zijn tong en volgde haar naar binnen. Het was warm en gezellig, met een knapperend haardvuur in de woonkamer, vlak bij de hal. Jeanie en Logan hadden verschillende tafels tegen elkaar gezet, zodat het geheel van de eetkamer naar de woonkamer doorliep. In het midden was de lange tafel opgemaakt met kaarsen en kalebassen, waardoor een tafelschikking ontstond waarvan hij zeker wist dat zijn moeder die geweldig zou vinden. Zijn zes weken thuis waren soms lang en zwaar geweest, maar vooral voor zijn zus. Hij had een geweldige tijd gehad met zijn nichtjes en met de bemanning op de nieuwe kreeftenboot. Hij had zelfs zijn plannen voor de strandhuisjes besproken met zijn vader.

En dat hij elke avond met Hazel had gepraat, was ook fijn geweest.

Inmiddels mocht Rachel van haar arts weer uit bed, dus was Noah teruggekeerd naar Dream Harbor. Voor even, in ieder geval. Over drie dagen zou hij Hazel mee naar huis nemen en hij was zo zenuwachtig als wat over haar ontmoeting met zijn familie. Maar hij was meer opgewonden dan angstig, dus dat was in ieder geval iets.

'O, kijk eens wie we daar eindelijk hebben!' Annie kwam uit de keuken met een wijnglas in haar hand.

'We zijn niet te laat.' Hazel keek op haar horloge. 'Niet écht laat, in ieder geval.' Ze bloosde en Noah grijnsde, beseffend dat ze dacht aan de reden waarom ze te laat waren.

'Vreselijk, jongens. Dat menen jullie niet,' zei Annie, die ook goed was in Hazels gedachten lezen.

Hazel rolde met haar ogen en had duidelijk haar antwoord al klaar toen een volkomen onbekende man Annie de hal in volgde.

'Eh… hoi,' zei Noah, terwijl hij Hazels aandacht van Annie naar de man leidde die achter haar stond en zich niet goed een houding wist te geven.

'O, dit is Trent.'

'Trent?' Hazels stem steeg. 'Hoi, leuk je te ontmoeten...'

'Heb je een date meegenomen naar onze Vriendendag?' vroeg Hazel.

'Dat zie je toch,' antwoordde Mac vanuit de hoek van de woonkamer, vanwaar hij hen gadesloeg. Noah had hem nog niet eens gezien. Trent keek van de een naar de ander. Arme gozer.

Annie negeerde Mac en draaide zich weer naar Hazel. 'Trent is een nieuwe vriend. Het leek me gewoon leuk om hem uit te nodigen.'

Jeanie haastte zich de keuken uit met verschillende schalen kaas en crackers in haar handen. 'En hoe meer zielen, hoe meer vreugd,' zei ze met opgetrokken wenkbrauwen, alsof ze Hazel en hem iets duidelijk wilde maken. Dat niemand haar Vriendendag mocht verpesten, bijvoorbeeld.

'Hm.' Hazel droeg enkel een afkeurend geluidje bij aan het gesprek.

'Nou, het is leuk je te ontmoeten, Trent.' Noah stak zijn hand uit en de man slaakte een lichte zucht van opluchting. 'Hoe heb je Annie ontmoet?'

'Ik heb haar koekjes geprobeerd en toen kon ik daar geen genoeg van krijgen.'

Hazel verslikte zich zonder iets in haar mond te hebben en begon te sputteren en te hoesten. Noah klopte haar op de rug en verbeet een lach. Het zou kunnen dat Mac iets mopperde over dat hij verdorie van Annies koekjes af moest blijven, maar het was moeilijk te horen boven Trents gehakkel.

'Eh… van haar bakkerij. Chocoladekoekjes. Ik ging er wat kopen en we raakten aan de praat. Dat is, eh… wat ik bedoelde.'

Noah grinnikte. 'Ja, Annies koekjes zijn de beste in de verre omtrek.' Hij knipoogde naar Annie en ze sloeg hem speels op zijn arm.

'Goh, bedankt. Oké, nu we allemaal aan elkaar voorgesteld zijn, kan het feest beginnen.'

Vanuit Macs hoek ging nog meer gemopper op. Logan was de volgende die uit de keuken kwam en Noah begon zich af te vragen hoeveel mensen er nog meer verstopt zaten. Zijn vriend droeg een schort met een gigantische kalkoen erop.

'Je ziet er goed uit, man,' zei hij met een grijns, terwijl Hazel Annie naar de eetkamer volgde voor snacks.

Logan keek naar zijn schort en toen weer fronsend naar Noah. 'Bedankt. Hoe is het met je zus?'

'Veel beter. Dat is niet aan mij te danken, maar ik heb in ieder geval de kinderen beziggehouden.'

'Goed, man.'

Noah boog zich naar hem toe. 'Heb je het al geregeld?' fluisterde hij.

'Ssst!' Logan greep hem bij zijn arm en sleepte hem terug de keuken in. 'Ben je gek geworden?'

Noah wreef over zijn arm. 'Sorry. Jeetje.'

Logan fronste. 'Sorry. Ik wil de verrassing gewoon niet verpesten.'

'Dus het is nog niet gebeurd?'

'Nee.'

'Ik dacht dat je "tegen het einde van het jaar" had gezegd...'

'Er is nog tijd genoeg.'

'Hé, heb je de koekjes al gecheckt?' Jeanie kwam ineens weer de keuken in en Logan sprong bijna weg van Noah, alsof ze betrapt waren. Jeanie keek hen vorsend aan. O, zijn vriend zou de verrassing zeker verpesten.

'Eh, ja. Die moeten nog een paar minuten.'

Jeanie ging naast hem staan en Logan legde een arm om haar schouder en gaf haar een kus op haar kruin.

'Hoe gaat het met Hazel?' vroeg ze aan Noah.

'Doe niet alsof ze je niet alles vertelt,' zei hij lachend.

'Niet alles! En bovendien hoor ik het graag van jou.'

Noah kon een glimlach niet onderdrukken. Dat was onvermijdelijk als hij aan Hazel dacht.

'Het gaat prima met Hazel.' Geweldig, perfect, de beste twee maanden van zijn hele leven, no big deal.

Jeanie grijnsde.

'Eh, heb je nog ergens hulp bij nodig?'

'Nee, hoor. We hebben alles onder controle.' Ze keek over haar schouder terwijl er iets overkookte. Het fornuis siste toen de vloeistof op de hete brander terechtkwam. 'Voor het grootste deel. Hoe dan ook, misschien kun je er gewoon voor zorgen dat Annie en Mac allebei in hun eigen hoekje blijven.'

'O, is dat alles? Misschien kan ik ook even wereldvrede regelen.'

Jeanie lachte terwijl ze terugliep naar het fornuis. 'Bedankt, Noah! Ik wist dat ik op je kon rekenen.'

'Jaja,' mompelde hij terwijl hij terugliep naar de woonkamer.

Annie en Hazel zaten te smullen van de kaas en crackers terwijl Trent en Mac niets anders leken te kunnen dan elkaar onophoudelijk aan te staren. Op een gegeven moment kwam George aan met Jacob en Crystal, wier vriendje een football-legende was, die vandaag in Texas zou spelen. De drie waren druk bezig met het mixen van drankjes bij de kleine serveerwagen die Logan had klaargezet.

Nana en opa Henry brachten de wintermaanden in Florida door, dus zij waren er niet, maar Alex en Joe kwamen al snel om de groep compleet te maken. Na Hazels verjaardag was het weer een tijdje uit geweest, maar nu was het blijkbaar weer aan. Gezien de manier waarop iedereen al dronk, kon Noah zich voorstellen dat deze Vriendendag snel uit de hand zou kunnen lopen, maar hij zou zijn uiterste best doen om ervoor te zorgen dat dat niet zou gebeuren. Hij ging op de stoel naast Mac zitten en gaf de man een klein bordje met crackers. 'Eet iets.' Noah keek naar het lege whiskyglas in Macs hand.

Mac gromde, maar begon toch crackers in zijn mond te proppen. 'Ik weet niet waarom ze hem mee heeft gebracht.'

Noah keek naar Trent, die nu naast Annie stond en haar heel lief aankeek.

'Misschien is hij aardig tegen haar.'

Mac snoof. 'Ik ben ook aardig tegen haar.'

'Juist.'

Hij bromde nog wat en at meer crackers. 'Zíj is degene die niet aardig is.'

'Je weet dat je klinkt als een kleuter, toch?'

'Ja.'

'Oké, prima. Zolang we op dezelfde golflengte zitten.'

Hazel kwam naast hem zitten met haar bordje en een glas wijn. 'Hoi, Mac.'

'Hazel.'

'Voor de duidelijkheid, ik ben team Mac.'

'Er is geen team Mac.'

'Hm.'

Noah lachte en leunde naar Hazel toe. 'Hij is vandaag chagrijnig.'

'Ik geef hem geen ongelijk,' fluisterde ze.

'Ik hoor jullie best.' Mac stond op om zijn glas bij te vullen en Noah trok Hazels stoel dichter naar de zijne.

'Je hebt me de hele dag laten verhongeren zodat we, ik citeer, "vanavond nog wel trek zouden hebben bij het feest" en kijk jou nu.' Hij wees naar haar bord vol met crackers, kaas, verschillende soorten vleeswaren, augurken en gedroogd fruit.

'Ik kan een charcuterieplankje niet weerstaan. Bovendien zijn we er nu, dus dit is onderdeel van het feest.'

'O, werkt dat zo? Goed.' Hij pakte een vijg van haar bord en stopte die in zijn mond.

'Hé! Haal jij je eigen voorraad maar!' Ze draaide zich naar hem toe en hij nam haar gezicht in zijn handen. Ze gloeide van de warmte in de kamer en de wijn. Haar ogen fonkelden vrolijk achter haar bril.

Hij dacht aan de ring die Logan al maanden in zijn zak had. Hij wilde er ook een. Ooit. Binnenkort. Snel.

Ze trok een wenkbrauw op alsof ze zijn gedachten kon lezen, dus kuste hij haar, vluchtig maar lief.

'Waar was dat goed voor?' vroeg ze.

Hij haalde zijn schouders op. 'Gewoon omdat ik dankbaar ben voor dit jaar, voor het feit dat ik jou heb.'

'Dat is lief, maar bewaar het maar voor later. Jeanie komt ongetwijfeld met een rondvraag om iedereen te laten zeggen waar hij of zij dankbaar voor is.'

Noah grinnikte. 'Oké, staat genoteerd.'

Hazels been stootte tegen het zijne onder de tafel. 'Ik ben ook dankbaar voor het feit dat ik jou heb.'

'Fijn om te horen.' Hij vond haar dij onder de tafel en liet zijn hand over de panty gaan die ze onder haar rok droeg.

'Wat doe je?' mompelde ze.

'Niets,' zei hij terwijl hij onschuldig glimlachte en zijn vingers verder op onderzoek uit liet gaan.

'Noah,' zei ze waarschuwend.

'Ja?' fluisterde hij, dicht tegen haar aan leunend. Hij vond de rand van haar rok en schoof zijn vingers eronder.

Hazels adem stokte.

Hij ging steeds hoger, met een neutrale gezichtsuitdrukking.

'Wat doe je?' vroeg ze opnieuw, terwijl haar dijen zich voor hem spreidden.

'Gewoon een beetje roekeloos plezier maken.'

Ze hield zijn blik vast en hij knipoogde naar haar. Ze lachte zacht. 'O, echt?'

'Hm-hm.' Hij bereikte de bovenkant van haar dijen en ging plagend met zijn vinger over haar slipje. Hazel huiverde.

'Tijd om te eten.' Logan zette een bord met een gigantische stapel kalkoen voor hen neer. Hazel hoestte en Noah liet zijn hand onder haar rok vandaan glijden.

'Later,' fluisterde hij voordat hij zijn andere hand uitstak naar de kom aardappelpuree. 'Kan iemand de jus doorgeven?' vroeg hij onverstoorbaar. Hazel lachte buiten adem en ving zijn blik op toen hun vrienden zich om hen heen verzamelden en hun plekken innamen. Hij glimlachte naar haar en liet de chaos in de kamer om hen heen wervelen.

Hazel was het middelpunt van alles, zijn veilige plaats in de storm. Hij wist niet echt wat hem hierheen had gebracht; hij had de afgelopen jaren op veel plaatsen aangemeerd, maar in Dream Harbor was hij blijven hangen. En hij was dankbaar voor alles wat hem hier had gebracht. Elke mislukking. Elke zware dag op zee. Elke strijd met zijn familie, met zichzelf. Het had hem allemaal hierheen geleid.

Het had zo moeten zijn. Zijn plaats was bij haar.

Hazel Kelly. Het meisje van zijn dromen.

Daarvoor was hij dankbaar.

Epiloog

Zes maanden later

Hazel lag te luieren in de schaduw van de cabana.

Ze droeg zelfs in de schaduw haar gigantische zonnehoed en een shirt met lange mouwen, want de zon was zo scherp dat het echt oppassen was.

Ze was er vrij zeker van dat ze toch zou verbranden.

Ze waren nu bijna een week op Aruba. Het was de langste vakantie die Hazel ooit had genomen, maar Melinda had erop gestaan dat ze twee weken zou nemen toen Hazel om wat vrije tijd had gevraagd.

'Je hebt het verdiend, lieverd!' had ze aan de telefoon gezegd. 'Natuurlijk moet je een poosje vakantie nemen.'

Dat had ze gedaan. Nou ja, nadat Noah veel moeite had gedaan om haar te overtuigen, Alex had gezegd dat ze alles echt onder controle hadden en Annie en Jeanie hadden beloofd om de paar dagen bij de boekhandel langs te gaan en verslag uit te brengen. Toen had ze haar paspoort afgestoft, dat ze maar één keer had gebruikt voor een reis naar de Niagarawatervallen, haar koffers gepakt en was ze met Noah meegegaan op een avontuurlijke eilandreis. Na deze week op Aruba zouden ze Noahs nieuwe neefje Michael bezoeken voordat ze terugkeerden naar Dream Harbor. Noah was zo verliefd op de baby, dat dit al zijn vijfde bezoek was sinds de kleine man in maart was geboren. Natuurlijk vond Hazel het geweldig om Noah met een baby in zijn armen te zien. Het was bijna net zo sexy als wanneer hij zijn boot aanmeerde in een storm.

Maar hij verdiende ook een pauze na al het werk aan de vakantiewoningen. Na een investering van zijn vader was de verkoop doorgegaan. Noah had een architect en aannemer in de arm genomen en had de hele winter doorgewerkt om de strandhuisjes klaar te maken voor gasten. Hij had veel vooruitgang geboekt, maar er was ook nog veel te doen.

Hazel vond het kleine rijtje nette strandhuisjes geweldig, maar ze vond het vooral leuk dat het Noahs trots was.

Ze nam een slokje van haar fruitdrankje en keek naar de leguaan die naast haar strandstoel was gekropen. 'Ik vind het niet leuk als ze zo dichtbij komen.' Ze trok haar benen nog wat verder op terwijl Noah de hagedis uit hun cabana probeerde te jagen.

Het kleine groene monster keek hem alleen maar aan, totaal niet onder de indruk van zijn hand.

Noah leunde achterover in zijn stoel. 'Ik denk niet dat hij dichterbij komt.'

Hazel snoof. 'Dus je durft alleen de strijd aan te gaan met meeuwen?' vroeg ze plagerig.

'Als dat ding gaat vliegen, kom ik zeker in actie.'

Hij lag languit in zijn strandstoel, waardoor Hazel zijn gebruinde borstkas goed kon zien. Ze kon het niet laten om haar hand uit te steken en zijn nieuwe tatoeage te volgen, het kleine boekje op zijn hart met de letters HK+NB erop.

Noah pakte haar hand en bracht haar vingers naar zijn lippen.

Hazel glimlachte. 'Dit is mijn favoriete vakantie.'

Noah neuriede een vrolijk deuntje. Hazel voelde zijn borstkas trillen onder haar hand.

'Weet je wat een goed verhaal zou zijn om te vertellen als we thuiskomen?' vroeg hij met gesloten ogen.

'Nou?' Ze hadden al een hele lijst opgesteld: snorkelen bij het scheepswrak, hoewel Hazel zeker wist dat er een garnizoen haaien en waarschijnlijk een paar spokende piraten in zaten, hun gewicht aan garnalen eten, het gevecht dat Noah met die pelikaan had gehad, meer 'happy punch' drinken dan verstandig was tijdens hun zeiltocht. En dan hadden ze het nog niet eens gehad over alle verhalen die ze niemand zouden vertellen, zoals de dag dat ze de kamer helemaal niet hadden verlaten...

'Als we zouden trouwen terwijl we hier zijn.' Wacht. Wát?

'Trouwen?' bracht Hazel buiten adem uit.

Zelfs de leguaan keek verrast.

Noah draaide zijn hoofd naar haar toe, waardoor ze de ondeugende grijns op zijn gezicht zag. 'Ja, trouwen.'

'Noah...'

'Zeg dat je mijn vrouw wordt, Haze.'

Hij kneep zijn ogen een beetje samen in de zon, waardoor hij kraaienpootjes kreeg. Zijn haar glinsterde koper- en goudkleurig, zijn glimlach was zo helder als de hemel boven hen. Hij was zo mooi dat haar hart er pijn van deed.

Zijn vrouw.

'Het wordt leuk. Dat beloof ik.'

'Noah, ik...'

Hij ging rechtop zitten, zwaaide zijn benen over de rand van de stoel en pakte haar handen. 'En soms zal het even niet leuk zijn. Soms zal het saai zijn en soms zul je boos op mij zijn, en ik op jou. Maar, Haze, het zou altijd jij en ik zijn. Voor altijd. Wil je dat?'

De ondeugendheid was nu weg, de grijns, de nonchalante speelsheid waar Noah zo goed in was. Nu was hij oprecht, lief en serieus. Ook daar was hij goed in.

Wilde ze dat?

Wilde ze hem voor altijd?

Een avontuurlijke partner en een leesmaatje. 'Ja. Natuurlijk wil ik dat. Ja.'

Noah juichte hard genoeg om de leguaan en verschillende zonaanbidders in de buurt de schrik om het hart te jagen voordat hij haar gezicht in zijn handen nam en haar hard, verlangend en hartstochtelijk kuste.

Ze lachte en huilde toen hij zich terugtrok.

'We gaan een ring regelen. Wat je maar wilt,' zei hij. 'En ik heb al het papierwerk al gedaan, Haze. Ik heb alles laten apostilleren en ik heb uitgezocht wat dat woord betekende, en we kunnen hier op het strand trouwen, als je wilt.'

Hij had haar gezicht nog steeds in zijn handen en veegde de tranen van haar wangen. Zijn ogen fonkelden van opwinding, liefde en geluk.

Ze wist dat haar leven met Noah zou barsten van de goede verhalen. Dit zou zeker een van haar favorieten worden. Het verhaal dat ze met haar beste vriend trouwde op een tropisch eiland en beloofde hem voor altijd lief te hebben.

Het zou moeilijk te overtreffen zijn, maar ze hadden een heel leven voor zich om het te proberen.

Dankwoord

Ik heb dit boek opgedragen aan jullie, mijn lezers, want zonder jullie is Dream Harbor gewoon een plek waar ik in mijn hoofd naartoe ga, en zijn Hazel en Noah alleen mijn denkbeeldige vrienden. Dus bedankt, bedankt, bedankt voor het lezen! De reacties op *Het Pumpkin Spice Café* overtroffen mijn stoutste verwachtingen en na twee boeken moet ik mezelf soms nog even in mijn arm knijpen. Aan iedereen die het heeft gelezen, erover heeft gesproken en er prachtige foto's van heeft gemaakt op jullie herfstige planken of naast jullie favoriete mok met pompoenen: bedankt! Ik ben zo blij dat jullie besloten hebben om met mij mee terug te gaan naar Dream Harbor en ik hoop dat jullie net zo dol zijn op Hazel en Noah als ik.

Veel dank aan Charlotte Ledger en het geweldige team van One More Chapter, omdat jullie me deze gekke reis hebben laten voortzetten (ik knijp mezelf nog steeds in mijn arm). Ook dank aan Jennie Rothwell, die ervoor zorgde dat Hazel niet té slordig was en dat Noah een goed achtergrondverhaal had (en voor al je andere adviezen, steun, bewerkingen en brainstormsessies onderweg!). Bedankt aan iedereen bij One More Chapter en HarperCollins voor al het werk dat jullie doen voor deze boeken en voor de wereldwijde verspreiding daarvan!

Dank aan Kelley McMorris voor de verbluffende cover! De covers zijn zo gezellig en mooi, ik had me geen betere afbeeldingen bij de serie kunnen voorstellen.

Soms heb je als auteur de perfecte scène in je hoofd, maar als het tijd is om te schrijven, besef je dat je in feite niets weet over het onderwerp waarover je in die scène wilde schrijven. Dat overkwam mij toen ik me voorstelde dat Noah en Hazel in de problemen kwamen met hun boot. Ik weet niets over boten, de scheepsterminologie, getijden, kustgeografie of zelfs weerpatronen. Dus veel dank aan mijn zwager, Aaron, voor het spuien van zijn nautische kennis. Hij heeft de scène die ik in mijn hoofd had geperfectioneerd en zorgde ervoor dat ik niet te veel YouTube-video's over varen hoefde te kijken (hoewel ik er toch een paar heb gezien). Aaron is zeer deskundig en alle fouten in de scheepsterminologie zijn helemaal mijn schuld.

En tot slot, dank, zoals altijd, aan mijn familie. Aan Liz, Steve, Janzer en Sean voor jullie enthousiasme en aanmoediging. Aan Molly voor het trouwe lezen. Aan Ashley omdat ze erop staat dat ik nu echt een succes ben (ik geloof het niet echt, maar het is wel leuk om te horen). Aan mijn schoonouders omdat ze het cool vinden dat hun schoondochter dubieuze boeken schrijft. Aan mijn ouders omdat ze mijn grootste fans blijven. Aan mijn kinderen omdat ze blijven vragen of ik al beroemd ben. En aan mijn man omdat hij de grote romantische held uit mijn leven is. Jullie zijn de besten.

De auteur en One More Chapter willen iedereen bedanken die heeft bijgedragen aan de publicatie van dit verhaal…

Marktonderzoek
Abigail Fryer
Maria Osa

Audio
Fionnuala Barrett
Ciara Briggs

Contracten
Sasha Duszynska
Lewis

Design
Lucy Bennett
Fiona Greenway
Liane Payne
Dean Russell

Digitale sales
Hannah Lismore
Emily Scorer

Redactie
Kate Elton
Arsalan Isa
Charlotte Ledger
Bonnie Mcleod
Jennie Rothwell
Caroline Scott Bowden
Emily Thomas

Harper360
Emily Gerbner
Jean Marie Kelly
Emma Sullivan
Sophia Walker

Internationale sales
Bethan Moore

Marketing & Publiciteit
Chloe Cummings
Emma Petfield

Uitvoering
Melissa Okusanya
Hannah Stamp

Productie
Emily Chan
Denis Manson
Simon Moore
Francesca Tuzzeo

Rechten
Rachel McCarron
Hany Sheikh Mohamed
Zoe Shine

Het distributieteam van HarperCollins

Het team Financiën & royalty's van HarperCollins

Het juridisch team van HarperCollins

Het team Technologie van HarperCollins

Trade Marketing
Ben Hurd

Sales Verenigd Koninkrijk
Laura Carpenter
Isabel Coburn
Jay Cochrane
Sabina Lewis
Holly Martin
Erin White
Harriet Williams
Leah Woods

En elke andere essentiële schakel in de keten, van bezorgers tot boekverkopers, bibliothecarissen en nog veel meer!

Laurie Gilmore schrijft steamy *small town* romance, waarin ze streeft naar een perfecte balans tussen zoet en spicy. Haar cosy *Dream Harbor*-serie zit vol hartverwarmende momenten, geheimen en liefde, en betovert lezers over de hele wereld.

Lees alle delen in de *Dream Harbor*-serie!

ISBN: 978 94 027 1629 0

ISBN: 978 94 027 1674 0

ISBN: 978 94 027 1675 7

Dé internationale TikTok-sensatie!

WORLD of ROMANCE

Voor meer informatie: **www.harpercollins.nl**

worldofromancenl worldofromancenl